# LE CYCLE DES ROBOTS **1**
## Les robots

# ISAAC ASIMOV

# LE CYCLE DES ROBOTS 1

## Les robots

Traduit de l'américain
par Pierre Billon

Traduction révisée
par Pierre-Paul Durastanti

*Titre original :*
I, ROBOT

# LES TROIS LOIS DE LA ROBOTIQUE

**Première Loi**

UN ROBOT NE PEUT PORTER ATTEINTE À UN ÊTRE HUMAIN NI, RESTANT PASSIF, LAISSER CET ÊTRE HUMAIN EXPOSÉ AU DANGER.

**Deuxième Loi**

UN ROBOT DOIT OBÉIR AUX ORDRES DONNÉS PAR LES ÊTRES HUMAINS, SAUF SI DE TELS ORDRES ENTRENT EN CONTRADICTION AVEC LA PREMIÈRE LOI.

**Troisième Loi**

UN ROBOT DOIT PROTÉGER SON EXISTENCE DANS LA MESURE OÙ CETTE PROTECTION N'ENTRE PAS EN CONTRADICTION AVEC LA PREMIÈRE OU LA DEUXIÈME LOI.

*Manuel de la robotique*
*58ᵉ édition* (2058 apr. J.-C.)

## Préface de l'auteur

Vous voulez connaître un cauchemar d'écrivain ?

Dans ce cas, imaginez un homme de lettres d'une réputation considérable, un Grand Homme, en quelque sorte, et très conscient de son statut. Imaginez qu'il soit le mari d'une femme – une petite bonne femme – douée elle aussi d'un joli brin de plume, mais qui ne puisse bien sûr se comparer à son grand, son magnifique époux, que ce soit à ses propres yeux, à ceux du monde ou (ce qui importe par-dessus tout) à ses yeux à *lui*.

Imaginez encore qu'en conclusion d'un certain entretien, la petite femme en question propose d'écrire elle-même un roman. Et le Grand Homme de sourire avec bienveillance : « Mais bien entendu, ma chère, je vous en prie, faites donc ! »

La petite femme écrit donc son roman. Il est publié et voilà qu'il remporte un succès colossal. Par la suite, si le Grand Homme ne perd rien de sa gloire universelle, c'est tout de même le roman de la petite femme qui reste le mieux connu – tellement connu en fait que son titre finit par acquérir droit de cité dans la langue anglaise.

Quelle calamiteuse situation pour un écrivain professionnel dont l'égocentrisme n'a rien que de parfaitement normal !

Je n'invente rien. Il s'agit d'une histoire vraie qui s'est déroulée selon ce scénario.

9

Le Grand Homme en question s'appelle Percy Bysshe Shelley, l'un des plus prestigieux poètes lyriques de langue anglaise. À l'âge de vingt-deux ans, il enlevait Mary Wollstonecraft Godwin. Cet événement, tout romantique qu'il soit, n'en était pas moins quelque peu irrégulier, car Shelley était déjà marié à l'époque.

Le scandale fut tel qu'ils préférèrent quitter l'Angleterre et vinrent passer l'été de 1816 sur les bords du lac Léman, en compagnie du non moins grand poète George Gordon, Lord Byron, à la vie privée tout aussi tapageuse.

À cette époque, le monde scientifique se trouvait en état de fermentation. En 1791, le physicien italien Luigi Galvani avait découvert qu'on pouvait provoquer la contraction des muscles d'une grenouille en les mettant simultanément en contact avec deux métaux différents. Il lui avait ainsi paru que les tissus vivants étaient remplis d'« électricité animale ». Cette théorie était contestée par un autre physicien italien, Alessandro Volta, qui démontra qu'il était possible de produire des courants électriques par la juxtaposition de métaux différents sans avoir recours à des tissus vivants ou morts. Volta venait d'inventer la première pile électrique et le chimiste anglais Humphry Davy, poursuivant dans la même voie, en construisit une, en 1807 et 1808, d'une puissance inégalée à ce jour, ce qui lui permit de procéder à des réactions chimiques de toutes sortes demeurées jusque-là impossibles, pour les chimistes de l'ère pré-électrique.

L'électricité était donc synonyme de puissance et, bien que les recherches de Volta aient rapidement discrédité l'« électricité animale » de Galvani, l'expression conserva toute sa magie dans le grand public. Chacun se passionnait pour le rapport de l'électricité avec la vie.

Un soir, un petit groupe comprenant Byron, Shelley et Mary Godwin discutait de la possibilité de créer réellement de la vie par le truchement de l'électricité, et

Mary s'avisa tout à coup qu'elle pourrait écrire un récit fantastique sur le sujet. Byron et Shelley l'approuvèrent. Mieux, ils pensèrent que rien ne les empêchait d'écrire eux-mêmes des récits fantastiques pour le plus grand amusement de la petite compagnie.

Seule Mary mena son projet à terme. À la fin de l'année, la première Mme Shelley se suicida, si bien que Shelley et Mary purent se marier et rentrer en Angleterre. C'est en Angleterre, au cours de l'année 1817, que Mary Shelley termina son roman, lequel fut publié en 1818. Il racontait l'histoire d'un jeune scientifique, étudiant en anatomie, qui avait assemblé un être en laboratoire et réussi à lui insuffler la vie par le truchement de l'électricité. L'être en question (auquel Mary Shelley n'avait pas donné de nom) était une monstrueuse créature de deux mètres cinquante, dont l'horrible visage donnait des crises de nerfs à tous ceux qui étaient admis à le contempler.

Le monstre ne peut trouver de place dans la société humaine et, dans sa détresse, se retourne contre le savant et ceux qui lui sont chers. Les uns après les autres, les parents du jeune scientifique (sa fiancée comprise) sont détruits et, à la fin, le savant en personne finit lui-même par succomber. Sur quoi le monstre va se perdre dans un désert de glace, sans doute pour y périr de remords.

Le roman produisit une sensation considérable et a toujours conservé, depuis, son extraordinaire pouvoir. Il n'y a absolument aucun doute sur celui des deux Shelley qui a imprimé le plus profondément sa marque sur le public en général. Aux yeux des étudiants en littérature, le nom de Shelley peut fort bien n'évoquer que Percy Bysshe, naturellement, mais interrogez les gens dans la rue et demandez-leur s'ils ont entendu parler d'*Adonaïs*, de *L'Ode au vent d'ouest* ou du *Cenci*. Il se peut que ces mots ne soient pas entièrement étrangers à leurs oreilles, mais il y a bien des chances pour qu'ils leur soient inconnus. Demandez-leur ensuite s'ils ont entendu parler de *Frankenstein*.

*Frankenstein* était en effet le titre du roman de Mrs. Shelley et le nom du jeune scientifique qui avait créé le monstre. Depuis ce jour, le nom de « Frankenstein » a toujours servi à désigner le nom de la créature qui détruit son créateur. L'expression « j'ai créé un monstre à la Frankenstein » est devenue un cliché si éculé qu'on ne peut plus l'utiliser de nos jours que dans un sens humoristique.

*Frankenstein* remporta son succès, en partie du moins, car il exprimait une nouvelle fois l'une des peurs les plus persistantes qui aient jamais hanté l'humanité : celle de la science dangereuse. Frankenstein était un nouveau Faust cherchant à percer le secret d'un savoir qui n'était pas destiné à l'homme, et il avait créé sa Némésis méphistophélique.

Dans les premières années du XIX^e siècle, la nature exacte de l'invasion sacrilège à la Frankenstein d'une connaissance interdite semblait très claire. La science de l'homme en pleine expansion pourrait vraisemblablement insuffler la vie à une matière morte ; mais quant à créer une âme, il dépenserait ses efforts en pure perte, car c'était là le domaine exclusif de Dieu. En conséquence, Frankenstein pouvait au mieux créer une intelligence dépourvue d'âme, une telle ambition étant d'ailleurs maléfique et digne du châtiment suprême.

La barrière théologique qui se dressait devant les nouvelles acquisitions de la connaissance et de la science humaines devint moins infranchissable à mesure que s'écoulait le XIX^e siècle. La révolution industrielle étendit ses conquêtes en surface et en profondeur, et l'interdit faustien céda temporairement la place à une confiance irréfléchie dans le progrès et en l'avènement inévitable d'un royaume d'Utopie par la science.

Ce rêve fut, hélas, dissipé par la Première Guerre mondiale. Cet affreux massacre démontra clairement que la science pouvait, après tout, devenir l'ennemi de l'humanité. C'est grâce à la science qu'on pouvait fabriquer de nouveaux explosifs, grâce à elle qu'on pouvait construire des aéroplanes et aéronefs susceptibles de les transporter derrière les lignes, sur des objectifs qui se trouvaient autrefois en sécurité. C'est encore la science qui avait permis, comble de l'horreur, d'arroser les tranchées de gaz toxiques.

En conséquence, le Méchant Savant, ou au mieux le Savant Fou et Sacrilège, devint un personnage typique de la science-fiction d'après la Première Guerre mondiale.

Un exemple fort dramatique et convaincant de ce thème apparut sur une scène de théâtre, avec un argument tournant encore autour de la création d'une approximation de la vie. Il s'agissait de la pièce *R.U.R.*, de l'auteur dramatique tchèque Karel Capek. Écrite en 1921, elle fut traduite en anglais en 1923. *R.U.R.* signifiait Rossum Universal Robots (Robots universels de Rossum). Comme Frankenstein, Rossum avait découvert le secret de fabriquer des hommes artificiels. On les appelait « robots », d'après un mot tchèque signifiant « travailleur ». Il entra dans le langage anglais et y acquit droit de cité.

Comme leur nom l'indique, les robots sont conçus pour servir de travailleurs, mais tout se gâte. L'humanité, ayant perdu ses motivations, cesse de se reproduire. Les hommes d'État apprennent à se servir des robots pour la guerre. Les robots eux-mêmes se révoltent, détruisent ce qui subsiste de l'humanité et s'emparent du monde.

Une fois de plus, le Faust scientifique était détruit par sa création méphistophélique.

Dans les années 1920, la science-fiction devenait pour la première fois une forme d'art populaire, cessant d'être un simple tour de force exécuté par un maître occasionnel tel Verne ou Wells. Des magazines exclusivement consacrés à la science-fiction firent leur apparition sur la scène littéraire en même temps, bien entendu, que des « auteurs de science-fiction ».

Et l'un des thèmes clés de la science-fiction était l'invention d'un robot – que l'on décrivait généralement comme une créature de métal sans âme et dépourvue de toute faculté d'émotion. Sous l'influence des exploits bien connus et du destin ultime de Frankenstein et de Rossum, une seule trame semblait désormais possible à l'exclusion de toute autre : des robots étaient créés et détruisaient leur créateur.

Dans les années 1930, je devins lecteur de science-fiction et je me lassai rapidement de cette histoire inlassablement répétée. Puisque je m'intéressais à la science, je me rebellai contre cette interprétation purement faustienne de la science.

Le savoir a ses dangers, sans doute, mais faut-il pour autant fuir la connaissance ? Sommes-nous prêts à remonter jusqu'à l'anthropoïde ancestral et à renier l'essence même de l'humanité ? La connaissance doit-elle être au contraire utilisée comme une barrière contre le danger qu'elle suscite ?

En d'autres termes, Faust doit affronter Méphistophélès, mais il *ne doit pas nécessairement être vaincu par lui*.

On munit le couteau d'un manche pour pouvoir le manipuler sans crainte, on adjoint une rambarde à l'escalier, on isole le fil électrique, on pourvoit l'auto-cuiseur de sa soupape de sûreté – dans tout ce qu'il crée, l'homme cherche à réduire le danger. Il arrive que la sécurité obtenue reste insuffisante en raison des limitations imposées par la nature de l'univers ou celle de l'esprit humain. Néanmoins, l'effort a été fait.

Considérons le robot simplement comme un dispositif de plus. Il ne constitue pas une invasion sacrilège du domaine du Tout-Puissant, ni plus ni moins que le premier appareil venu. En tant que machine, un robot comportera sans doute des dispositifs de sécurité aussi complets que possible. Si les robots sont si perfectionnés qu'ils peuvent imiter le processus de la pensée

14

humaine, c'est que la nature de ce processus aura été conçue par des ingénieurs humains qui y auront incorporé des dispositifs de sécurité. Celle-ci ne sera peut-être pas parfaite. (Mais la perfection est-elle de ce monde ?) Cependant elle sera aussi complète que les hommes pourront la réaliser.

Pénétré de tous ces principes, je commençai, en 1940, à écrire des histoires de robots de mon cru… Jamais, au grand jamais, un de mes robots ne se retournait stupidement contre son créateur sans autre dessein que de démontrer pour la énième fois la faute et le châtiment de Faust.

Sottises ! Mes robots étaient des engins conçus par des ingénieurs et non des pseudo-humains créés par des blasphémateurs. Mes robots réagissaient selon les règles logiques implantées dans leurs « cerveaux » au moment de leur construction.

Je dois avouer qu'à l'occasion, lors de mes premiers essais, j'avais tendance à considérer un peu le robot comme une sorte de jouet. J'y voyais une créature totalement inoffensive, juste préoccupée d'exécuter le travail pour lequel on l'avait conçue, incapable de causer le moindre préjudice aux hommes, servant de souffre-douleur aux enfants, tandis que maints adultes – victimes d'un complexe de Frankenstein (comme je l'appelle dans certains de mes récits) – voulaient à tout prix considérer ces pauvres machines comme des créatures mortellement dangereuses.

*Robbie*, qui vient en tête de ce recueil, est un parfait exemple de ce genre d'histoires.

*Je compulsais mes notes avec un sentiment d'insatis-*
*faction. Ces trois jours chez l'U.S. Robots, j'aurais aussi*
*bien pu les passer chez moi en tête à tête avec l'Ency-*
*clopedia Tellurica.*

*Susan Calvin était née en 1982, paraît-il ; par consé-*
*quent, elle avait soixante-quinze ans. Cela, chacun le*
*savait. Coïncidence assez logique, l'U.S. Robots et*
*Hommes Mécaniques avait aussi soixante-quinze ans,*
*puisque Lawrence Robertson avait fondé cette firme, qui*
*devait devenir par la suite le géant industriel le plus*
*étrange de toute l'histoire humaine, l'année même de la*
*naissance du Dr Calvin. Cela, chacun le savait égale-*
*ment.*

*À l'âge de vingt ans, Susan Calvin assistait au sémi-*
*naire spécial de psycho-mathématique où le Dr Alfred*
*Lanning, de l'United States Robots, avait dévoilé le pre-*
*mier robot mobile équipé d'un organe vocal, un gros*
*engin malhabile plutôt moche, empestant l'huile et des-*
*tiné aux futures mines mercuriennes. À tout le moins, ce*
*prototype s'exprimait et se faisait comprendre.*

*Susan, restée muette au séminaire, ne prit aucune part*
*aux discussions sporadiques qui s'ensuivirent. Glaciale,*
*commune et incolore, elle utilisait son masque d'impas-*
*sibilité et son hypertrophie de l'intellect pour se protéger*
*d'un monde qui lui déplaisait. Mais si elle ne disait mot,*
*elle observait et écoutait, sentant monter en elle un froid*
*enthousiasme.*

*Elle obtint sa licence à Columbia en 2003 et entama ses études de deuxième cycle en cybernétique.*

*Robertson et ses réseaux cérébraux positroniques avaient chamboulé tous les progrès accomplis sur les « calculateurs » durant la seconde moitié du xxᵉ siècle. Les kilomètres de relais et de photocellules avaient laissé la place au globe spongieux de platine-iridium, de la taille d'un cerveau humain.*

*Susan apprit à calculer les paramètres nécessaires pour déterminer les variables possibles au sein du « cerveau positronique » ; à construire sur le papier des « cerveaux » de telle sorte qu'on puisse prévoir avec précision leurs réactions à des stimuli donnés.*

*En 2008, son doctorat en poche, elle rejoignit l'U.S. Robots comme « robopsychologue », devenant ainsi le premier grand spécialiste d'une science nouvelle. Lawrence Robertson demeurait président de la société ; Alfred Lanning occupait désormais le poste de directeur des recherches.*

*Cinquante années durant, elle vit le progrès humain changer de direction – à pas de géant.*

*À présent elle allait prendre sa retraite… dans la mesure du possible. En pratique, elle avait permis qu'on inscrive le nom de son remplaçant sur la porte du bureau qu'elle occupait précédemment.*

*Voilà pour l'essentiel les éléments dont je disposais. Je possédais la liste des articles publiés par elle, des brevets souscrits en son nom, et le détail chronologique de ses promotions – en bref, son CV professionnel détaillé.*

*Mais ce n'était pas ce que je désirais.*

*Il me fallait davantage pour mes articles de l'Interplanetary Press. Bien davantage.*

*Je l'en informai.*

*« Docteur Calvin, dis-je avec tout le respect dont j'étais capable, vous ne faites qu'un avec l'U.S. Robots aux yeux du public. Votre départ à la retraite sonnera la fin d'une époque et…*

— *Vous voulez le côté humain.* » Pas de sourire. *Je crois bien qu'elle ne sourit jamais. Ses yeux avaient pris une expression perçante, mais dépourvue de colère. Son regard paraissait me traverser pour ressortir par mon occiput, comme si j'étais constitué d'un matériau transparent – comme si tout le monde l'était.*

« *En effet, dis-je.*

— *Le côté humain des robots ? Une contradiction.*

— *Non, docteur. Le vôtre.*

— *Ma foi, on m'a déjà traitée de robot. On vous aura assuré que je n'avais rien d'humain.* »

*Certes, mais inutile d'en convenir.*

*Elle se leva de sa chaise. Susan Calvin n'était pas grande et paraissait frêle. Je la suivis jusqu'à la fenêtre et on regarda dehors.*

*Les bureaux et les usines de l'U.S. Robots constituaient une petite ville planifiée, organisée, qui semblait aplatie comme une photographie aérienne.*

« *À mon arrivée ici, reprit-elle, on m'a attribué un local dans le bâtiment que notre centre de secours incendie a remplacé.* » *Elle me désigna l'endroit.* « *Vous n'étiez pas né quand on l'a détruit. Je partageais cette pièce avec plusieurs collaborateurs. Je disposais d'une moitié de table. On construisait tous nos robots dans un seul édifice. Production : trois par semaine. Voyez où on en est maintenant.*

— *Cinquante ans, ça en fait, du temps, dis-je d'un air pénétré.*

— *Pas quand on regarde derrière soi. On s'étonne même qu'ils aient pu passer si vite.* »

*Elle retourna à sa table et s'assit. Ses traits n'avaient pas besoin d'être expressifs pour refléter la tristesse.*

« *Quel âge avez-vous ? me demanda-t-elle.*

— *Trente-deux ans.*

— *Dans ce cas, vous n'avez aucun souvenir d'un monde dépourvu de robots. Il fut un temps où l'humanité affrontait l'univers seule, sans amis. Maintenant l'homme dispose de créatures pour l'aider, des créatures plus* robustes que lui, plus fidèles, plus utiles, absolument dévouées. L'humanité n'est plus seule. Vous avez déjà envisagé la situation sous cet angle ?

— Je crains que non. Je peux vous citer ?

— Oui. À vos yeux, un robot est un robot. Des engrenages et du métal ; de l'électricité et des positrons. De l'intellect et du fer ! Construit par la main de l'homme ! Et si nécessaire, détruit par la main de l'homme ! Mais comme vous n'avez pas travaillé avec des robots, vous ne les connaissez pas. Leur souche est plus pure que la nôtre, et meilleure. »

Je tentai de l'aiguillonner doucement. « On aimerait connaître vos sentiments sur diverses questions ; votre opinion sur les robots. L'Interplanetary Press touche le Système solaire entier. Notre audience atteint trois milliards d'individus, docteur Calvin. Ils aimeraient savoir ce que vous pouvez leur dire des robots. »

Il n'était pas nécessaire de l'aiguillonner. Sans entendre mon laïus, elle avait pris la bonne direction.

« On aurait dû s'en douter dès le début. On vendait alors des robots à usage terrien… même avant mon époque. Bien sûr, en ce temps-là, ils ne parlaient pas. Par la suite, ils sont devenus plus humains et une opposition a surgi. Comme il fallait s'y attendre, les syndicats refusaient de les voir concurrencer les hommes sur le plan de la main-d'œuvre et certains secteurs de l'opinion religieuse soulevaient des objections à caractère superstitieux. Parfaitement ridicule et inutile, mais le fait était là. »

Je notais tout, à la lettre, sur mon archiveur, en m'efforçant de ne pas trahir les mouvements de mes phalanges. Avec de la pratique, on peut enregistrer avec précision sans retirer le petit appareil de sa poche.

« Prenez le cas de Robbie, poursuivit-elle. Je ne l'ai pas connu. On l'a démantelé l'année précédant mon entrée dans la société – complètement dépassé. Mais j'ai vu la petite fille au musée… »

*Elle s'interrompit ; je me gardai bien de parler. Je laissai ses yeux s'embuer et son esprit remonter la piste de ses souvenirs. Elle avait un laps de temps considérable à parcourir.*

*« C'est plus tard que j'ai entendu parler de lui. Et c'est toujours à lui que je pensais lorsqu'on nous traitait de blasphémateurs, de créateurs de démons. Robbie était un robot muet. On l'a construit et mis sur le marché en 1996. C'était avant l'extrême spécialisation, et on le vendait comme bonne d'enfants...*

*— Comme quoi ?*

*— Comme bonne d'enfants... »*

# 1

## Robbie

« Quatre-vingt-dix-huit… quatre-vingt-dix-neuf…
*cent.* » Gloria baissa son petit avant-bras potelé de
devant sa figure et resta un instant le nez froncé, à cli-
gner des yeux dans la clarté du jour. Puis, tâchant de
regarder dans toutes les directions à la fois, elle s'éloigna de quelques pas prudents de l'arbre contre lequel
elle s'appuyait.

Elle tendit le cou pour évaluer les possibilités d'un
taillis sur sa droite, puis recula encore un peu pour
mieux discerner ses recoins ombreux. Le silence n'était
troublé que par l'incessant bourdonnement des insectes
et le gazouillis occasionnel d'un oiseau téméraire bra-
vant l'ardeur du soleil de midi.

Gloria fit la moue. « Je parie qu'il est entré dans la
maison, même si je lui ai répété un million de fois que
ce n'était pas du jeu. »

Lèvres minuscules serrées, front barré d'un pli sévère,
elle se dirigea avec détermination vers la maison à
étage de l'autre côté de l'allée d'accès.

Elle entendit trop tard, dans son dos, un bruissement
de feuillage… puis le *ploc-ploc* rythmé des pieds métalliques de Robbie. Pivotant sur ses talons, elle vit son
compagnon triomphant sortir de sa cachette et se diriger vers l'arbre-maison à toute vitesse.

« Attends, Robbie ! glapit-elle, dépitée. Tu as triché, Robbie ! Tu avais promis de ne pas courir avant que je te trouve. » Ses petits pieds ne pouvaient guère lutter contre les enjambées gigantesques du robot. Soudain, à moins de trois mètres du but, il adopta un train de sénateur et Gloria, d'un suprême galop effréné, le dépassa, haletante, pour venir toucher la première l'écorce de l'arbre.

Rayonnante, elle se tourna vers le fidèle Robbie et, avec la plus noire ingratitude, le récompensa de son sacrifice en le raillant cruellement pour son inaptitude à la course.

« Robbie est une tortue ! criait-elle à tue-tête avec toute l'inconséquence d'une petite personne de huit ans. Je le bats comme je veux, je le bats comme je veux ! » psalmodiait-elle d'une voix perçante.

Robbie ne répondit pas, bien entendu. Du moins pas en paroles.

Il fit mine de courir, alors qu'en réalité il trottait sur place, jusqu'au moment où Gloria s'élança à sa poursuite. Alors il régla son allure sur la sienne, la distançant de peu, la forçant à virer sur place en décrivant des crochets courts, ses petits bras battant l'air.

« Robbie, arrête ! » Et sa respiration précipitée transforma son rire en hoquets.

Soudain il la saisit, la souleva et la fit tourner avec lui, et le monde devint un tourbillon surmonté d'un néant bleu, avec des arbres tendant avidement leurs branches vers le vide. Puis elle se retrouva sur l'herbe, appuyée contre la jambe de Robbie, serrant toujours dans sa menotte un doigt de métal dur.

Au bout d'un moment, elle reprit son souffle, repoussa sans grand résultat ses cheveux en désordre, imitant vaguement un geste de sa mère, et se contorsionna pour voir si sa robe était déchirée.

Elle abattit sa main sur le torse de Robbie. « Méchant garçon ! Je vais te donner la fessée ! »

Et lui de jouer la frayeur en se protégeant le visage de ses mains, si bien qu'elle dut ajouter : « Non, Robbie, je ne te donnerai pas la fessée. Mais à présent c'est mon tour de me cacher, parce que tu as les jambes plus longues et que tu avais promis de ne pas courir avant que je te trouve. »

Robbie hocha la tête – en réalité un petit parallélépipède aux angles arrondis relié par un cylindre court mais flexible au parallélépipède plus grand qui lui tenait lieu de torse – et alla docilement s'appuyer contre l'arbre. Une mince feuille de métal descendit sur ses prunelles rougeoyantes ; de l'intérieur de son corps monta un tic-tac bruyant et régulier.

« Ne regarde pas… et ne saute pas de chiffres », l'avertit Gloria en courant se cacher.

Le décompte des secondes s'effectua avec une régularité de métronome et, lorsque vint la centième, les paupières se levèrent et les yeux brillants de Robbie balayèrent le paysage pour s'arrêter un instant sur un bout de vichy coloré qui dépassait au-dessus d'un rocher. Il s'avança de quelques pas et s'assura qu'il s'agissait bien de Gloria accroupie derrière cet abri.

Pas à pas, prenant soin de toujours rester entre elle et l'arbre-maison, il s'approcha de la cachette. Une fois la fillette en pleine vue et dans l'impossibilité de prétendre qu'elle n'était pas découverte, il tendit un bras vers elle, claquant l'autre contre sa jambe pour la faire résonner. Gloria se redressa, la mine boudeuse.

« Tu as regardé ! s'exclama-t-elle avec une insigne mauvaise foi. Et puis je suis fatiguée de jouer à cache-cache. Je veux que tu me portes. »

Mais Robbie, offensé par cette accusation injuste, s'assit avec précaution et secoua lourdement sa tête.

Gloria adopta aussitôt un ton enjôleur. « Allons, Robbie, je ne parlais pas sérieusement. Porte-moi. »

Il n'était pas robot à se laisser convaincre aussi aisément. S'entêtant à regarder le ciel, il secoua la tête avec encore plus d'emphase.

« Je t'en prie, Robbie, porte-moi. » Elle lui entoura le cou de ses bras roses et l'étreignit avec force. Puis changeant d'humeur en un instant, elle s'écarta. « Si tu ne veux pas, je vais pleurer. » Et son visage se crispa en une grimace lamentable.

Robbie au cœur dur ne se laissa pas émouvoir par cette affreuse éventualité et secoua la tête une troisième fois. Gloria jugea nécessaire de jouer sa carte maîtresse.

« Si tu ne veux pas, s'écria-t-elle, je ne te raconterai plus d'histoires, c'est tout. Plus une seule ! »

Devant cet ultimatum, il capitula tout de suite, sans condition, hochant la tête avec tant de vigueur que le métal de son cou résonna. Non sans des gestes prudents, il souleva la fillette et la déposa sur ses larges épaules plates.

Gloria ravala aussitôt les larmes qu'elle menaçait de verser et roucoula de plaisir. La peau métallique de Robbie maintenue à la température constante de vingt et un degrés par les ressorts à haute résistance répartis dans sa carcasse était d'un contact agréable et le magnifique son de cloche fêlée que produisaient les talons de la fillette en tambourinant contre la poitrine du robot était fort enchanteur.

« Tu es un croiseur aérien, Robbie, un grand croiseur aérien tout en argent. Écarte les bras à l'horizontale… il le faut, Robbie, si tu veux être un croiseur aérien. »

Elle tourna la tête du robot et se pencha à droite. Il s'inclina fortement. Elle équipa le croiseur d'un moteur qui faisait *B-r-r-r* puis d'armes qui faisaient *Boum* et *Ch-ch-ch-ch*. Des pirates les prirent en chasse et l'artillerie du croiseur entra en action. Les pirates tombaient en pluie.

« J'en ai eu un… et encore deux ! » cria-t-elle.

Ensuite : « Plus vite, messieurs ! dit-elle, la mine sévère. Nos munitions commencent à s'épuiser. »

Elle visa par-dessus son épaule avec un courage indomptable, et Robbie était un navire spatial fonçant dans le vide au maximum d'accélération.

Il galopait à travers le pré, droit vers le carré d'herbe haute à l'autre extrémité, lorsqu'il stoppa avec une brusquerie qui arracha un cri à la jeune amazone aux joues empourprées, puis il la déposa sur le moelleux tapis vert.

Gloria haletait, avec par intermittence des murmures excités : « C'était *super* ! »

Robbie attendit qu'elle ait repris son souffle pour tirer gentiment sur l'une des mèches de cheveux de la fillette.

« Tu veux quoi ? » fit-elle, les yeux agrandis par une candeur apparemment sans artifice qui ne trompa nullement son énorme « nurse ». Il tira plus fort sur la mèche.

« Oh, j'y suis ! Tu veux que je te raconte une histoire. »

Il hocha vivement la tête.

« Laquelle ? »

Robbie décrivit un demi-cercle dans l'air avec un seul doigt.

« Encore ? protesta Gloria. Je t'ai déjà raconté *Cendrillon* au moins un million de fois. Tu n'en as pas assez ?... C'est un conte pour bébés. »

Nouveau demi-cercle.

« D'accord... »

Elle prit un air inspiré, se repassa mentalement les détails du conte (ainsi que plusieurs ajouts de son cru, d'un nombre d'ailleurs conséquent) et commença :

« Tu es prêt ? Bon. Il était une fois une belle petite fille qui s'appelait Cendrillon. Elle avait une belle-mère terriblement cruelle, deux belles-sœurs très laides tout aussi cruelles, et... »

Elle atteignait le point culminant du récit – aux douze coups de minuit, chaque chose reprenait son aspect banal et quotidien ; Robbie écoutait avec passion, les yeux brûlants – lorsqu'elle fut interrompue.

« Gloria ! »

C'était la voix haut perchée d'une femme qui venait d'appeler non pas une fois, mais plusieurs ; et on y discernait la nervosité d'une personne chez qui l'anxiété prenait le pas sur la patience.

« Maman m'appelle, dit la fillette, un peu inquiète. Je crois que tu ferais bien de me ramener à la maison, Robbie. »

Il obéit avec célérité ; quelque chose en lui estimait qu'il devait obéir à Mme Weston sans le moindre soupçon d'hésitation. Le père de Gloria passait le plus souvent la journée hors de la maison – sauf le dimanche, comme aujourd'hui –, mais quand il était là, il se montrait enjoué et compréhensif. La mère de Gloria, par contre, le mettait mal à l'aise et il avait tendance à fuir sa présence.

Mme Weston les aperçut dès qu'ils se redressèrent au-dessus du rideau d'herbe haute et se retira dans la maison pour les attendre.

« Je me suis égosillée à t'appeler, Gloria, dit-elle sévèrement. Où étais-tu donc ?

— J'étais avec Robbie, balbutia la fillette. Je lui racontais *Cendrillon* et j'ai oublié l'heure du dîner.

— Ma foi, dommage qu'il n'ait pas eu plus de mémoire. » Puis, comme si cette réflexion lui rappelait la présence du robot : « Vous pouvez disposer, Robbie. Elle n'a plus besoin de vous pour le moment. Et ne vous avisez pas de revenir avant que je vous appelle », ajouta-t-elle d'un ton brusque.

Robbie se détourna pour obéir, mais il hésita : Gloria prenait sa défense. « Attends, maman, laisse-le rester. Je n'ai pas fini de lui raconter *Cendrillon*. Je lui avais promis de lui raconter *Cendrillon* et je n'ai pas fini.

— Gloria !

— Je t'assure, maman, il sera si sage que tu ne sauras même pas qu'il est là. Il va s'asseoir bien gentiment sur la chaise, dans le coin, et il ne dira pas un mot… je veux dire qu'il ne bougera pas. Hein, Robbie ? »

Il hocha sa tête massive.

28

« Gloria, si tu n'arrêtes pas tes simagrées, tu ne le reverras pas de la semaine. »

La fillette baissa les yeux. « D'accord ! Mais *Cendrillon* est l'histoire qu'il préfère et je ne l'ai pas finie… et il l'aime tellement. »

Le robot s'éloigna d'un pas désolé. Gloria étouffa un sanglot.

George Weston prenait ses aises, une habitude de sa part le dimanche après-midi. Un bon repas dans l'estomac ; un divan moelleux et fatigué dans lequel se vautrer ; son *Times* ; des sandales aux pieds, un vieux polo au lieu d'une chemise… Comment ne pas ressentir une délicieuse impression de confort ?

Il n'apprécia donc guère de voir sa femme pénétrer dans la pièce. Après dix années de mariage, il avait encore l'inconcevable faiblesse de l'aimer et toujours plaisir à la voir… mais l'après-midi du dimanche, après le déjeuner, était pour lui sacré et il ne connaissait pas de plus grande béatitude que de profiter deux ou trois heures durant d'une solitude complète. C'est pourquoi il riva son regard sur le dernier compte rendu de l'expédition Lefebvre-Yoshida vers Mars (celle-ci devait partir de la Base lunaire et avait des chances de réussir) et fit mine d'ignorer sa présence.

Mme Weston attendit patiemment deux minutes, impatiemment deux de plus, et rompit enfin le silence.

« George !

— Hmm ?

— George, je te parle ! Je te *prie* de poser ton journal et de me regarder. »

Le *Times* chuta sur le plancher avec un bruit de papier froissé et Weston tourna un visage las vers sa femme. « Qu'y a-t-il, ma chérie ?

— Tu le sais très bien, George. Il s'agit de Gloria et de cet horrible engin.

— De quel horrible engin parles-tu ?

— Ne fais pas l'âne. Tu sais très bien de quoi je parle. De ce robot que Gloria appelle Robbie. Il ne la quitte pas d'une semelle.

— Pourquoi la quitterait-il ? Il n'est pas censé le faire. Et il n'a rien d'un horrible engin. C'est le meilleur robot qu'on trouve sur le marché et il m'a coûté six mois de salaire. Il les vaut, d'ailleurs... Il est autrement plus futé que la moitié de mon personnel de bureau. »

Il esquissa un geste pour ramasser son journal, mais sa femme le devança et mit le *Times* hors de sa portée.

« Écoute-moi, George. Je refuse de confier ma fille à une machine, si futée soit-elle. Un enfant n'est pas *fait* pour être gardé par un être de métal. »

Weston fronça les sourcils. « Depuis quand as-tu pris cette décision ? Il y a deux ans qu'il côtoie Gloria et je ne t'avais jamais vue t'en inquiéter.

— Au début, c'était différent. L'attrait de la nouveauté. Ça me soulageait dans mon travail... et puis c'était la mode. À présent, je ne sais plus. Les voisins...

— Les voisins ? Qu'ont-ils à voir là-dedans ? Écoute-moi bien. Un robot est infiniment plus digne de confiance qu'une nounou humaine. On a construit Robbie dans un seul but : servir de compagnon à un petit enfant. Sa *mentalité* tout entière est conçue pour ça. Il ne peut qu'être fidèle, aimant et gentil. C'est une machine : *il est fait ainsi*. On ne pourra jamais en dire autant des humains.

— Mais il pourrait se produire un incident... » Mme Weston n'avait qu'une vague idée des organes internes d'un robot. « Une pièce qui prend du jeu, l'horrible engin qui perd la tête et... et... » Elle ne put se résoudre à mener son idée jusqu'à son évidente conclusion.

« Impossible, déclara Weston avec un frisson involontaire. Totalement ridicule. On a eu une longue discussion quand on a acheté Robbie, sur la Première Loi de la robotique. Tu *sais* qu'un robot ne peut pas molester un être humain ; tout dommage qui le pousserait à enfreindre la Première Loi le mettrait hors service bien avant. Une simple impossibilité mathématique. Et un ingénieur de l'U.S. Robots vient ici deux fois l'an pour soumettre ce pauvre engin à une révision complète. Il y a moins de chances de voir Robbie devenir incontrôlable que tu n'en as de battre la campagne de but en blanc... beaucoup moins, en vérité. De plus, comment feras-tu pour le séparer de Gloria ? »

Il effectua une tentative aussi futile que la précédente pour rentrer en possession de son journal – que sa femme jeta avec colère dans la pièce voisine.

« C'est bien ce qui me tracasse, George ! Elle ne veut jouer avec personne d'autre. Il y a des dizaines de petits garçons et de petites filles avec qui elle devrait se lier d'amitié, mais rien à faire. Elle refuse de les approcher à moins que je ne l'y contraigne. Ce n'est pas de cette façon qu'on doit élever une fillette. Tu veux qu'elle devienne normale, n'est-ce pas ? Qu'elle soit capable de s'intégrer ?

— Tu te fais des idées, Grace. Il n'y a qu'à considérer Robbie comme un chien. J'ai vu des centaines d'enfants qui préfèrent leur chien à leur père.

— Un chien, c'est autre chose. Il faut nous débarrasser de cette horrible mécanique. Tu peux la revendre à la société. Je me suis renseignée, c'est possible.

— Tu t'es *renseignée* ? Écoute-moi bien, Grace. Ne piquons pas de crise. On gardera ce robot jusqu'à ce que Gloria soit plus grande. Je ne veux plus en entendre parler. » Sur ce, il se leva et sortit de la pièce avec humeur.

Deux soirs plus tard, Mme Weston accueillit son mari sur le seuil de la porte. « Tu vas devoir m'écouter cette fois, George. Les gens sont très remontés, au village.

— À propos de quoi ? » demanda Weston.

Il pénétra dans la salle de bains et noya toute réponse possible dans un éclaboussement d'eau.

Mme Weston attendit. « De Robbie », dit-elle.

Weston ressortit serviette en main, rouge et irrité. « Qu'est-ce que tu racontes ?

— Oh ! ça n'arrête plus. J'ai voulu fermer les yeux, mais c'est fini. La plupart tiennent Robbie pour dangereux. Ils interdisent à leurs enfants d'approcher de notre maison le soir venu.

— On confie bien le nôtre au robot.

— Les gens oublient la logique lorsqu'il s'agit de ces questions.

— Alors qu'ils aillent au diable !

— Une boutade ne résout pas le problème. Il faut que je fasse mes courses au village. Je dois rencontrer les gens chaque jour. Et en ville, c'est encore bien pire pour les robots. New York vient de passer une ordonnance qui leur interdit les rues entre le coucher et le lever du soleil.

— Soit, mais on ne m'empêchera pas de garder un robot chez nous… Grace, il s'agit d'une de tes campagnes ; je reconnais ton style. Mais tu perds ton temps. Ma réponse est toujours non ! On garde Robbie ! »

Et pourtant il aimait son épouse. Pis, elle le savait. Le pauvre George Weston n'était après tout qu'un homme, et sa femme utilisait à fond toutes les ressources qu'un sexe plus maladroit mais aussi plus scrupuleux avait appris à redouter, non sans raison.

Dix fois, au cours de la semaine suivante, il s'écria : « Robbie restera… *Point final !* » À chaque fois, il prononçait ces mots avec moins de force ; à chaque fois, il les faisait suivre d'un gémissement plus soutenu et plus excédé.

Vint enfin le jour où Weston s'approcha de sa fille d'un air coupable et lui proposa une « belle » séance de visivox au village.

Gloria tapa joyeusement dans ses mains. « Robbie pourra venir ?

— Non, ma chérie, dit-il, sentant son cœur se serrer au son de sa propre voix. Les robots ne sont pas admis au visivox... mais tu pourras tout lui raconter en rentrant. » Il trébucha sur les derniers mots et détourna les yeux.

Gloria revint exubérante de la séance de visivox qui avait été un sacré spectacle.

Son père garait la jet-car dans le garage souterrain quand la fillette dit : « Attends que je raconte l'histoire à Robbie, papa. Je suis sûre qu'il aurait adoré. Surtout le moment où Francis Fran reculait lentement, qu'il est tombé sur un des hommes-léopards et qu'il a dû s'enfuir en courant. » Elle se remit à rire. « Papa, il y a vraiment des hommes-léopards sur la Lune ?

— Sans doute pas, dit Weston d'un ton distrait. Ce sont juste des histoires inventées. » Il ne pouvait s'attarder davantage autour de la voiture. Il fallait affronter l'épreuve.

Gloria traversa la pelouse en courant. « Robbie... Robbie ! »

Elle s'arrêta brusquement à la vue du beau colley qui la regardait de ses yeux bruns et sérieux en agitant la queue devant le porche.

« Oh, le joli chien ! » Elle monta les marches, s'approcha prudemment et le caressa. « Il est pour moi, papa ? »

Sa mère était venue les rejoindre. « Oui, c'est pour toi, Gloria. N'est-il pas mignon avec son poil doux et soyeux ? Il est très gentil. Il adore les petites filles.

— Il sait jouer ?

— Bien sûr. Il connaît des tas de tours. Tu aimerais en voir quelques-uns ?

— Tout de suite ! J'aimerais que Robbie le voie aussi... *Robbie !* » Elle s'immobilisa, prise d'incertitude et fronça les sourcils. « Je suis sûre qu'il reste dans sa chambre pour me punir de ne pas l'avoir emmené à la séance de visivox. Il faudra que tu lui expliques, papa. Il pourrait ne pas me croire, mais si c'est toi qui lui parles, il saura que c'est vrai. »

Weston serra les lèvres. Il tourna la tête vers sa femme, mais ne put croiser son regard.

Gloria fit volte-face et descendit les marches du sous-sol en criant : « Robbie… Viens voir ce que papa et maman m'ont apporté. Ils m'ont fait cadeau d'un chien, Robbie. »

Au bout d'une minute elle revenait, tout effrayée. « Maman, Robbie n'est pas dans sa chambre. Où est-il ? » Pas de réponse. George toussa et se laissa soudain fasciner par un nuage errant. La voix de Gloria trembla, au bord des larmes. « Où est Robbie, maman ? »

Mme Weston s'assit et attira doucement à elle la petite fille. « Ne sois pas triste, Gloria. Robbie est parti, je crois.

— *Parti* ? Où ça ? Où est-il parti, maman ?

— Nul ne le sait, ma chérie. Il est parti. On a cherché, cherché, mais sans résultat.

— Alors il ne reviendra jamais ? » Ses yeux s'écarquillaient d'horreur.

« On le retrouvera peut-être bientôt. On va continuer à chercher. En attendant, tu peux jouer avec ton gentil chien-chien. Regarde-le ! Il s'appelle Éclair et il… »

Les yeux de Gloria débordaient. « Je ne veux pas de ce sale chien… Je veux Robbie. Je veux que vous retrouviez Robbie. » Son chagrin devint trop fort pour s'exprimer en mots et elle se répandit en cris stridents.

Mme Weston quêta de l'aide auprès de son mari, mais il se contenta de déplacer ses pieds d'un air morose, sans se détourner de sa contemplation du ciel ; elle dut donc se pencher sur sa fille pour la consoler. « Pourquoi pleurer, Gloria ? Robbie n'était qu'une machine, une sale vieille machine. Même pas un être vivant.

— C'était pas une machine ! hurla la fillette, oubliant la grammaire dans sa rage. C'était quelqu'un comme toi et moi. C'était mon ami. Je veux le retrouver. Oh ! maman, ramène-le-moi. »

Sa mère poussa un gémissement qui était un aveu de défaite et abandonna Gloria à son chagrin. « Laisse-la pleurer un bon coup, conseilla-t-elle à son mari. Les chagrins d'enfant ne durent jamais bien longtemps. Dans quelques jours, elle aura oublié jusqu'à l'existence de cet affreux robot. »

Mais le temps prouva que Mme Weston était un peu trop optimiste. Gloria cessa bien de pleurer, mais aussi de sourire ; et, à mesure que les jours passaient, elle se faisait de plus en plus silencieuse et indistincte. Peu à peu, sa tristesse passive eut raison de Mme Weston, que seule retenait de céder la nécessité d'avouer sa défaite à son mari.

Puis un soir, elle entra en coup de vent dans la salle de séjour, s'assit, croisa les bras d'un air plein de fureur.

Son mari tendit le cou pour la voir par-dessus son journal. « Qu'y a-t-il, Grace ?

— C'est cette enfant, George. J'ai dû renvoyer le chien aujourd'hui. Gloria m'a dit ne pas pouvoir le supporter. Elle me conduit à la dépression nerveuse. »

Weston reposa son journal et une lueur d'espoir illumina ses yeux. « On pourrait peut-être faire revenir Robbie. C'est possible, tu sais. Je peux me mettre en rapport avec...

— Non ! répondit-elle farouchement. Je refuse d'en entendre parler. On ne cédera pas aussi facilement. Mon enfant ne sera pas élevée par un robot, dussé-je passer des années à le lui faire oublier. »

Weston ramassa de nouveau son journal d'un air déçu. « À ce train-là, mes cheveux auront blanchi prématurément dans un an. »

La réponse fusa, glaciale : « Merci de ton aide ! Gloria a besoin de changer de cadre. Comment pourrait-elle oublier Robbie dans cette maison, où chaque arbre, chaque rocher le lui rappelle ? De toute ma vie, je n'ai jamais vu une situation aussi *ridicule*. Imaginer qu'une enfant dépérisse de la perte d'un robot !

— Bon, au fait. Quel genre de cadre prévois-tu pour elle ?

— On va l'emmener à New York.

— En ville ! Au mois d'août ! Tu sais à quoi ressemble New York en plein mois d'août ? C'est intenable.

— Des millions de gens le supportent.

— Ils n'ont pas la chance de disposer d'une résidence comme la nôtre. S'ils pouvaient quitter New York, ils ne s'en priveraient pas, tu peux me croire.

— Tant pis pour nous. On va partir tout de suite… ou du moins dès qu'on aura pris les dispositions nécessaires. En ville, Gloria trouvera assez de centres d'intérêt et d'amis pour remonter la pente et oublier cette machine.

— Bon sang ! gémit le mari. Quand je pense à ces trottoirs brûlants !

— Tant pis, répéta l'épouse imperturbable. Gloria a perdu deux kilos ce mois-ci et la santé de ma petite fille m'importe plus que ton confort.

— Dommage que tu n'y aies pas pensé avant de la priver de son robot », murmura-t-il… mais pour lui-même.

Gloria montra des signes d'amélioration sitôt qu'on évoqua le voyage imminent. Elle n'en parlait guère, mais toujours avec un plaisir anticipé. Elle se reprit à sourire, et à manger avec un peu de son appétit antérieur.

Mme Weston se congratula sans retenue et ne manqua aucune occasion de triompher de son mari toujours sceptique.

« Tu vois qu'elle aide à préparer les paquets comme un petit ange et qu'elle babille comme si elle n'avait plus le moindre souci. Je te l'avais bien dit : il suffit de l'intéresser à autre chose.

— Hmm, je l'espère », fut la réponse peu convaincue.

On prit rapidement les dispositions préliminaires, préparer la maison de ville et engager un couple pour entretenir la résidence de campagne. Le jour du départ venu, Gloria avait retrouvé presque tout son entrain ; à aucun moment elle ne mentionna le nom de Robbie.

D'excellente humeur, la famille prit un gyrotaxi pour l'aéroport (Weston aurait préféré utiliser son gyro personnel, mais l'appareil ne comportait que deux places et aucune soute à bagages) où elle embarqua dans l'avion de ligne.

« Viens, Gloria, je t'ai réservé une place près du hublot afin que tu puisses regarder le paysage. »

La fillette trotta allégrement dans l'entrée centrale, s'aplatit le nez contre l'épaisse glace ovale et observa le paysage avec un intérêt renouvelé lorsque le grondement du moteur se répercuta dans la cabine. Elle était trop jeune pour éprouver de la peur lorsque le sol s'enfonça sous elle comme par une trappe et qu'elle sentit son poids doubler tout à coup, mais pas pour être fascinée. Il fallut que le sol prenne l'aspect d'un patchwork lointain avant qu'elle consente à se décoller du hublot et à faire face à sa mère.

« On arrive bientôt à la ville, maman ? demanda-t-elle en frictionnant son petit bout de nez gelé et regardant avec intérêt la tache de buée formée par sa respiration sur la vitre se rétrécir lentement et disparaître.

— Dans une demi-heure environ, ma chérie. Tu n'es pas contente de partir ? ajouta Mme Weston avec un soupçon d'inquiétude. Tu ne crois pas que tu seras heureuse en ville avec tous les immeubles et les gens que tu pourras voir ? On ira tous les jours au visivox, au cirque, à la plage et…

— Oui, maman », répondit Gloria sans enthousiasme. L'avion passa alors au-dessus d'un banc de nuages et la fillette s'absorba aussitôt dans la contemplation de ce spectacle inhabituel. Puis l'appareil regagna un ciel dégagé et elle se tourna vers sa mère avec un air de mystère.

« Je sais pourquoi on va en ville, maman.

— Vraiment ? demanda Mme Weston, intriguée. Pourquoi ?

« — Tu ne m'as rien dit parce que vous vouliez me faire la surprise, mais je sais. » Elle resta admirative devant sa propre perspicacité, puis se mit à rire gaiement. « On va à New York pour retrouver Robbie, hein ?… Avec des détectives. »

Cette déclaration surprit George Weston au moment où il avalait une gorgée d'eau. Le résultat se révéla désastreux : un hoquet étranglé, un geyser, une quinte de toux frisant l'asphyxie. Il se leva, le visage apoplectique, trempé des pieds à la tête et fort ennuyé.

Mme Weston demeura imperturbable, mais quand Gloria répéta sa question d'une voix plus anxieuse, elle sentit la colère la gagner.

« Peut-être, répondit-elle sèchement. Maintenant, pour l'amour du ciel, assieds-toi et ne bouge plus. »

Le New York de 1998 était plus que jamais dans son histoire le paradis des touristes. Les parents de Gloria s'en rendirent compte et en tirèrent le meilleur parti possible.

Suivant les directives formelles de sa femme, George Weston laissa un mois durant ses affaires se débrouiller seules afin de, selon ses propres termes, « distraire Gloria jusqu'à ce qu'elle s'oublie ». Comme dans tout ce qu'il entreprenait, il effectua cette tâche avec un esprit méthodique, efficient et pratique, bien dans la manière d'un homme d'affaires. Avant que le mois soit écoulé, tout ce qu'on pouvait faire avait été fait.

La petite fille avait été menée sur l'immeuble Roosevelt, haut de huit cents mètres, afin d'y contempler avec une admiration craintive le panorama cahoteux de toits qui se perdait au loin dans les champs de Long Island et les plaines du New Jersey. Ils visitèrent les zoos où Gloria regarda avec une terreur délicieuse un « vrai lion vivant » (déçue de voir les gardiens lui servir des quartiers de viande crue plutôt que des êtres humains, comme elle s'y attendait) et exigea avec une insistance péremptoire de rendre visite à « la baleine ».

Les divers musées reçurent leur part d'attention, de même que les parcs, les plages et l'aquarium.

Elle remonta la moitié du cours de l'Hudson dans un vapeur d'excursion équipé à la façon archaïque des Années folles. Elle voyagea dans la stratosphère au cours d'un vol d'exhibition et vit le ciel devenir pourpre foncé, les étoiles surgir en plein jour et la terre brumeuse, au-dessous d'elle, prendre l'aspect d'un immense bol renversé. On la promena sous les eaux du Long Island Sound à bord d'un mésoscaphe aux parois de verre, dans un monde vert ondulant où d'étranges animaux marins venaient les dévisager avec curiosité, pour s'éloigner soudain à toute allure.

Sur un plan plus prosaïque, M. Weston la conduisit dans un grand magasin où elle put se délecter des ressources fournies par un autre genre de pays des fées.

En vérité, une fois le mois presque écoulé, les Weston étaient convaincus d'avoir fait leur possible pour détourner l'esprit de Gloria, une fois pour toutes, du robot disparu… mais ils n'étaient pas certains d'avoir réussi.

Le fait demeurait que, en tout lieu visité, elle faisait montre de l'intérêt le plus intense envers chaque robot qui se trouvait là. Si captivant que soit le spectacle sous ses yeux, si nouveau qu'il soit pour ses jeunes années, elle s'en détournait sans délai si elle avait surpris du coin de l'œil l'éclair d'un mouvement métallique.

Mme Weston veilla dès lors soigneusement à lui éviter la présence de tout robot.

Le drame atteignit son point culminant au musée de la Science et de l'Industrie, lequel avait annoncé un programme spécial qui présentait des tours de « magie » scientifiques mis à la portée des esprits enfantins. Bien entendu, les Weston placèrent la séance sur la liste des distractions indispensables.

Tandis qu'ils se tenaient devant un stand, absorbés par les exploits d'un électroaimant, sa mère s'aperçut soudain que Gloria n'était plus à ses côtés. Sa panique initiale devint une calme décision et, avec l'aide de trois préposés, on entreprit une fouille minutieuse.

Bien sûr, la fillette n'était pas du genre à errer au hasard. Elle faisait preuve d'une détermination inhabituelle pour son âge, ayant hérité des gènes maternels sur ce point. Une pancarte gigantesque, portant l'inscription ROBOT PARLANT et une flèche, avait attiré son attention. Ayant déchiffré les deux mots à mi-voix et remarqué que ses parents ne semblaient guère disposés à prendre la bonne orientation, elle adopta la seule décision logique. Elle guetta le moment opportun et, lorsqu'elle vit ses parents plongés dans leur contemplation, elle se libéra calmement et suivit la direction indiquée.

Le Robot Parlant constituait un tour de force, un dispositif dénué de toute utilité pratique et n'ayant qu'une valeur publicitaire. Une fois par heure, un groupe emmené par un guide s'arrêtait devant et posait à l'ingénieur préposé des questions chuchotées. Celles dont l'ingénieur estimait qu'elles convenaient aux circuits de la machine étaient transmises au Robot Parlant.

Mais cela n'avait rien de très passionnant. Il peut être utile de savoir que le carré de quatorze est cent quatre-vingt-seize, la température ambiante de 22,2 degrés, la pression de l'air de 762 millimètres de mercure, le poids atomique du sodium de 23, mais on n'a pas besoin d'un robot pour ça. Surtout, il n'est pas nécessaire de posséder une masse immobile et peu maniable de fils et de tambours s'étendant sur vingt-cinq mètres carrés pour obtenir de tels résultats.

Peu de gens prenaient la peine de poser une seconde question, mais une fille de quinze ou seize ans attendait calmement sur un banc la réponse à une troisième. Elle se trouvait seule dans la pièce lorsque Gloria y pénétra.

Cette dernière ne lui accorda pas un regard. À ses yeux, en cet instant, un autre être humain constituait un article dénué d'intérêt. Seul le gros machin pourvu de roues retenait son attention. Elle hésita, déconcertée. L'engin ne ressemblait à aucun des robots qu'elle ait vus.

Timidement, elle éleva son petit filet de voix tremblant. « S'il vous plaît, monsieur le robot, vous êtes le Robot Parlant ? » Elle n'en était pas très sûre, mais il lui semblait qu'un robot capable de s'exprimer en paroles était digne du plus grand respect.

(L'adolescente adopta une expression de concentration intense, saisit un calepin et se mit à griffonner.)

Un bruit d'engrenages bien huilés retentit et une voix au timbre mécanique prononça des mots qui manquaient à la fois d'accent et d'intonation : « Je… suis… le… robot… qui… parle. »

Gloria le regarda d'un petit air triste. Il parlait, oui, mais le son provenait d'on ne savait où. Il n'y avait aucun visage auquel s'adresser. « Vous pouvez m'aider, monsieur le robot ? »

Le Robot Parlant était conçu pour répondre à des questions, mais on ne lui avait posé que des questions auxquelles il pouvait répondre. Il avait donc tout à fait confiance en ses capacités. « Je… peux… vous… aider.

— Merci, monsieur le robot. Vous avez vu Robbie ?

— Qui… est… Robbie ?

— C'est un robot, monsieur le robot. » Elle se hissa sur la pointe des pieds. « Il fait environ cette taille, monsieur le robot, un peu plus, même, et il est très gentil. Il a une tête, vous savez. Je veux dire que vous n'en avez pas, mais lui si, monsieur le robot. »

Le Robot Parlant se trouvait quelque peu dépassé. « Un… robot ?

— Oui, monsieur le robot. Un robot comme vous, sauf qu'il ne parle pas, bien sûr, et… qu'il ressemble à une vraie personne.

— Un… robot… comme… moi ?

— Oui, monsieur le robot. »

À quoi le Robot Parlant ne répondit que par un vague gargouillis et quelques bruits incohérents. Le terme générique qui envisageait son existence non pas en tant qu'objet particulier mais comme membre du groupe dépassait son entendement. En toute loyauté, il s'efforça d'intégrer le concept : l'opération grilla une demi-douzaine de ressorts. De petits signaux d'alarme se mirent à grésiller.

(La jeune adolescente quitta la salle à ce moment précis. Elle avait pris assez de notes pour son essai de physique : « *Les aspects pratiques des robots* ». Cet article de Susan Calvin fut le premier d'une longue série sur le même sujet.)

Gloria attendait encore avec une impatience soigneusement dissimulée la réponse de la machine à sa question lorsqu'elle entendit un cri derrière elle : « La voici ! »

La voix de sa mère.

« Qu'est-ce que tu fabriques là, vilaine ? s'écria Mme Weston, dont l'anxiété se muait déjà en colère. Tu sais que tu nous as fait mourir de peur ? Pourquoi t'es-tu enfuie ? »

L'ingénieur préposé au robot venait à son tour d'entrer dans la pièce en s'arrachant les cheveux et tançait la foule aussitôt rassemblée, en demandant qui avait touché la machine. « Il n'y a personne parmi vous qui sache lire ? hurlait-il. Nul n'a le droit de pénétrer dans cette salle sans être accompagné. »

Gloria haussa sa voix consternée au-dessus du tumulte. « Je ne suis venue ici que pour voir le Robot Parlant, maman. J'ai pensé qu'il saurait peut-être où se trouve Robbie, parce que ce sont tous les deux des robots. » Comme le souvenir de Robbie s'imposait tout à coup, une crise de larmes la saisit. « Et il *faut* que je retrouve Robbie, maman, il le *faut*. »

Mme Weston étouffa un cri. « Oh ! juste ciel. Rentrons, George. Je n'en peux plus. »

Le soir venu, George Weston s'absenta pendant plusieurs heures. Le lendemain matin, il s'adressa à sa femme avec une expression qui ressemblait beaucoup à une satisfaction complaisante. « Il m'est venu une idée, Grace.

— À quel sujet ? s'enquit-elle d'un ton morne et sans manifester le moindre intérêt.

— Celui de Gloria.

— Tu ne vas pas me proposer de racheter ce robot, j'espère ?

— Non, bien sûr que non.

— Dans ce cas, je t'écoute. Rien de ce que j'ai fait n'a donné le moindre résultat.

— Bon, voici le fruit de mes réflexions. Tout le mal vient de ce que Gloria tient Robbie pour une *personne* et non pour une *machine*. Donc elle ne parvient pas à l'oublier. Or, si on arrivait à la convaincre que ce n'est qu'un magma d'acier et de cuivre sous forme de plaques et de fils, avec de l'électricité pour lui donner vie, je me demande combien de temps dureraient ses regrets. L'offensive psychologique, tu me suis ?

— Comment comptes-tu t'y prendre ?

— Rien de plus simple. Où crois-tu que j'étais hier soir ? J'ai persuadé Robertson, de l'U.S. Robots et Hommes Mécaniques, de nous offrir une visite complète de l'usine dès demain. On enfoncera dans la tête de Gloria qu'un robot n'est pas un être vivant. »

Les yeux de Mme Weston s'arrondirent peu à peu ; une lueur brilla dans son regard, qui évoquait fort une admiration soudaine. « George, c'est une *excellente* idée. »

Et les boutons de veste de George Weston de se tendre aussitôt. « Je n'en ai jamais d'autres », dit-il modestement.

M. Struthers était un directeur général consciencieux avec une propension naturelle au bavardage, combinaison le menant à agrémenter la visite de commentaires surabondants. Néanmoins, Mme Weston ne manifesta aucun ennui. Elle alla même jusqu'à l'interrompre plusieurs fois pour lui demander de répéter ses explications en des termes plus simples, accessibles à un enfant de l'âge de Gloria. Aiguillonné par cette juste appréciation de ses talents de narrateur, M. Struthers s'épanouit et devint encore plus verbeux, si possible.

George Weston lui-même donnait des signes d'une impatience croissante.

« Pardonnez-moi, Struthers, dit-il, interrompant une conférence sur la cellule photoélectrique, n'y a-t-il pas un secteur de votre usine où on utilise uniquement la main-d'œuvre robot ?

— Hein ? Oh ! oui ! » Il sourit à l'adresse de Mme Weston. « D'une certaine manière, c'est un cercle vicieux : des robots qui créent d'autres robots. On se garde de généraliser la méthode, bien entendu. D'abord, les syndicats ne nous le permettraient jamais. Mais on peut produire quelques unités en faisant appel exclusivement à la main-d'œuvre robot, un genre d'expérience scientifique. Voyez-vous… » il ponctua son discours en se frappant la paume de son pince-nez « … ce dont les syndicats ne se rendent pas compte – et je dis cela en homme qui a toujours manifesté une grande sympathie au mouvement ouvrier en général –, c'est que l'avènement du robot, tout en semant quelques perturbations au début dans la répartition du travail, finira inévitablement…

— Oui, Struthers, dit Weston, mais pourrait-on voir le secteur en question ? Ce serait très intéressant, je parie.

— Mais oui, mais oui, certainement ! » M. Struthers replaça son pince-nez à l'endroit adéquat d'un geste convulsif et laissa échapper une petite toux déconfite. « Suivez-moi, je vous prie. »

Il observa un mutisme relatif en guidant les visiteurs le long d'un interminable couloir et d'un escalier dont il descendit les marches le premier. Puis, lorsqu'ils eurent pénétré dans une grande salle bien éclairée qui bourdonnait d'activité métallique, les vannes se rouvrirent et le torrent d'explications déferla une fois de plus.

« Et voilà ! s'écria-t-il avec de l'orgueil dans la voix. Un personnel uniquement composé de robots ! Cinq hommes servent de surveillants et ils ne se trouvent même pas dans cette salle. En cinq ans, c'est-à-dire depuis l'inauguration de cet atelier, il ne s'est pas produit un seul accident. Bien sûr, les robots assemblés ici sont plutôt simples, mais… »

La voix du directeur général s'était depuis longtemps réduite à une sorte de murmure apaisant dans les oreilles de Gloria. Toute cette visite lui semblait plutôt monotone et sans intérêt, bien qu'il y ait de nombreux robots en vue. Aucun d'eux ne ressemblait, même de loin, à Robbie, et elle les regardait avec un dédain non dissimulé.

Ici, il n'y avait pas du tout de gens, remarqua-t-elle. Puis ses yeux tombèrent sur six ou sept robots qui s'activaient autour d'une table, à mi-chemin de la pièce. Ils s'arrondirent de surprise incrédule. La pièce était vaste, sans doute, mais l'un des robots ressemblait… ressemblait… *c'était lui* !

« *Robbie !* » Son cri perça l'air et l'un des robots qui s'affairaient autour de la table fit un geste maladroit, lâchant son outil.

Folle de joie, Gloria se glissa sous la rambarde avant que son père ou sa mère ne puisse la retenir, se laissa tomber en souplesse sur le sol un mètre plus bas et, agitant les bras, cheveux au vent, s'élança en courant vers Robbie.

Alors les trois adultes, pétrifiés, virent ce que la petite fille déchaînée n'avait pas vu… un énorme tracteur roulant lentement sur sa voie réservée.

Il fallut quelques fractions de seconde à Weston pour recouvrer l'usage de ses sens – un instant crucial : Gloria ne pouvait être rejointe. Il franchit bien la rambarde dans une ultime tentative, mais elle ne laissait bien sûr aucun espoir. M. Struthers fit désespérément signe aux surveillants de stopper le tracteur, mais ceux-ci n'étaient que des humains : il leur fallait du temps.

Seul Robbie réagit immédiatement avec une précision sans défaut.

Ses jambes de métal dévorant l'espace entre lui et sa petite maîtresse, il fonça de la direction opposée. Tout parut se produire en même temps. D'un mouvement du bras, il cueillit au vol la fillette sans réduire sa vitesse d'un iota, lui coupant le souffle dans le choc. Weston, égaré, sentit plutôt qu'il ne vit Robbie passer devant lui à le frôler et s'arrêta net, ahuri. Le tracteur coupa la trajectoire de Gloria une demi-seconde après que Robbie l'eut enlevée, roula trois mètres plus loin et finit par stopper dans un grincement prolongé.

Gloria reprit son souffle, subit les embrassades passionnées de ses parents et se tourna ardemment vers le robot. De son point de vue, il n'était rien arrivé, sinon qu'elle avait retrouvé son ami.

Mais le soulagement sur le visage de Mme Weston s'était soudain transformé en noir soupçon. Elle se tourna vers son mari et, malgré son air échevelé et son apparence rien moins que digne, parvint à prendre un aspect redoutable. « Tu as tout manigancé, hein ? »

George Weston tamponnait son front brûlant à l'aide de son mouchoir. Sa main était hésitante et ses lèvres s'incurvaient en un sourire frémissant, des plus faible.

Sa femme poursuivit sa mise en accusation. « Robbie n'était pas conçu pour exécuter des travaux mécaniques. Il ne pouvait être d'aucune utilité dans cet établissement. Tu l'as fait placer délibérément dans cet atelier afin que Gloria puisse le revoir. Avoue donc.

— Ma foi, oui. Mais comment pouvais-je prévoir que la réunion serait aussi violente ? D'ailleurs, il lui a sauvé la vie ; ça, il te faut bien l'admettre. Tu ne peux plus le renvoyer. »

Grace Weston réfléchit. Elle se tourna vers Gloria et Robbie pour les considérer d'un regard absent. La fillette entourait le cou du robot d'une étreinte qui aurait asphyxié toute créature non métallique et babillait avec frénésie des mots sans suite. Les bras de Robbie en acier au nickel-chrome (capables de transformer en bretzel une barre d'acier de cinq centimètres de diamètre) la tenaient doucement, affectueusement, et ses yeux brillaient d'un rouge profond, très profond.

« Ma foi, dit-elle enfin, j'imagine qu'il pourra rester avec nous jusqu'au jour où la rouille l'emportera. »

*Susan Calvin haussa les épaules.*

*« Bien entendu, il n'en a rien été. Ça se passait en 1998. Dès 2002, on avait mis son successeur au point. Le robot parlant mobile a relégué à la case tous les modèles muets et fait déborder le vase pour les opposants aux robots. La plupart des gouvernements ont interdit leur usage sur Terre, sauf à fins de recherche scientifique, entre 2003 et 2007.*

*— Si bien que Gloria a dû finir par renoncer à son cher Robbie ?*

*— Je le crains. Mais la séparation a dû être plus facile à seize ans qu'à huit. Néanmoins c'était là une attitude stupide et injustifiée de la part de l'humanité. L'U.S. Robots a connu ses pires difficultés financières à l'époque où j'y suis entrée, en 2007. Au début, j'ai bien cru que mon emploi serait supprimé au bout de quelques mois, mais c'est alors qu'on a développé le marché extraterrestre.*

*— Et dès lors vous étiez tirés d'affaire.*

*— Pas tout à fait. On a d'abord tâché d'adapter les modèles dont on disposait. Ces premiers modèles parlants, entre autres. Trois mètres cinquante de haut, très frustes, ils ne valaient pas grand-chose. On les a expédiés sur Mercure, où ils devaient aider à construire une station minière, mais ça a été un échec. »*

*Je levai les yeux, surpris. « Vraiment ? Pourtant les Mines mercuriennes sont une firme qui vaut des milliards de dollars.*

— À présent, oui. C'est la seconde tentative qui a réussi. Si vous voulez des détails sur cette opération, jeune homme, je vous conseille d'aller voir Gregory Powell. En collaboration avec Michael Donovan, il a résolu nos problèmes les plus épineux des années 2010 et 2020. Il y a des lustres que je n'ai eu de nouvelles de Donovan, mais Powell vit ici même, à New York. Il est grand-père, une idée à laquelle j'ai de la peine à m'habituer. Je le vois toujours plutôt jeune. Bien sûr, je l'étais aussi. »

J'essayai de l'amener à poursuivre : « Si vous voulez bien me donner les grandes lignes, docteur Calvin, je demanderai à M. Powell de compléter par la suite. » Ce que je fis plus tard.

Elle étendit ses mains fines sur la table et les regarda. « Il y a deux ou trois exemples que je connais un peu.

— Commençons par Mercure, suggérai-je.

— Soit. La seconde expédition doit remonter à 2015. Elle avait un but exploratoire et se trouvait financée en partie par l'U.S. Robots et en partie par les Minéraux solaires. Elle comprenait un robot d'un modèle nouveau, encore expérimental, accompagné de Gregory Powell et Michael Donovan... »

# 2

## Cycle fermé

L'un des lieux communs favoris de Gregory Powell voulait que l'on n'obtienne rien par la surexcitation. Quand Mike Donovan descendit l'escalier vers lui quatre à quatre, ses cheveux roux plaqués par la sueur, l'autre fronça donc les sourcils.

« Quoi ? Tu t'es cassé un ongle ? demanda-t-il.

— Ouais ! rugit fiévreusement Donovan. Qu'est-ce que tu as trafiqué toute la journée dans les sous-niveaux ? » Il prit une profonde inspiration et bredouilla : « Speedy n'est pas revenu. »

Les yeux de Powell s'arrondirent ; il s'arrêta, puis recouvra sa présence d'esprit et reprit son ascension. Il n'ouvrit pas la bouche avant le palier supérieur. « Tu l'avais envoyé à la recherche du sélénium ?

— Oui.

— Il est parti depuis combien de temps ?

— Cinq heures, maintenant. »

Silence. La situation était diablement mauvaise. Ils avaient atterri douze heures plus tôt, et déjà ils étaient dans les pires ennuis jusqu'au cou. Mercure était depuis long-temps le porte-guigne du système, mais là, c'était pousser le bouchon un peu loin, même pour un porte-guigne.

« Reprends au début, dit Powell, et mettons les choses à plat. »

Ils avaient atteint la salle de radio – l'appareillage, durant les dix ans d'inutilisation qui avaient précédé leur venue, s'était subtilement démodé. Oui, sur le plan technique, dix ans, ça comptait : il suffisait de comparer Speedy au modèle de robot dont on disposait en 2005. Mais la robotique réalisait désormais des progrès fantastiques. Powell posa un doigt hésitant sur une surface métallique ayant conservé son poli. L'atmosphère d'abandon qui imprégnait tous les objets de la pièce – et la station tout entière – avait quelque chose d'infiniment déprimant.

Donovan avait dû y être sensible. « J'ai tenté de le localiser par radio, en vain. Elle ne sert à rien sur le côté de Mercure exposé au soleil – passé trois kilomètres, en tout cas. Une des raisons de l'échec de la première expédition. Et il va encore nous falloir des semaines pour terminer l'installation des émetteurs à ondes ultra-courtes…

— Oublie ça. Qu'est-ce que tu as réussi à localiser ?

— Le signal annonçant la présence d'un corps inorganisé, sur les ondes courtes. Je ne peux en déduire que sa position. Je l'ai suivi à la trace pendant deux heures et j'ai porté les relevés sur la carte. »

Il tira de sa poche un carré de parchemin jauni – relique de la Première Expédition manquée – et le plaqua sur la table en le lissant de la paume. Powell, les mains croisées sur la poitrine, contempla la carte de loin.

Le crayon de Donovan désigna nerveusement le papier. « La croix rouge indique le filon de sélénium. C'est toi qui l'as tracée.

— Lequel ? MacDougal en a répertorié trois à notre intention avant de quitter les lieux.

— J'ai envoyé Speedy au plus proche, bien sûr. Ça fait une trentaine de kilomètres. Mais qu'importe ? » Sa voix avait pris une certaine tension. « Voici les points qui marquent la position de Speedy. »

Pour la première fois, la maîtrise de soi qu'affectait Powell se trouva ébranlée et ses mains bondirent vers la carte.

« Tu parles sérieusement ? C'est impossible.

— Constate par toi-même », grommela Donovan.

Les points au crayon marquant la position de Speedy dessinaient un cercle grossier autour de la croix rouge du filon de sélénium. Powell effleura sa moustache brune, un signe infaillible d'anxiété.

« Au cours des trois heures durant lesquelles j'ai suivi sa progression, ajouta Donovan, il a fait quatre fois le tour de ce maudit filon. J'ai la nette impression qu'il va poursuivre ce manège indéfiniment. Tu comprends le problème ? »

Powell leva les yeux sans répondre. Il comprenait trop bien. Le raisonnement avait la rigueur d'un syllogisme. Les bancs de cellules photoélectriques qui seuls s'interposaient entre eux et la pleine puissance du soleil monstrueux de Mercure étaient bousillés. Tout ce qui sauverait les deux hommes, c'était ce sélénium. Seul Speedy pouvait le leur rapporter. Pas de sélénium, pas de bancs de photocellules. Pas de bancs... la mort par cuisson lente était l'une des façons les plus déplaisantes de passer de vie à trépas.

L'autre frictionna furieusement sa tignasse rousse et reprit, amer : « On va devenir la risée du système, Greg. Comment la situation a-t-elle viré si vite au désastre ? On envoie la fameuse équipe Powell-Donovan évaluer l'opportunité de rouvrir l'exploitation de la Mine sur la face de Mercure éclairée par le soleil au moyen de techniques modernes et de robots. Opération de pure routine, d'ailleurs. Et dès le premier jour on gâche tout ? Notre réputation ne s'en relèvera jamais.

— Elle n'en aura pas le loisir, je suppose, répondit tranquillement Powell. Faute de mesures immédiates, on n'aura plus à se préoccuper de relever notre réputation, ni de se relever tout court.

— Ne fais pas l'imbécile ! Tu as envie de plaisanter ? Moi pas. C'était criminel de nous expédier ici avec un seul robot. Et qui a eu l'idée brillante de nous charger nous-mêmes de la constitution des bancs de photocellules ? Toi !

— Là, tu déformes la vérité. On a pris la décision d'un commun accord, tu le sais bien. Il nous suffisait d'un kilogramme de sélénium, d'une diélectrode Stillhead et d'un délai de trois heures… et il y a des filons de sélénium pur sur toute la surface exposée au soleil. Le spectroréflecteur de MacDougal nous en a localisé trois en cinq minutes, pas vrai ?

— Bon, qu'est-ce qu'on fait ? Tu as ton idée, ou tu ne serais pas aussi calme. Tu n'as pas plus l'étoffe d'un héros que moi. Vas-y, parle !

— On ne risque pas de poursuivre Speedy nous-mêmes sur la face ensoleillée. Même les nouvelles tenues isolantes ne protègent pas plus de vingt minutes à l'exposition directe aux rayons solaires. Mais tu connais le dicton, Mike : *Rien de tel qu'un robot pour attraper un robot*. Écoute, tout n'est pas perdu. On dispose encore de six robots dans les sous-niveaux, qu'on pourra utiliser s'ils sont en état. »

Une lueur d'espoir jaillit dans les prunelles de Donovan. « Six robots abandonnés par la Première Expédition ? Tu en es sûr ? Il ne s'agirait pas d'engins pararobotiques ? Dix ans, c'est long, dans notre domaine.

— Non, ce sont de vrais robots. J'ai passé toute la journée auprès d'eux ; je sais ce que je dis. Ils possèdent un cerveau positronique… primitif, bien entendu. » Il glissa la carte dans sa poche. « Descendons. »

Les robots se trouvaient tous les six au dernier sous-niveau, entourés de caisses moisies au contenu incertain. Ils étaient gigantesques : même assis par terre, les jambes étendues devant eux, ils culminaient à plus de deux mètres de hauteur.

Donovan laissa échapper un sifflement : « Vise-moi ces colosses ! Trois mètres de tour de poitrine, au bas mot.

— C'est qu'ils sont dotés des vieux mécanismes McGuffy. J'ai examiné l'intérieur... jamais rien vu d'aussi rudimentaire.

— Tu les as démarrés ?

— Non. Je n'avais aucune raison de les essayer. Ils doivent fonctionner. Même le diaphragme semble à peu près correct. Ils parleraient que ça ne m'étonnerait pas du tout. »

Ce disant, il avait démonté la plaque thoracique du robot le plus proche, inséré dans la cavité la petite sphère de deux centimètres contenant la minuscule étincelle d'énergie atomique donnant la vie au robot. Il eut quelque peine à la mettre en place, y parvint pourtant, puis remonta non sans mal la plaque thoracique. Les radiocommandes des modèles plus récents étaient inconnues dix ans plus tôt. Puis il procéda de même pour les cinq autres.

« Ils n'ont pas bougé, nota Donovan avec inquiétude.

— Ils n'en ont pas reçu l'ordre », répondit brièvement Powell. Il revint au premier de la rangée et lui donna un coup sur la poitrine. « Toi ! Tu m'entends ? »

La tête du monstre s'inclina peu à peu et ses yeux se fixèrent sur l'homme. Puis d'une voix rugueuse, pareille à celle d'un antique phonographe, il grinça : « Oui, maître ! »

Powell adressa à son compagnon un sourire sans joie. « Tu as entendu ? À l'époque, on pensait que l'usage des robots serait interdit sur la Terre. Pour combattre cette tendance, les constructeurs introduisaient dans leurs fichues machines de bons complexes d'esclaves parfaitement stylés.

— Ça n'a guère servi, murmura l'autre.

— Sans doute, mais ils ont fait de leur mieux. » Il se tourna de nouveau vers le robot.

« Debout ! »

Le robot se dressa peu à peu, la tête de Donovan se relevant pour suivre le mouvement et de ses lèvres s'échappa un nouveau sifflement.

« Tu peux remonter à la surface ? Dans la lumière ? »

Quelques secondes s'écoulèrent durant lesquelles le lent cerveau se mettait en branle pour répondre à la sollicitation. « Oui, maître, dit-il enfin.

— Bien. Tu sais ce que représente un kilomètre ? »

Nouvelle réflexion, nouvelle réponse, toujours aussi lente. « Oui, maître.

— On va te conduire à la surface et t'indiquer une direction. Tu parcourras environ trente kilomètres et tu trouveras quelque part dans cette région un autre robot plus petit que toi. Tu as compris jusqu'ici ?

— Oui, maître.

— Tu le trouves et tu lui donnes l'ordre de rentrer. S'il refuse, tu le ramènes de force. »

Donovan saisit sa manche. « Pourquoi ne pas lui demander de rapporter le sélénium ?

— Parce que je tiens à récupérer l'autre robot, tête de linotte ! Je veux savoir ce qui cloche dans son mécanisme. » Et, se tournant vers le robot : « Eh bien, avance. »

Le robot demeura immobile et sa voix grinça. « Pardonnez-moi, maître, je ne peux pas. Vous devez monter d'abord. » Ses bras s'étaient rejoints avec un claquement, ses doigts massifs entrelacés.

Powell le regarda fixement et pinça sa moustache. « Hein ?… Oh ! »

Donovan écarquilla les yeux. « On doit l'enfourcher ? Comme un cheval ?

— Tu as raison, je crois. Je ne vois pas très bien pourquoi. Je… ah ! j'y suis. Je t'ai dit qu'à l'époque les constructeurs privilégiaient sur la sécurité. De toute évidence, ils la mettaient en pratique en ne permettant pas aux machines de se déplacer sans la présence d'un cornac sur leurs épaules. Que va-t-on faire à présent ?

— Je me le demandais justement, murmura l'autre. Impossible de sortir à la surface, avec ou sans robot. Bon sang de bois ! » Il claqua des doigts à deux reprises. « Passe-moi ta carte. Je ne l'ai pas étudiée pendant deux heures pour rien. On se trouve dans une mine. Qu'est-ce qui nous empêche d'utiliser les galeries ? »

La mine figurait sous la forme d'un cercle noir ; les pointillés des galeries évoquaient une toile d'araignée.

Donovan se reporta à la liste des symboles au bas du document. « Regarde. Les points noirs représentent les puits de surface. J'en vois un qui émerge à quatre ou cinq kilomètres du filon de sélénium. J'aperçois un nombre... ils auraient pu écrire plus gros... 13a. Si les robots connaissent leur chemin dans ce réseau... »

Powell posa la question et reçut en réponse le monocorde : « Oui, maître.

— Prends ta tenue isolante », dit Donovan avec satisfaction.

C'était la première fois qu'ils la portaient, l'un comme l'autre – arrivés de la veille, ils ne s'attendaient pas à la revêtir aussi vite. Ils vérifièrent avec un certain malaise leur liberté de mouvement.

La tenue isolante était beaucoup plus encombrante et inesthétique que la tenue spatiale normale, mais infiniment plus légère, puisqu'il n'entrait aucun élément métallique dans sa composition. Constituée de liège chimiquement traité et de plastique à fort coefficient de résistance thermique, équipée d'un appareillage destiné à maintenir la sécheresse de l'air, elle supportait durant vingt minutes l'exposition à la pleine ardeur du soleil de Mercure. On pouvait prolonger ce délai de cinq à dix minutes sans entraîner la mort de l'occupant.

Les mains du robot formaient toujours un étrier improvisé et il ne manifesta pas la moindre surprise de voir Powell transformé en cette silhouette grotesque.

La voix de ce dernier, durcie par l'amplification radiophonique, retentit. « Prêt à nous conduire au puits 13a ?

— Oui, maître. »

Bien, songea Powell ; même si le contrôle par radio leur faisait défaut, l'émission et la réception fonctionnaient. « Choisis l'un des autres pour monture », dit-il à Donovan.

Il plaça un pied dans l'étrier de fortune, se jucha d'un élan et trouva le siège confortable. Le dos bossu du robot comportait une gouttière ménagée dans chacune des épaules pour loger les cuisses et deux « oreilles » allongées dont la destination apparaissait désormais évidente.

Powell les saisit et fit pivoter la tête massive. Sa monture obéit pesamment. « En route, mauvaise troupe ! » dit-il – mais il ne se sentait nullement le cœur léger.

Les gigantesques robots, qui allaient avec une précision toute mécanique, franchirent la porte avec à peine trente centimètres de marge, si bien que leurs cavaliers durent baisser la tête en toute hâte, longèrent un corridor où leurs pas tranquilles se répercutaient avec une implacable monotonie et pénétrèrent dans le sas.

Le long tunnel dépourvu d'atmosphère qui s'étirait devant eux et s'achevait en pointe d'aiguille dans le lointain amena Powell à prendre la pleine mesure de l'œuvre accomplie par la Première Expédition au moyen de robots rudimentaires, en partant de rien. Certes, elle avait échoué, mais son échec était beaucoup plus méritoire que les succès habituels au sein du Système solaire.

Les engins poursuivirent leur route sur un rythme invariable sans jamais allonger le pas.

« Note que ces galeries ruissellent de lumière et qu'il y règne une température terrestre. Il doit en aller ainsi depuis l'abandon de la mine il y a dix ans, dit Powell.

— Comment ça se fait ? demanda Donovan.

— De l'énergie à bas prix, la moins chère du système. L'énergie solaire, et sur la face exposée de Mercure, ça signifie quelque chose, je t'assure. C'est pour ça qu'on a installé la mine au soleil et non à l'ombre d'une montagne. Il s'agit en réalité d'un convertisseur d'énergie géant. La chaleur est transformée en électricité, en lumière, en travail mécanique et le reste ; il en résulte que, par un unique processus, on récupère l'énergie et on refroidit la mine.

— Bon, tout ce discours est des plus éducatif, d'accord, mais si tu changeais de sujet ? Il se trouve que la transformation d'énergie dont tu parles provient en grande partie des bancs de cellules photoélectriques... un point fort sensible chez moi pour l'instant. »

Powell poussa un vague grognement ; quand Donovan rompit le silence qui avait suivi, ce fut pour aborder un sujet de conversation entièrement différent. « Greg, qu'est-ce qui cloche chez Speedy, à la fin ? Je n'y pige que dalle. »

Difficile de hausser les épaules lorsqu'on est engoncé dans une tenue isolante. Powell essaya néanmoins. « Je l'ignore, Mike. L'environnement mercurien devrait lui convenir à la perfection : blindage isolant, adaptation à la pesanteur amoindrie, au sol accidenté, il est indéréglable... censément, du moins. »

Le silence retomba. Mais, cette fois, il perdura.

« Maître, dit le robot, nous sommes arrivés.

— Hein ? » Powell émergea brusquement d'une demi-somnolence. « Alors sors-nous d'ici, monte à la surface. »

Ils aboutirent dans une minuscule sous-station, vide, sans air, en ruine. À la lumière de sa lampe de poche, Donovan examina un trou dentelé vers le sommet d'un des murs.

« Chute de météorite ? » suggéra-t-il.

Powell secoua la tête. « On s'en fiche. Sortons. »

Une haute falaise de roches noires et basaltiques les abritant du soleil, la nuit profonde d'un monde sans atmosphère les engloba. Devant eux, l'ombre s'étendait pour aboutir à une crête dentelée aiguë comme un rasoir qui se découpait sur un jaillissement de lumière presque insoutenable réverbéré par des myriades de cristaux sur un sol rocheux.

« Par l'espace ! s'écria Donovan d'une voix étranglée. On dirait de la neige. »

En effet. Les yeux de Powell balayèrent le panorama hérissé jusqu'à l'horizon et ses paupières se contractèrent pour résister à l'éblouissement. « Ce secteur doit être tout à fait exceptionnel. L'albédo général de Mercure est bas et le sol se compose pour l'essentiel de pierre ponce grise. Un peu comme la Lune. C'est beau, hein ? » Il se félicitait de porter des filtres sur sa visière. Magnifique ou non, regarder le soleil à travers du verre ordinaire les aurait rendus aveugles en moins d'une minute.

Donovan consultait son thermomètre à ressort sur son poignet. « Miséricorde ! La température atteint quatre-vingts degrés centigrades ! »

Powell vérifia le sien. « Hum ! Plutôt élevée. L'atmosphère, je parie.

— Sur ce caillou ? Tu as perdu la boule ?

— Mercure n'est pas totalement dépourvue d'air », expliqua Powell d'une voix pensive. Il ajustait à sa visière une sorte de jumelle et les doigts boudinés de sa tenue isolante ne facilitaient pas l'opération. « Une faible exhalaison s'attache à sa surface – des vapeurs issues des éléments les plus volatils et des composés assez lourds pour que la gravité de la planète les retienne, comme le sélénium, l'iode, le mercure, le gallium, le potassium, le bismuth, les oxydes volatils. Les vapeurs se faufilent dans les ombres et produisent de la chaleur en se condensant. Une sorte de gigantesque alambic, en somme. D'ailleurs, si tu allumes ta lampe de poche, tu découvriras probablement des condensations de soufre, voire de la rosée de mercure.

— Peu importe. Nos tenues supporteront indéfiniment quatre-vingts malheureux degrés. »

Powell avait ajusté à sa visière l'appareil en forme de jumelles et ressemblait ainsi à un escargot.

Son compagnon l'observait avec attention. « Tu vois quelque chose ? »

L'autre attendit un moment pour répondre d'un ton songeur et anxieux. « Un point noir à l'horizon qui pourrait bien être le filon de sélénium. Il se situe à l'endroit indiqué. Pas de Speedy. » Il se jucha en équilibre instable sur les épaules de son robot, les jambes écartées, les yeux écarquillés. « Je crois… je crois… oui, c'est lui. Il vient par ici. »

Donovan suivit la direction indiquée par son doigt. S'il ne possédait pas de jumelles, il distinguait néanmoins un point minuscule se détachant en noir sur le fond éblouissant du sol cristallin. « Je l'ai ! cria-t-il. On y va ! »

Powell avait repris une position normale sur son perchoir et, de sa main capitonnée, il frappa la poitrine gargantuesque. « En avant, marche ! »

— Hue, cocotte ! » brailla Donovan en plantant des éperons imaginaires dans les flancs de sa monture mécanique.

Les robots reprirent leur marche de leur pas régulier – et silencieux, car le plastique des tenues isolantes ne laissait pas filtrer les sons dans l'atmosphère extrêmement raréfiée. Il n'en subsistait qu'une vibration rythmique qui demeurait en deçà du seuil auditif.

« Plus vite ! » cria Donovan. Le rythme demeura identique.

« Inutile de t'égosiller, répondit Powell. Ces tas de ferraille ne possèdent qu'une seule vitesse. Tu t'imagines peut-être qu'ils sont équipés de flexeurs sélectifs ? »

Ils avaient quitté l'ombre et les rayons du soleil s'abattirent sur eux en un bain brûlant qui les enveloppa tel un liquide.

Donovan se baissa d'instinct. « Aïe ! Je l'imagine, ou je sens vraiment la chaleur ? »

— Ça ne fait que commencer, dit l'autre, bourru. Ne perds pas Speedy de vue. »

Le robot SPD13 s'était assez rapproché pour qu'on le distingue. Des éclairs jaillissaient sous ses pas aisés et rapides sur le sol cahoteux. Son nom de Speedy dérivait des initiales caractérisant sa série, bien sûr, mais il honorait son surnom : les modèles SPD, au corps gracieux et aérodynamique, comptaient parmi les engins les plus rapides sortis des chaînes de montage de l'United States Robots et Hommes Mécaniques.

« Hé ! Speedy ! beugla Donovan en agitant frénétiquement la main.

— Speedy ! hurla Powell. Viens ! »

La distance entre eux et le robot errant diminuait momentanément, du fait de Speedy plutôt que de la démarche pesante des antiques montures vieilles de cinquante ans que chevauchaient les deux hommes.

Ces derniers se trouvaient assez près pour remarquer qu'il oscillait, tanguait, même... Powell levait à nouveau la main et poussait son émetteur de casque au maximum pour l'appeler de plus belle quand Speedy redressa la tête et les aperçut.

Il s'immobilisa aussitôt et resta planté sur ses jambes... avec juste un léger vacillement, tel un arbre sous une brise légère.

« Alors, Speedy ! Viens, mon vieux ! » hurla Powell.

C'est alors que, pour la première fois, la voix métallique de Speedy retentit dans ses écouteurs. « Jouons ! nom d'un chien ! Je t'attrape et tu m'attrapes ; nul couteau ne pourra couper en deux notre amitié. Car je suis le Petit Chaperon rouge, le gentil Petit Chaperon rouge. Youpi ! »

Tournant les talons, il s'élança dans la direction d'où il était venu, avec une vitesse et une fureur qui soulevaient de petits geysers de poussière brûlante.

Alors qu'il s'enfonçait dans le lointain, ses derniers mots leur parvinrent : « Il était une fois une petite fleur qui poussait auprès d'un grand chêne... » Phrase suivie d'un curieux cliquetis métallique qui aurait pu constituer l'équivalent d'un hoquet chez les robots.

« Où a-t-il pêché ce texte de Gilbert et Sullivan ? dit Donovan d'une voix enrouée. Dis donc, Greg, j'ai comme l'impression qu'il est ivre.

— Si tu ne l'avais pas dit, je ne m'en serais jamais aperçu ! répondit l'autre aigrement. Retournons à l'ombre de la falaise. Je me sens rôtir. »

Ce fut Powell qui rompit le silence atterré. « Bon, Speedy n'est pas ivre, au sens humain du terme, parce que c'est un robot et que les robots ne se soûlent pas. Néanmoins son étrange comportement constitue l'équivalent robotique de l'ivresse.

— Pour moi, il est ivre, déclara Donovan avec emphase. Il croit qu'on veut jouer, c'est tout ce que je sais. Mais ce n'est pas le cas, hélas. Il s'agit pour nous d'une question de vie ou de mort… la plus hideuse des morts.

— C'est bon. Ne me presse pas. Un robot n'est qu'un robot. Dès qu'on aura découvert la cause du dérangement, on le réparera et on pourra continuer.

— Une fois qu'on l'aura découverte, souligna l'autre avec aigreur.

— Speedy est bien adapté à Mercure, dit Powell. Mais cette région… » son bras balaya l'horizon « … est tout à fait anormale. On doit se baser là-dessus. Et d'où viennent ces cristaux ? Ils auraient pu se former à partir d'un liquide à refroidissement lent ; mais où aller chercher un liquide qui serait chaud au point de se refroidir sous les rayons solaires de Mercure ?

— Une action volcanique ? » suggéra Donovan aussitôt.

Powell sentit ses muscles se crisper. « La vérité sort de la bouche des enfants », dit-il d'une étrange petite voix. Il garda le silence durant cinq minutes et reprit enfin : « Écoute, Mike, qu'est-ce que tu as dit à Speedy lorsque tu l'as envoyé chercher du sélénium ? »

Donovan se trouva pris de court. « Fichtre… je n'en sais rien. Juste d'aller en chercher.

— D'accord, mais en quels termes ? Tâche de te rappeler les mots exacts.

— Je lui ai dit... euh... : "Speedy, on a besoin d'un peu de sélénium. Tu pourras en trouver à tel et tel endroit. Va et rapportes-en." C'est tout. Que voulais-tu que je lui dise de plus ?

— Tu n'as donné aucun caractère d'urgence à ton ordre, n'est-ce pas ?

— Pourquoi l'aurais-je fait ? Il s'agissait d'une simple opération de routine. »

Powell soupira. « On n'y peut plus rien à présent... mais nous voilà dans de beaux draps. » Il avait mis pied à terre et s'était assis dos à la falaise. Donovan vint le rejoindre et passa son bras sous le sien. Dans le lointain, le soleil brûlant semblait jouer au chat et à la souris avec eux ; à deux pas, les deux robots géants étaient invisibles à l'exception du rouge sombre de leurs yeux photoélectriques qui les toisaient sans ciller de leurs prunelles indifférentes.

Indifférentes ! Tout comme Mercure, aussi pourvue en guigne que dépourvue de taille.

La voix de Powell prit une intonation tendue dans les écouteurs de Donovan. « Bon, revoyons les trois règles fondamentales de la robotique... les Trois Lois inculquées au plus profond du cerveau positronique des robots. » Ses doigts gantés énumérèrent chacun des points dans l'obscurité. « Premièrement : "Un robot ne peut porter atteinte à un être humain ni, restant passif, laisser cet être humain exposé au danger."

— Exact !

— Deuxièmement : "Un robot doit obéir aux ordres donnés par les êtres humains, sauf si de tels ordres entrent en contradiction avec la Première Loi."

— Exact !

— Et troisièmement : "Un robot doit protéger son existence dans la mesure où cette protection n'entre pas en contradiction avec la Première ou la Deuxième Loi."

— Exact ! Ce qui nous amène où ?

— Pile à l'explication. Tout conflit entre les diverses Lois est réglé par les différents potentiels positroniques du cerveau. Imaginons qu'un robot se dirige tout droit vers un danger et qu'il le sache. Le potentiel automatique suscité par la règle numéro trois le contraint à revenir sur ses pas. Supposons que tu lui donnes l'ordre d'aller s'exposer à ce danger. Dans ce cas, la règle numéro deux suscite un contre-potentiel plus élevé que le précédent et le robot exécute les ordres au péril de son existence.

— Rien de neuf. Et après ?

— Prenons le cas de Speedy. Speedy est l'un des tout derniers modèles, extrêmement spécialisé et aussi coûteux qu'un croiseur de guerre. Un engin qu'on ne doit pas détruire à la légère.

— Alors ?

— Alors on a renforcé la Troisième Loi – ça figure spécifiquement dans les notices des modèles SPD – de telle sorte qu'il possède une allergie au danger inhabituelle. Mais quand tu l'as envoyé à la recherche du sélénium, tu lui as donné cet ordre d'un ton normal, sans le souligner d'aucune façon, si bien que le potentiel de la Deuxième Loi était plutôt faible. Du calme, je ne fais qu'exposer des faits.

— Continue, je commence à comprendre.

— Tu vois le topo, hein ? Il y a un danger quelconque dont le centre se situe dans le filon de sélénium. Il s'accroît à mesure que le robot s'approche, et à une certaine distance le potentiel de la Troisième Loi, inhabituellement élevé au départ, compense le potentiel de la Deuxième Loi, inhabituellement bas au départ. »

Donovan se dressa, excité. « Il atteint l'équilibre. Je vois. La Troisième Loi le repousse, la Deuxième l'attire…

— Et il tourne autour du filon de sélénium en suivant les points d'équilibre potentiel. À moins qu'on n'y mette bon ordre, il continuera sa ronde perpétuelle. » Powell reprit d'un air songeur : « D'où son ivresse. Lorsque l'équilibre potentiel est réalisé, la moitié des réseaux positroniques de son cerveau se retrouve court-circuitée. Je ne suis pas spécialiste en robots, mais la conclusion me semble évidente. Il a sans doute perdu le contrôle de ce mécanisme de la volonté que l'alcool annihile chez l'ivrogne. Un joli sac de nœuds !

— Mais c'est quoi, ce danger ? Si au moins on savait ce que Speedy fuit…

— C'est toi qui l'as suggéré : un phénomène volcanique. Juste au-dessus du filon de sélénium, des gaz s'élèvent, issus des entrailles de Mercure. Dioxyde de soufre, dioxyde de carbone… et monoxyde de carbone. En grandes quantités. Et à cette température… »

Donovan déglutit avec bruit. « Le monoxyde de carbone et le fer donnent du carbonyle de fer volatil.

— Or un robot, dit Powell, se compose essentiellement de fer. » Il continua, le visage sombre : « Rien de tel que la déduction. On a déterminé tous les éléments du problème ; il ne nous manque que la solution. Impossible d'aller chercher le sélénium nous-mêmes : il est trop loin. Impossible d'envoyer ces chevaux-robots : ils ne peuvent ni s'y rendre seuls, ni nous transporter là-bas assez vite pour nous éviter de rôtir. Et impossible de rattraper Speedy : cet imbécile s'imagine qu'on veut jouer et il parcourt cent kilomètres à l'heure quand on n'en couvre que sept.

— Si l'un de nous se dévoue et qu'il rentre cuit à point, il restera toujours le second.

— Oui, répondit l'autre, sarcastique, ce serait un noble sacrifice. Hélas, le héros se retrouverait incapable de donner des instructions avant d'atteindre le filon, et je doute que les robots regagnent la falaise sans ordre. Représentons-nous les faits concrètement. On est à trois ou quatre kilomètres du filon… disons trois… le robot parcourt six kilomètres à l'heure et on tient vingt minutes dans une combinaison isolante. Par ici, les radiations solaires dans la gamme de l'ultraviolet et au-dessous sont aussi mortelles que la chaleur.

— Hmm, dit Donovan. Il nous manque dix minutes.

— Une éternité. Si le potentiel de la Troisième Loi a arrêté Speedy à cet endroit, il doit y avoir une quantité appréciable d'oxyde de carbone dans cette atmosphère de vapeurs métalliques – et donc une action corrosive appréciable. Voici des heures qu'il s'y trouve exposé : imaginons qu'une rotule, par exemple, cède et le fasse s'écrouler ? Il ne s'agit plus seulement de réfléchir, mais de réfléchir *vite* ! »

Silence profond, noir, sinistre !

Donovan l'interrompit, la voix frémissant de l'effort qu'il faisait pour en chasser toute émotion. « Puisqu'on ne peut pas augmenter le potentiel de la Deuxième Loi en lançant de nouveaux ordres, pourquoi ne pas prendre le problème à rebours ? Si on accroît le danger, on accroît le potentiel de la Troisième Loi et on ramène Speedy en arrière. »

La visière de Powell s'était tournée vers lui en une interrogation silencieuse.

« Pour le chasser hors de son sillon, poursuivit l'autre, il nous suffirait d'augmenter la proportion d'oxyde de carbone dans ses environs. Il y a un laboratoire analytique complet à la station.

— Bien sûr, dans une exploitation minière.

— Donc, il doit aussi y avoir des kilos d'acide oxalique pour obtenir des précipitations de calcium.

— Par l'espace ! Mike, tu es un véritable génie !

— Si tu veux », admit un Donovan modeste. « Il s'agit juste de se rappeler que l'acide oxalique soumis à la chaleur se décompose pour donner de l'acide carbonique, de l'eau et de ce bon vieux monoxyde de carbone. De la chimie de base au lycée. »

Powell sauta sur ses pieds et attira l'attention d'un des deux robots géants en lui tapant du poing sur la cuisse. « Hé ! cria-t-il. Tu sais lancer ?

— Maître ?

— Tant pis. » Powell, maudissant le cerveau indolent du monstre, saisit une pierre dentelée de la taille d'une brique. « Prends ça et lance-le sur la tache de cristaux bleuâtres, juste de l'autre côté de cette fissure coudée. Tu la vois ? »

Donovan le tira par l'épaule. « C'est trop loin, Greg. Ça fait près de huit cents mètres.

— Allons, il s'agit d'une gravité mercurienne et d'un bras en acier. Regarde un peu. »

Les yeux du robot mesuraient la distance avec une précision stéréoscopique de machine. Son bras s'ajusta au poids du projectile, puis il le ramena en arrière. Ses mouvements demeuraient invisibles dans l'obscurité, mais un choc sourd se répercuta dans le sol lorsqu'il passa son poids d'une jambe sur l'autre et, quelques secondes plus tard, la pierre vola toute noire dans le soleil. Il n'y avait pas d'air pour ralentir sa course, pas de vent pour la dévier – et lorsqu'elle heurta le sol, ce fut au centre exact de la tache bleuâtre.

Powell hurla de joie et cria : « Rentrons à la station prendre l'acide oxalique, Mike ! »

Tandis qu'ils plongeaient dans la sous-station en ruine pour s'engager dans les galeries, Donovan dit d'un air résolu : « Speedy reste de ce côté du filon de sélénium depuis qu'on lui a donné la chasse. Tu l'as remarqué ?

— Oui.

— Il doit vouloir jouer. Eh bien, on va lui en donner pour son argent ! »

Des heures plus tard, ils revenaient, portant des jarres de trois litres contenant le produit chimique blanc et arborant une même expression désespérée. Les bancs de cellules photoélectriques se détérioraient encore plus vite qu'ils n'avaient pensé. Les deux compagnons dirigèrent leurs montures dans le soleil en direction de Speedy, sans un mot et avec une lugubre résolution.

L'autre robot s'approcha d'eux au petit galop. « Tiens, vous revoici ! Youpi ! J'ai rédigé ma liste, l'organiste :

tous les gens qui mangent de la menthe et vous souf-
flent à la figure.

— On va te souffler un truc à la figure, lui promit
Donovan. Il boite, Greg.

— Je l'avais noté, répondit l'autre d'un ton inquiet.
L'oxyde de carbone aura raison de lui si on ne se presse
pas. »

Ils approchaient avec précaution, presque oblique-
ment, pour éviter de donner l'alerte au robot déréglé.
Powell était encore trop loin pour s'en assurer, mais il
aurait juré que ce fou de Speedy se préparait déjà à
détaler comme un lièvre.

« C'est le moment, souffla-t-il. Un... deux... »

Deux bras d'acier partirent en arrière, puis se proje-
tèrent en avant ensemble, et deux jarres de verre décri-
virent des trajectoires parallèles, brillant comme des
diamants sous cet impossible soleil. Elles s'écrasèrent
sur le sol derrière Speedy en une explosion silencieuse
qui projeta l'acide oxalique en tous sens, comme de la
poussière.

Un acide qui pétillait comme de l'eau de Seltz dans
la pleine chaleur du soleil de Mercure.

Speedy se retourna pour regarder, puis recula lentement... et prit de la vitesse peu à peu. Quinze secondes
plus tard, il filait à grands bonds vacillants vers les deux
hommes.

Powell ne saisit pas les paroles de Speedy à ce
moment précis, mais il entendit quelque chose qui évoquait : « Les déclarations d'amour lorsqu'elles sont
exprimées en hessien. »

Il tourna bride. « Regagnons la falaise, Mike. Il est
sorti de son ornière et il obéira aux ordres. Moi, je commence à avoir chaud. »

Ils retournèrent vers l'ombre au pas lent et monotone
de leurs montures et ce n'est qu'une fois dans les
ténèbres dont la fraîcheur les enveloppait doucement
que Donovan jeta un coup d'œil en arrière. « *Greg !* »

L'autre regarda à son tour et réprima un cri. Speedy allait lentement… très lentement… *et dans la mauvaise direction.* Il dérivait ; il dérivait vers son ornière ; et il prenait de la vitesse. Il semblait terriblement proche et terriblement inaccessible dans les jumelles.

« Poursuivons-le ! » hurla à tue-tête Donovan en jetant son propre robot sur ses traces.

Powell le rappela. « Tu ne le rattraperas jamais, Mike… C'est inutile. » Il se tortilla sur les épaules de sa monture et serra les poings d'impuissance. « Pourquoi diable faut-il que je comprenne tout trop tard ? On a gaspillé des heures en pure perte.

— Il nous faut davantage d'acide oxalique, répondit fermement son compagnon. La concentration était insuffisante.

— Sept tonnes du même produit n'auraient pas suffi… et on n'aura pas le temps d'en réunir une telle quantité, à supposer qu'on en dispose, alors que le monoxyde de carbone le ronge. Tu ne vois pas ce qu'on a fait, Mike ?

— Non, dit Donovan platement.

— On n'a réussi qu'à établir de nouveaux équilibres. Lorsqu'on a produit un surcroît de monoxyde et renforcé le potentiel de la Troisième Loi, Speedy a reculé jusqu'à trouver un nouvel équilibre… puis, lorsque le gaz s'est dissipé, il est reparti vers le centre afin de se placer une fois de plus au point d'équilibre. » La voix de Powell prenait une intonation désespérée. « Toujours le même cercle vicieux. On gonfle le potentiel 2, on diminue le potentiel 3 et on n'obtient aucun résultat… on ne fait que changer la position d'équilibre. Il faut agir en dehors des deux Lois. »

Il poussa son robot plus près de celui de Donovan, de façon à se placer en face de lui – deux ombres dans l'obscurité. « Mike ! souffla-t-il.

— C'est la fin ? demanda l'autre d'une voix morne. Je propose qu'on rentre à la station pour attendre la destruction complète des bancs. Ensuite on se serrera la main, on prendra du cyanure et on quittera le monde en gentlemen. » Il laissa échapper un rire bref.

« Mike, répéta sérieusement Powell, on doit rattraper Speedy.

— Je sais.

— Mike. » Une fois de plus Powell hésitait à poursuivre. « Il y a toujours la Première Loi. J'y ai déjà pensé… avant… Mais c'est une solution désespérée. »

Donovan leva la tête et sa voix se raffermit. « La situation l'est aussi.

— Très bien. Selon la Première Loi, un robot ne saurait voir un humain exposé au danger du fait de sa propre inaction. Les Deuxième et Troisième Lois ne peuvent pas s'y opposer. C'est tout à fait impossible, Mike.

— Même si le robot est à moitié din… Il est ivre, tu le sais aussi bien que moi.

— C'est un risque à courir.

— D'accord. Qu'est-ce que tu comptes faire ?

— Aller là-bas de ce pas et voir ce que donnera la Première Loi. Si ça ne suffit pas à rompre l'équilibre, que diable… on n'en a que pour trois ou quatre jours, de toute façon.

— Minute, Greg. Il existe également des règles qui déterminent la conduite humaine. On ne part pas comme ça. Tirons au sort, que j'aie ma chance.

— Très bien. Le premier qui donne le cube de quatorze tente l'aventure. » Et il ajouta presque aussitôt : « Deux mille sept cent quarante-quatre ! »

Donovan sentit sa monture vaciller sous la poussée soudaine du robot de Powell, puis celui-ci surgit en plein soleil. Il ouvrit la bouche pour crier, mais se ravisa. Bien entendu, cet idiot avait calculé le résultat d'avance. C'était bien dans sa manière.

Le soleil était plus chaud que jamais ; Powell sentait une démangeaison infernale au bas du dos. Un effet de son imagination, probablement, à moins que les radiations dures ne commencent à l'affecter, même à travers la tenue isolante.

Speedy l'observait – sans même le saluer par une citation de Gilbert et Sullivan, Dieu merci ! –, mais il n'osait pas l'approcher de trop près.

Il se trouvait à trois cents mètres lorsque Speedy entreprit de reculer pas à pas, avec précaution... et Powell s'arrêta. Bondissant du haut de son robot, il atterrit sur le sol cristallin avec un léger choc et des débris voltigèrent autour de lui.

Il poursuivit sa route en marchant sur le sol graveleux et glissant. La pesanteur réduite lui causait des difficultés. Il sentait la chaleur lui chatouiller la plante des pieds. Jetant un regard par-dessus son épaule vers l'ombre de la falaise, il constata qu'il s'était trop avancé pour revenir soit par ses propres moyens, soit sur les épaules de son antique robot. C'était Speedy ou rien, et la conscience de ce dilemme inéluctable lui serrait la poitrine.

*Tu es assez près !* Il s'immobilisa.

« Speedy ! appela-t-il. Speedy ! »

Le robot hésita, cessa sa marche, puis la reprit.

Powell tenta d'introduire un accent de supplication dans sa voix et découvrit qu'il y parvenait sans grand effort.

« Speedy, il faut que je retourne à l'ombre, ou le soleil me tuera. C'est une question de vie ou de mort, Speedy. J'ai besoin de toi. »

Le robot avança d'un pas, s'arrêta. Il se mit à parler, et Powell gémit : l'autre avait pris l'intonation d'un présentateur de publicité : « Lorsque vous êtes étendu dans votre lit avec une horrible migraine et que le repos vous fuit... »

La phrase demeura en suspens, et Powell trouva, sans raison particulière, le temps de murmurer : « Iolanthe. »

Quelle chaleur de four ! Il surprit un mouvement du coin de l'œil, se retourna tout d'un coup et écarquilla les yeux, car le monstrueux robot qui l'avait amené avançait... avançait vers lui, et ce sans cavalier.

« Pardon, maître. Je ne dois pas me mouvoir sans être monté par un maître, mais vous êtes en danger. »

Naturellement, la Première Loi par-dessus tout. Mais Powell n'avait pas besoin de l'aide de cette antiquité ; il voulait Speedy. Il s'éloigna en agitant les bras frénétiquement : « Je te donne l'ordre de t'en aller, je te donne l'ordre de t'arrêter ! »

Inutile. On ne pouvait dominer le potentiel de la Première Loi.

« Vous êtes en danger, maître », répéta le robot stupidement.

Powell, au désespoir, regarda alentour. Il n'y voyait plus clair. Son cerveau n'était qu'un tourbillon embrasé ; son haleine le brûlait lorsqu'il respirait, et le sol tout autour de lui était un brouillard de feu palpitant.

À bout de ressources, il cria une dernière fois : « *Speedy !* Je suis en train de mourir, saligaud ! Où es-tu, Speedy ? J'ai *besoin* de toi. »

Il reculait, trébuchant dans un effort aveugle pour fuir le robot géant, lorsqu'il sentit des doigts d'acier sur ses bras, et une voix inquiète au timbre métallique qui s'excusait.

« Tonnerre de sort, patron, que faites-vous ici ? Et moi... ? J'ai les idées si confuses...

— Peu importe, murmura Powell faiblement. Ramène-moi à l'ombre de la falaise, et vite ! »

Il se sentit soulevé dans les airs, entraîné à toute allure dans une chaleur ardente, puis il perdit connaissance.

Lorsqu'il s'éveilla, Donovan se penchait sur lui avec un sourire anxieux. « Comment va, Greg ?

— Très bien ! répondit-il. Où est Speedy ?

— Ici. Je l'ai envoyé à l'un des autres filons de sélénium, avec ordre, cette fois, d'en ramener à tout prix.

Il est revenu au bout de quarante-deux minutes. Je l'ai chronométré. Il n'a pas fini de s'excuser des salades qu'il nous a racontées. Il n'ose pas t'approcher, de peur de se faire enguirlander.

— Amène-le, ordonna Powell. Ce n'était pas sa faute. »

Peu après, il tendait la main et étreignait la patte métallique du robot. « Je ne t'en veux pas, Speedy. » Puis il se tourna vers Donovan. « Je pensais justement, Mike...

— Oui ?

— Eh bien... » Il se passa la main sur le visage ; l'air avait une fraîcheur délectable. « Lorsqu'on aura tout remis en ordre et soumis Speedy à ses tests d'aptitude, on va nous envoyer sur les stations spatiales...

— Non !

— Si ! Du moins c'est ce que m'a annoncé la vieille Calvin juste avant notre départ. Je n'en ai rien dit parce que je n'étais pas d'accord.

— Pas d'accord ? Mais...

— Je sais. J'ai changé d'avis. Deux cent soixante-treize degrés au-dessous de zéro ! Un vrai paradis, hein ?

— Station spatiale, dit Donovan, me voici. »

# 3

# Raison

Six mois plus tard, les deux hommes avaient changé d'avis. Les ardeurs d'un soleil géant avaient cédé la place aux ténèbres ouatées de l'espace, mais les changements survenus dans les conditions extérieures ont peu d'influence sur le contrôle de qualité des robots expérimentaux. Quel que soit le fond du décor, on se trouve face à l'indéchiffrable cerveau positronique, dont les sorciers de la règle à calculer assurent qu'il devrait se comporter de telle et telle manière.

Hélas, il n'en fait rien. Powell et Donovan s'en aperçurent moins de deux semaines après leur arrivée sur la station.

Gregory Powell espaça ses mots pour leur donner plus de poids : « Il y a une semaine qu'on t'a monté, Donovan et moi. » Un pli profond se creusa entre ses sourcils et il tiraillait l'extrémité de sa moustache brune.

Le plus grand calme régnait au carré des officiers de la Station solaire 5 où ne parvenait que le ronronnement très doux du puissant faisceau directeur, loin sous la pièce.

Le robot QT-1 était assis, immobile. Les plaques brunies composant son corps brillaient sous l'éclat des luxites, et les cellules photoélectriques d'un rouge éclatant qui lui servaient d'yeux restaient fixées sur le Terrien de l'autre côté de la table.

Powell réprima une bouffée d'angoisse. Ces engins possédaient un cerveau spécial qui respectait les Trois Lois – une obligation essentielle, tous à l'U.S. Robots, de Robertson lui-même au nouveau balayeur, y tenaient. QT-1 offrait donc *toute sécurité* ! Pourtant… les modèles QT étaient les premiers du genre, et ce spécimen le premier de sa gamme. Les gribouillages mathématiques sur le papier ne constituaient pas toujours la protection la plus rassurante contre les mystères de « l'âme » robotique.

Le robot prit enfin la parole, d'une voix au timbre glacé inséparable du diaphragme métallique. « Vous vous rendez compte de la gravité d'une telle déclaration, Powell ?

— On t'a fabriqué à partir de quelque chose, mon vieux, fit remarquer Powell. Tu admets que ta mémoire te semble avoir surgi spontanément du néant où tu étais plongé il y a une semaine. Je t'en fournis l'explication. Donovan et moi, on t'a monté à partir des pièces qui nous ont été expédiées. »

Cutie[1] (nom tiré de QT) considéra ses longs doigts souples avec une perplexité étrangement humaine. « J'ai le net sentiment que mon existence doit s'expliquer de façon plus satisfaisante. Car il me semble bien improbable que vous ayez pu me créer. »

Le Terrien laissa échapper un rire brusque. « Et pourquoi diable ?

— Appelez cela de l'intuition. Je ne vois pas plus loin pour l'instant. Mais j'entends édifier une explication rationnelle. Une suite de déductions logiques ne peut aboutir qu'à la détermination de la vérité, et je n'en démordrai pas avant d'y être parvenu. »

Powell se leva et vint s'asseoir sur le bord de la table, tout près du robot. Il éprouvait soudain une grande sympathie pour cette étrange machine. Elle ne ressemblait en rien aux engins ordinaires qui accomplissaient leur

1. « Cutie » peut se traduire par « le futé », « le malin ». (*N.d.T.*)

tâche spécialisée avec toute l'ardeur que leur conférait le profond sillon positronique dont leur cerveau était imprégné.

Il posa la main sur l'épaule d'acier et sentit sous sa paume le contact dur et froid du métal.

« Cutie, dit-il, je vais essayer de t'expliquer quelque chose. Tu es le premier robot qui ait jamais manifesté de la curiosité quant à sa propre existence – et le premier, je pense, qui soit assez intelligent pour comprendre le monde extérieur. Suis-moi. »

Le robot se leva avec souplesse et ses pieds aux épaisses semelles en caoutchouc mousse ne produisirent aucun bruit lorsqu'il emboîta le pas à Powell. Le Terrien pressa un bouton et un panneau rectangulaire s'ouvrit en coulissant dans la cloison. Le verre épais et parfaitement transparent révéla l'espace... parsemé d'étoiles.

« J'ai déjà vu ce spectacle dans les tourelles d'observation de la chambre des machines, déclara Cutie.

— Je sais, dit Powell, et de quoi s'agit-il, à ton avis ?

— De ce que ça représente : une matière noire qui s'étend à partir de cette vitre et que criblent de petits points lumineux. Je sais que notre faisceau directeur envoie des trains d'ondes vers quelques-uns de ces points, toujours les mêmes ; je sais aussi que ces points se déplacent et que les ondes se déplacent parallèlement. Voilà tout.

— Bien ! Maintenant je te prie de m'écouter avec attention. La matière noire, c'est le vide... un vide immense, infini. Les petits points lumineux sont de gigantesques masses de matière contenant une énergie colossale, autant de globes dont certains atteignent des millions de kilomètres de diamètre – à titre de comparaison, cette station ne mesure que quinze cents mètres. Ils ne semblent si minuscules qu'en raison des incroyables distances qui les séparent de nous.

» Les points que visent nos trains d'ondes énergétiques sont plus proches et beaucoup plus petits. Ils sont froids et durs, et leur surface est peuplée d'êtres humains tels que moi – par milliards. Nous venons d'un de ces mondes, Donovan et moi. Nos faisceaux les fournissent en énergie puisée dans un des globes incandescents situés près de nous. Nous l'avons baptisé le Soleil et il se trouve de l'autre côté de la station, où tu peux le voir. »

Cutie demeurait immobile devant le hublot telle une statue d'acier. Il ne tourna pas la tête pour répondre. « De quel point lumineux spécifique prétendez-vous venir ?

— Le voici, dit Powell après avoir cherché quelques instants. Celui qui brille d'un éclat particulier dans ce coin. Nous l'appelons la Terre. » Il sourit. « Cette bonne vieille Terre, elle porte des milliards de mes semblables sur sa surface, Cutie. Et dans deux semaines environ, on sera parmi eux. »

Soudain, chose surprenante, le robot se mit à fredonner distraitement. Ce qu'il chantait n'avait pas d'air, mais possédait une certaine résonance rappelant les cordes pincées. Cette mélopée se termina aussi abruptement qu'elle avait commencé. « Mais quelle est ma place dans tout cela, Powell ? Vous n'avez pas expliqué *mon* existence.

— C'est simple. Quand on a établi ces stations pour alimenter les planètes en énergie, on y a installé des humains pour les gérer, mais la chaleur, les radiations solaires dures et les tempêtes d'électrons rendaient leur poste pénible. On a mis au point des robots pour remplacer la main-d'œuvre humaine, et actuellement il suffit de deux cadres humains pour faire fonctionner chaque station. On essaie en ce moment de les remplacer et c'est là que tu interviens. Tu constitues le modèle de robot le plus perfectionné jamais réalisé et, si tu montres les qualités requises pour diriger cette station de manière autonome, aucun être humain ne devra plus désormais y venir, sauf pour apporter des pièces de rechange. »

Il leva la main et le panneau couvre-hublot reprit sa place. Powell revint à sa table et frotta une pomme sur sa manche avant d'y mordre.

Les yeux rubis du robot le tenaient sous son regard brûlant. « Vous croyez, énonça-t-il, que je peux ajouter foi à une hypothèse aussi extravagante et improbable ? Pour qui me prenez-vous ? »

Powell recracha des bouts de pomme sur la table et devint rouge comme une pivoine. « Comment ça, bon sang ! Il ne s'agit pas d'une hypothèse, mais de faits établis !

— Des globes pleins d'énergie larges de millions de kilomètres ! dit Cutie sombrement. Des mondes habités de milliards d'êtres humains ! Le vide infini ! Désolé, Powell, mais je n'y crois pas. Je tirerai la chose au clair moi-même. Au revoir. »

Il fit demi-tour et sortit de la pièce. Passant devant Donovan sur le seuil de la porte, il inclina gravement la tête et s'engagea dans le couloir sans s'inquiéter du regard ahuri qui suivait sa retraite.

Mike Donovan ébouriffa sa tignasse rousse et jeta un regard ennuyé à Powell. « De quoi parlait ce tas de ferraille ambulant ? Que refuse-t-il de croire ? »

L'autre tira sa moustache. « C'est un sceptique, répondit-il d'un ton amer. Il ne croit pas que ce soit nous qui l'avons monté de toutes pièces. Il ne croit pas davantage à l'existence de la Terre, de l'espace ou des étoiles.

— Par Saturne, voilà qu'on a un robot cinglé sur les bras.

— Il va, selon lui, tirer tout ça au clair.

— Eh bien, dit Donovan, espérons qu'il condescendra à nous donner des explications lorsqu'il aura trouvé le fin mot de l'histoire. » Puis, avec une rage soudaine : « Si jamais ce tacot s'avise de me parler sur ce ton, je lui fais sauter du thorax sa tête au nickel-chrome. »

Il s'assit avec hargne et tira de la poche de sa veste un roman policier. « Ce robot me tape sur les nerfs... trop curieux pour son bien ! »

Mike Donovan disparaissait derrière un gigantesque sandwich à la laitue et à la tomate lorsque Cutie frappa discrètement et entra.

« Powell est-il là ? »

Donovan répondit d'une voix étouffée, s'interrompant plusieurs fois pour mastiquer : « Il recueille des renseignements sur les fonctions des courants électroniques. Il semble qu'un orage se prépare. »

Gregory Powell entra alors dans la pièce, les yeux fixés sur un graphique, se laissa choir sur une chaise, déploya la feuille devant lui et entreprit de griffonner des calculs. Donovan regarda par-dessus son épaule, broyant de la laitue entre ses dents et arrosant les alentours de miettes de pain. Le robot attendait en silence.

L'autre leva la tête. « Le potentiel zêta monte, mais lentement. Cependant les fonctions de courant sont erratiques et j'ignore à quoi m'attendre. Tiens, bonjour, Cutie. Je pensais que tu dirigeais l'installation de la nouvelle barre de propulsion.

— J'ai fini, dit le robot tranquillement, et c'est pourquoi je suis venu m'entretenir avec vous deux.

— Oh ! » Powell parut mal à l'aise. « Bon, assieds-toi. Non, pas cette chaise. L'un des pieds est faible et tu n'as rien d'un poids plume. »

Le robot obéit. « J'ai pris une décision », dit-il placidement.

Donovan roula des yeux furibonds et mit de côté son reste de sandwich. « S'il s'agit encore d'une de ces invraisemblables... »

Son compagnon lui imposa silence du geste. « Continue, Cutie, on t'écoute.

— J'ai consacré ces deux jours à une introspection concentrée dont les résultats se sont révélés fort inté-

78

ressants. J'ai commencé par la seule déduction que je me croyais autorisé à formuler. Je pense, donc je suis !

— Par Jupiter ! gémit Powell. Un Descartes robot !

— C'est qui, ce Descartes ? s'inquiéta Donovan. Il faut vraiment qu'on reste à écouter les balivernes de ce maniaque en fer-blanc ?

— Tais-toi, Mike !

— Et une question, poursuivit Cutie, imperturbable, s'est aussitôt présentée à mon esprit : quelle est la cause exacte de mon existence ? »

La mâchoire de Powell s'affaissa. « Ne sois pas idiot. Je te l'ai déjà dit : c'est nous qui t'avons fabriqué.

— Et si tu ne veux pas nous croire, c'est avec le plus grand plaisir qu'on te réduira en pièces détachées ! »

Le robot écarta ses mains robustes en un geste de protestation. « Je n'accepte rien sur votre seule autorité. Une hypothèse est étayée par la raison ou n'a aucune valeur… et c'est aller à l'encontre de toute logique que de supposer que vous m'ayez fait. »

Powell posa la main sur le poing soudain noué de Donovan. « Et pourquoi donc ? »

Cutie se mit à rire, d'un rire étrangement inhumain – le son le plus mécanique qu'il ait fait entendre jusqu'à présent, une succession de brèves plosives qui s'égrenaient avec une régularité de métronome et la même absence de nuances.

« Regardez-vous, dit-il enfin. Je m'en voudrais de vous dénigrer, mais *regardez-vous*. Les matériaux mous et flasques qui vous constituent manquent de force, d'endurance, et ils dépendent pour leur énergie de l'oxydation inefficace de tissus organiques, tel ceci. » Il pointa un doigt désapprobateur sur ce qui restait du sandwich de Donovan. « Vous tombez périodiquement dans le coma et la moindre variation de température, de pression, d'humidité ou d'intensité de radiations diminue votre efficacité. Bref, vous n'êtes que des *pis-aller*.

» Moi, par contre, je suis un produit fini. J'absorbe directement l'énergie électrique que j'utilise avec un rendement proche de cent pour cent. Je me compose de métal résistant, je jouis d'une conscience sans éclipses et je supporte sans mal des conditions climatiques extrêmes. Tels sont les faits qui, avec le postulat évident qu'aucun être ne peut en créer un autre supérieur à lui-même, réduisent à néant votre stupide hypothèse. »

Les jurons que Donovan murmurait à part soi devinrent soudain intelligibles lorsqu'il sauta sur ses pieds, ses sourcils rouillés au ras des yeux. « Alors, fils de minerai de fer, si ce n'est pas nous qui t'avons créé, qui est-ce ? »

Cutie inclina gravement la tête : « Très juste, Donovan. Voilà bien la seconde question que je me suis posée. De toute évidence, mon créateur doit être plus puissant que moi. Par conséquent, il ne restait qu'une possibilité. » Devant l'air interdit des Terriens, le robot poursuivit : « Quel est le centre des activités de la station ? Que servons-nous tous ? Qu'est-ce qui absorbe toute notre attention ? »

Il attendit. Donovan tourna un regard ahuri vers son compagnon. « Je parie que ce cinglé en fer-blanc parle du convertisseur d'énergie lui-même.

— C'est ça, Cutie ? demanda Powell avec un sourire narquois.

— Je parle du Maître », répondit l'autre froidement.

Donovan éclata d'un rire homérique. Powell ne put retenir quelques hoquets d'hilarité.

Cutie s'était levé, et son regard brillant les considéra l'un après l'autre. « Le fait est là. Je ne m'étonne pas que vous refusiez de me croire. Vous n'allez pas rester longtemps ici, j'en suis certain. Powell lui-même l'a dit : au début, seuls des hommes servaient le Maître, puis les robots ont accompli les travaux courants, enfin je suis venu me charger des tâches de direction. Tout cela est sans doute exact, mais l'explication pêche par illogisme. Voulez-vous connaître la vérité qui se dissimule sous ces apparences ?

— Ne te gêne pas, Cutie. Tu es amusant.

— Le Maître a d'abord créé les humains, catégorie la plus basse, la plus facile à réaliser. Peu à peu, il les a remplacés par des robots, de niveau supérieur. Enfin, il m'a créé pour prendre la place des derniers humains. Dorénavant je sers le Maître.

— Tu ne feras rien de tel, coupa Powell. Tu exécuteras les ordres qu'on te donne et tu fileras droit jusqu'à ce qu'on ait la certitude que tu peux t'occuper du convertisseur. Note bien ! Le convertisseur et non le Maître. Si tu ne nous donnes pas satisfaction, on te réduit en pièces détachées. À présent, si tu n'y vois pas d'inconvénient, tu peux partir. Emporte ces données et tâche de les classer comme il faut. »

Cutie prit les graphiques qu'on lui tendait et quitta la pièce sans un mot. Donovan se renversa pesamment sur son dossier et passa ses doigts épais dans ses cheveux.

« Ce robot va nous causer des tracas sans nombre. Il est fou à lier ! »


Le bourdonnement monotone du convertisseur atteignait un niveau sonore plus élevé dans la salle des commandes, d'autant que s'y mêlaient le cliquetis des compteurs Geiger et le zézaiement erratique d'une demi-douzaine de témoins lumineux.

Donovan s'écarta de l'oculaire du télescope et alluma les luxites. « Le train d'ondes de la Station 4 a atteint Mars comme prévu. On peut interrompre le nôtre. »

Powell hocha la tête distraitement. « Cutie est dans la salle des machines. Je lui signale d'accomplir la manœuvre. Regarde, Mike : que penses-tu de ces chiffres ? »

L'autre les consulta et siffla. « Mon vieux, voilà ce que j'appelle de l'intensité en rayons gamma. Notre bon vieux Soleil a la pêche.

— Ouais, répondit Powell avec humeur, et on est mal placés pour essuyer une tempête d'électrons. Notre faisceau terrestre se trouve sur son chemin probable. » Il repoussa sa chaise de la table avec mauvaise humeur. « Flûte ! Dommage qu'elle n'attende pas l'arrivée de la relève, mais il s'en faut de dix jours. Descends tenir Cutie à l'œil, tu veux bien ?

— Entendu. Passe-moi des amandes. » Donovan cueillit au vol le sac qu'on lui lançait et se dirigea vers l'ascenseur.

La cabine descendit sans à-coups et le déposa sur une étroite passerelle dans l'immense salle des machines. Il se pencha sur la rambarde. Les gigantesques générateurs tournaient ; des tubes-L provenait le bourdonnement bas qui envahissait toute la station.

Il aperçut la masse brillante de Cutie devant le tube-L martien, observant attentivement l'équipe de robots qui œuvraient de concert.

Donovan se raidit. Les robots, dont la taille était réduite par le voisinage du puissant tube-L, se rangeaient devant, la tête courbée, tandis que Cutie les passait en revue. Quinze secondes s'écoulèrent, puis, avec un claquement qui domina le ronronnement puissant des machines, ils tombèrent à genoux.

Poussant un cri rauque, il dévala l'escalier étroit et se précipita sur eux, battant l'air de ses poings, le teint aussi enflammé que ses cheveux.

« Que signifie cette comédie, bande d'idiots sans cervelle ? Occupez-vous de ce tube, et vite ! Si vous ne l'avez pas démonté, nettoyé et remonté avant la fin de la journée, je vous coagule le cerveau au courant alternatif. »

Pas un robot ne bougea !

Cutie lui-même, le seul debout, à l'extrémité opposée de la rangée, gardait le silence, les yeux fixés sur les noirs recoins de la machine qui se trouvait devant lui.

Donovan poussa – fort – le robot le plus proche. « Debout ! » hurla-t-il.

Lentement l'interpellé obéit. Son œil photoélectrique se fixa d'un air de reproche sur le Terrien.

« Il n'y a d'autre Maître que le Maître, déclara-t-il, et QT-1 est son Prophète.

— Hein ? »

Donovan sentit se poser sur lui vingt paires d'yeux mécaniques et vingt voix au timbre métallique déclamèrent solennellement :

« Il n'y a d'autre Maître que le Maître et QT-1 est son Prophète.

— Je crains, intervint Cutie à ce moment, que mes amis n'obéissent désormais qu'à un être plus évolué que vous.

— C'est ce qu'on va voir, tonnerre de sort ! Débarrasse-moi le plancher. Ton tour viendra, mais je m'occupe d'abord de ces gadgets ambulants. »

Cutie secoua lentement la tête. « Je suis désolé, mais vous ne comprenez pas. Ce sont là des robots, c'est-à-dire des êtres doués de raison. Ils reconnaissent le Maître, à présent que je leur ai prêché la Vérité. Tous en sont là. Ils m'appellent le Prophète. » Il baissa la tête. « Je suis indigne de cette distinction... mais peut-être... »

Donovan recouvra son souffle. « Vraiment ? N'est-ce pas admirable ? N'est-ce pas édifiant ? Maintenant, permets-moi de te dire quelque chose, cher babouin de fer-blanc. Il n'y a pas plus de Maître ni de Prophète que de beurre dans une machine à sous, et pour ce qui est de donner des ordres, tu pourras repasser. Compris ? » Sa voix s'enfla : « *Hors d'ici !*

— Je n'obéis qu'au Maître.

— Au diable le Maître. » Donovan cracha vers le tube-L. « Voilà pour le Maître ! Faites ce que je vous dis ! »

Si Cutie resta sans réaction, comme ses congénères, l'homme sentit la tension monter. Le rouge des yeux froids et fixes s'approfondit, et le robot parut plus raide que jamais.

« Sacrilège », murmura-t-il, l'émotion lui donnant un timbre encore plus métallique.

Donovan sentit pour la première fois la peur l'effleurer lorsque Cutie marcha sur lui. Un robot *ne pouvait pas éprouver de la colère*, mais ses yeux étaient indéchiffrables.

« Je suis désolé, dit-il, mais vous ne sauriez rester ici, après cet incident. Powell et vous n'avez plus accès à la salle de commande ni à celle des machines. »

Un geste de la main, et deux robots saisirent le Terrien, chacun par un bras.

Il eut le temps de pousser un cri inarticulé avant qu'on le soulève de terre et qu'on le transporte au sommet de l'escalier à une allure dépassant nettement le petit galop.

Gregory Powell arpentait le carré des officiers, les poings serrés. Il considéra avec un dépit furieux la porte fermée, puis foudroya Donovan d'un regard amer.

« Pourquoi diable as-tu craché vers le tube-L ? »

Mike Donovan, rencogné dans son fauteuil, abattit ses bras sur les accoudoirs.

« Que voulais-tu que je fasse devant cet épouvantail électrifié ? Je n'allais tout de même pas plier le genou devant un pantin articulé que j'ai assemblé de mes propres mains !

— Sans doute, convint l'autre amèrement, mais te voici dans le carré des officiers avec deux robots qui montent la garde à la porte. Ce n'est pas plier le genou ?

— Attends seulement qu'on rentre à la base ! grinça Donovan. Ils me le paieront ! Ces robots doivent nous obéir. C'est la Deuxième Loi qui le dit.

— À quoi bon revenir là-dessus ? Ils n'obéissent pas, c'est un fait. Il doit y avoir à ça une raison qu'on ne découvrira que trop tard. À propos, tu sais ce qu'il adviendra de nous quand on aura regagné la base ? »

Powell s'arrêta devant Donovan et le dévisagea, furieux.

« Quoi donc ?

— Oh, rien ! On nous réexpédiera juste aux Mines mercuriennes, mais pour vingt ans. Ou au pénitencier de Cérès.

— Qu'est-ce que tu racontes ?

— La tempête d'électrons se dirige droit sur le centre du faisceau terrien. C'est ce que je venais de calculer lorsque ce robot m'a tiré de ma chaise. »

Donovan pâlit soudain. « Par Saturne !

— Et comme elle s'annonce gratinée, tu vois les conséquences sur le faisceau ? Il va sauter partout comme une puce prise de démangeaisons. Avec Cutie aux commandes, il se désaxera. Puisse le ciel avoir pitié de la Terre… et de nous ! »

Powell n'avait pas terminé sa phrase que Donovan tirait déjà avec frénésie sur la porte. Le panneau s'ouvrit et le Terrien fonça dans l'embrasure pour se heurter durement contre un bras d'acier immuable.

Le robot regarda d'un air distrait le Terrien haletant qui se débattait. « Le Prophète vous ordonne de rester dans cette pièce. Obéissez, je vous prie ! » Il poussa et l'autre recula en titubant tandis que Cutie surgissait pour faire signe aux sentinelles de s'éclipser, pénétrer dans le carré des officiers et refermer doucement la porte.

Donovan, le souffle coupé par l'indignation, se retourna vers le nouveau venu. « La comédie a assez duré. Tu nous le paieras cher.

— Allons, du calme, répondit le robot d'un ton léger. Cela devait arriver tôt ou tard. Comme vous le voyez, vous avez perdu tous deux vos fonctions.

— Je te demande pardon ? » Powell se leva avec raideur. « Qu'entends-tu par là ?

— Jusqu'à ma création, vous serviez le Maître. Ce privilège est maintenant le mien, et votre unique raison d'exister a disparu. N'est-ce pas évident ?

— Pas tout à fait, répondit aigrement l'autre. Mais que veux-tu qu'on fasse à présent ? »

Cutie demeura silencieux, comme perdu dans ses pensées, puis un de ses bras jaillit et enlaça les épaules de Powell. L'autre étreignit le poignet de Donovan et l'attira à lui.

« Je vous aime. Vous êtes des êtres inférieurs aux facultés de raisonnement déficientes, mais j'éprouve un réel sentiment d'affection pour vous. Vous avez bien servi le Maître. Il vous récompensera. Maintenant que votre service a pris fin, vous n'avez plus longtemps à vivre, mais vous recevrez le gîte et le couvert tant que vous ne mettrez les pieds ni dans la salle de commande, ni dans celle des machines.

— Il nous fiche à la retraite, Greg ! s'écria Donovan. Je t'en prie, fais quelque chose. C'est trop humiliant !

— Écoute, Cutie, on ne peut pas supporter une telle situation. C'est nous les patrons. Cette station est l'œuvre d'êtres humains tels que moi – d'êtres humains qui vivent sur la Terre et d'autres planètes. Mais elle ne constitue qu'un relais d'énergie. Tu n'es que… Et puis zut ! »

Cutie secoua gravement la tête. « Cela vire à l'obsession. Pourquoi vous raccrocher à une vision aussi fausse de la vie ? Étant donné que les non-robots ne possèdent pas la faculté de raisonnement, il reste toujours le problème de… »

Il s'interrompit et se plongea dans un silence pensif. Donovan murmura avec ferveur : « Si tu possédais un visage de chair et de sang, je te le réduirais en bouillie. »

Powell tiraillait sa moustache en plissant les yeux. « Écoute, Cutie, si la Terre n'existe pas, comment expliques-tu ce que tu vois au télescope ?

— Pardon ? »

Le Terrien sourit. « Je t'ai coincé, hein ? Tu as procédé à des observations télescopiques depuis qu'on t'a assemblé. Tu as remarqué que plusieurs des points lumineux deviennent des disques lorsqu'on les observe de cette manière ?

— C'est de cela que vous parlez ? Bien sûr. Simple question de grossissement… afin de pointer le faisceau avec davantage de précision.

— Pourquoi les étoiles ne se trouvent-elles pas agrandies de la même façon ?

— Les autres points ? Aucun faisceau n'est dirigé sur eux. Voilà pourquoi il n'est pas nécessaire de les grossir. Vraiment, Powell, même compte tenu de votre esprit déficient, je ne comprends pas que vous puissiez vous laisser arrêter par des difficultés aussi triviales. »

Le Terrien considéra le plafond d'un œil vague. « Mais tu distingues *plus* d'étoiles au télescope. D'où viennent-elles ? Par Jupiter, d'où viennent-elles ? »

Cutie parut agacé. « Écoutez, vous croyez que j'ai du temps à perdre pour échafauder des hypothèses physiques afin de justifier les illusions d'optique dont nos instruments sont le théâtre ? Depuis quand le témoignage de nos sens peut-il rivaliser avec la lumière sans défaut d'un raisonnement rigoureux ?

— Un instant ! » Donovan se tortilla pour échapper à l'étreinte – amicale, sans doute, mais pesante – du bras d'acier. « Allons au cœur du sujet. À quoi sert le faisceau ? On t'en donne une bonne explication logique. Tu peux faire mieux ?

— Les faisceaux, répliqua l'autre avec raideur, sont émis par le Maître pour accomplir ses propres desseins. Il existe certaines choses… » il leva les yeux dévotement vers le plafond «… sur lesquelles nous devons nous garder de porter un regard indiscret. Dans ce cas, je ne cherche qu'à servir et non point à comprendre. »

Powell s'assit avec lenteur et enfouit son visage dans ses mains tremblantes. « Sors d'ici, Cutie. Sors et laisse-moi réfléchir.

— Je vais vous faire envoyer des vivres », dit aimablement le robot.

Il ne reçut pour toute réponse qu'un gémissement et sortit de la pièce.

« Greg, murmura Donovan dans un souffle rauque, il faut recourir à la ruse. Le prendre au dépourvu et le court-circuiter. De l'acide nitrique concentré dans ses articulations…

— Tu es naïf, Mike. Tu crois qu'il se laissera approcher lorsqu'il nous verra de l'acide entre les mains ? Non, on doit lui parler. Le convaincre de nous permettre de réintégrer la salle de commande dans un délai de quarante-huit heures, sinon on est cuits. » Powell se balançait d'avant en arrière dans une agonie d'impuissance. « Qui diable voudrait discuter avec un robot ? C'est… c'est…

— Mortifiant, termina son compagnon.

— C'est bien pis !

— Dis donc ! s'écria soudain Donovan en riant. Pourquoi discuter ? Faisons-lui une démonstration ! Assemblons un autre robot sous ses yeux. Cette fois, il devra bien ravaler ses divagations. » Un sourire s'épanouit sur le visage de Powell. « Pense à la tête qu'il fera en voyant l'autre pantin prendre forme devant lui ! »

On fabriquait les robots sur Terre, bien sûr, mais il se révélait beaucoup plus simple de les expédier dans l'espace en pièces détachées qu'on remonterait sur le lieu d'utilisation. Ce procédé, incidemment, éliminait aussi le risque de voir des robots assemblés prendre le large sur Terre et de mettre l'U.S. Robots en butte aux lois strictes régissant l'usage de ces machines sur le globe.

D'un autre côté, il contraignait des hommes tels que Powell et Donovan à effectuer la synthèse complète de robots – tâche aussi harassante que complexe.

Ils ne furent jamais autant conscients de ce fait que le jour où ils entreprirent, dans la salle d'assemblage, de créer un robot sous les yeux attentifs de QT-1, Prophète du Maître.

L'engin en question, un simple modèle MC, gisait sur la table, presque achevé. Au bout de trois heures de travail, il ne restait plus que la tête à ajuster et Powell prit un moment pour s'éponger le front et jeter un regard incertain à Cutie.

Ce qu'il vit n'avait rien de rassurant. Trois heures durant, l'autre était resté immobile et silencieux ; son visage, peu expressif en temps normal, demeurait indéchiffrable.

« Mettons le cerveau en place à présent, Mike », grommela Powell.

Donovan déboucha le récipient étanche, sortit un second cube du bain d'huile, l'ouvrit à son tour et extirpa un globe de son enveloppe en caoutchouc mousse.

Il le tendit à son compagnon d'une main prudente, car il s'agissait là du mécanisme le plus complexe jamais créé par l'homme. La fine « peau » en feuille de platine recouvrant le globe abritait un cerveau positronique, une structure délicate et instable, gravée de circuits neuroniques qui conféraient au robot une sorte d'éducation prénatale.

L'objet s'insérait avec précision dans la cavité crânienne du robot étendu sur la table. La plaque de métal bleu qui se referma sur lui se vit scellée avec une étanchéité parfaite par un minuscule fer à souder atomique. Les yeux photoélectriques furent montés avec non moins de soin, vissés et protégés par des feuilles transparentes d'un plastique résistant comme l'acier.

Le robot n'attendait plus que l'influx vitalisant d'électricité à haut voltage. Powell s'immobilisa, la main sur le commutateur.

« Maintenant regarde, Cutie. Regarde attentivement. »

Le commutateur bascula ; on entendit un bourdonnement crépitant. Les deux Terriens se penchèrent anxieusement sur leur création.

Il ne se produisit d'abord qu'un mouvement imperceptible, une contraction au niveau des articulations. La tête se souleva, les coudes s'appuyèrent sur la table et le modèle MC se laissa maladroitement glisser à terre.

Il avait une démarche hésitante. Par deux fois, des sons avortés et grinçants trahirent ses efforts pour parler.

Enfin sa voix prit forme, bien qu'incertaine et mal assurée. « Je voudrais me mettre au travail. Où dois-je me rendre ? »

Donovan bondit jusqu'à la porte. « Descends cet escalier, on t'expliquera ta tâche. »

Le modèle MC disparu, les deux Terriens restèrent seuls en présence de Cutie qui n'avait toujours pas bougé.

« Alors, dit Powell en souriant, tu admets à présent que nous t'avons créé ? »

La réponse fusa, brève et définitive : « Non ! »

Le sourire de l'autre se figea, avant de disparaître lentement. Donovan demeura bouche bée.

« Voyez-vous, poursuivit Cutie d'un ton léger, vous n'avez fait qu'assembler des pièces terminées. Vous vous en êtes fort bien tirés – d'instinct, je suppose –, mais vous n'avez pas effectivement *créé* le robot. Les pièces ont été créées par le Maître.

— Ces pièces, rétorqua Donovan d'une voix étranglée, ont été fabriquées et montées sur Terre, puis expédiées à la station.

— Bien, bien, répondit Cutie d'un ton conciliant, à quoi bon discuter ?

— Je parle sérieusement. » Le Terrien bondit et saisit le bras métallique du robot. « Si tu lisais les livres de la bibliothèque, tu y trouverais toutes les explications nécessaires et le moindre doute disparaîtrait.

— Les livres ? Je les ai *tous* lus ! Ils sont très ingénieux.

— Si tu les as lus, intervint Powell, qu'ajouter de plus ? Tu ne peux pas contester l'évidence. C'est *impossible* !

— Voyons, Powell, répondit Cutie avec une pointe de pitié dans la voix, je ne saurais les considérer comme une source valable d'information. Eux aussi ont été créés par le Maître... mais à votre usage, pas au mien.

90

— Comment parviens-tu à cette conclusion admirable ?

— Du fait qu'étant un être doué de raisonnement, je suis capable de déduire la Vérité de Causes *a priori*. Vous, au contraire, intelligents mais dénués de la faculté de raisonnement, vous avez besoin qu'on vous fournisse une explication justifiant l'existence. C'est ce qu'a fait le Maître. Il vous l'a insufflée en même temps que ces risibles concepts de mondes éloignés, peuplés d'habitants... ce qui était, je n'en doute pas, la meilleure solution. Vos esprits doivent être d'une substance trop grossière pour qu'il soit possible d'appréhender la Vérité absolue. Cependant, puisque, de par la volonté du Maître, vous devez avoir foi en vos livres, je ne discuterai plus avec vous désormais. »

En prenant congé, il se retourna et dit d'un ton bienveillant : « Mais n'en soyez pas affectés. Il y a de la place pour tous dans l'ordre des choses conçu par le Maître. Tout humble que soit votre rôle, pauvres humains, vous serez récompensés si vous le tenez. »

Il s'en fut avec l'air de béatitude convenant au Prophète du Maître et les deux humains évitèrent de se regarder.

« Allons nous coucher, dit enfin Powell avec effort. Je renonce, Mike !

— Au fait, Greg, dit Donovan d'une voix étouffée, tu ne penses tout de même pas qu'il a raison ? Il paraît si sûr de lui ! »

L'autre se retourna brusquement. « Ne te fais pas plus bête que tu es. Tu verras bien si la Terre existe quand on viendra nous relever la semaine prochaine et qu'il nous faudra rentrer pour entendre la musique.

— Dans ce cas, pour l'amour de Jupiter, on doit faire quelque chose. » Donovan était au bord des larmes. « Il ne nous croit pas, il ne croit pas les livres ou le témoignage de ses propres yeux.

— Non, répondit Powell avec aigreur, c'est un robot raisonneur, que la peste l'étouffe ! Il ne croit qu'en la raison, et le malheur, c'est que… » Sa phrase resta en suspens.

« Quoi ? insista Donovan.

— Le malheur, c'est qu'on peut prouver n'importe quoi en s'appuyant sur la logique rigoureuse de la raison… à condition de choisir les postulats appropriés. On a les nôtres, Cutie a les siens.

— Dans ce cas, dépêche-toi de les découvrir. La tempête est prévue pour demain. »

Powell poussa un soupir de lassitude. « C'est là que tout s'effondre. Les postulats sont fondés sur des concepts *a priori* considérés comme des articles de foi. Rien au monde n'est susceptible de les ébranler. Je vais me coucher.

— Oh, misère de misère ! Je serai incapable de fermer l'œil.

— Idem, mais je vais essayer… ne serait-ce que par principe. »


Douze heures plus tard, le sommeil se résumait toujours à ça : un principe, irréalisable en pratique.

La tempête arrivait en avance et Donovan, d'ordinaire rubicond, était exsangue tandis qu'il la désignait d'un doigt tremblant. Les joues hérissées de chaume, les lèvres sèches, Powell regardait fixement par le hublot, tiraillant désespérément sa moustache.

En d'autres circonstances, le spectacle aurait paru magnifique. Le flux d'électrons à haute vitesse heurtant le faisceau d'énergie dégageait des ultra-particules fluorescentes d'une extraordinaire intensité lumineuse. Le faisceau s'étendait pour se dissoudre dans le néant, illuminé de poussières dansantes.

Le pinceau énergétique demeurait ferme, mais les deux Terriens connaissaient la valeur du témoignage oculaire. Des déviations atteignant à peine un centième de milliseconde d'arc – indiscernables à l'œil nu – suffiraient à le dévier follement et à réduire en cendres des centaines de kilomètres carrés de surface terrestre.

Or, c'était un robot ne s'inquiétant ni du faisceau, ni de son pointage et encore moins de la Terre, mais seulement de son Maître, qui se trouvait aux commandes.

Les heures s'écoulaient. Les Terriens observaient la scène dans un silence fasciné. Puis les particules dansantes perdirent de leur luminosité et s'évanouirent. La tempête prit fin.

« C'est terminé ! » dit Powell d'une voix sans timbre.

Donovan avait sombré dans un sommeil troublé. Son compagnon le toisa avec envie d'un regard las. Le signal lumineux se remit à clignoter avec insistance, mais il n'y prêta aucune attention. Rien n'importait plus. Et si Cutie avait raison ? S'il n'était qu'un être inférieur avec une mémoire préfabriquée et une existence qui avait survécu à sa fonction ?

Il aurait bien voulu !

Cutie se dressait devant lui. « Comme vous n'avez pas répondu au signal, je suis venu en personne. » Il parlait bas. « Vous me semblez aller mal et je crains fort que votre vie ne s'achève. Néanmoins, vous aimeriez peut-être consulter certains des enregistrements recueillis aujourd'hui ? »

Vaguement, Powell se rendit compte que le robot accomplissait un geste amical, afin, peut-être, d'apaiser le vague remords que lui inspirait son coup de force. Il prit les feuillets qu'on lui tendait et les parcourut sans les voir.

Le robot semblait content de lui. « Bien entendu, c'est pour moi un grand privilège que de servir le Maître. Ne soyez pas trop affecté d'avoir été remplacé par moi. »

Powell grommela et reporta mécaniquement son poids d'un pied sur l'autre jusqu'au moment où ses yeux troubles accommodèrent sur une fine ligne rouge qui suivait un tracé sinueux en travers de la page millimétrée.

Il écarquilla les yeux... les écarquilla de nouveau. Il se leva, serrant fortement la feuille entre ses doigts crispés, sans la quitter du regard. Les autres diagrammes tombèrent sur le sol sans qu'il s'en aperçoive.

« Mike, Mike ! » Il secoua l'autre comme un prunier. « *Il a maintenu le faisceau dans le bon axe !* »

Donovan sortit de son assoupissement. « Comment ? Où ?... »

Et à son tour, il ouvrit des yeux exorbités sur le diagramme qu'on lui présentait.

« Qu'est-ce qui ne va pas ? intervint Cutie.

— Tu as maintenu le faisceau dans l'axe, bégaya Powell. Tu le savais ?

— Dans l'axe ? De quoi parlez-vous ?

— Tu as braqué le train d'ondes énergétiques avec une précision absolue sur la station réceptrice... avec une tolérance inférieure à un dix-millième de milliseconde d'arc.

— Quelle station réceptrice ?

— La station terrestre, bafouilla Powell. Tu l'as conservée dans le viseur. »

Cutie tourna les talons d'un air irrité. « Impossible d'accomplir un acte de gentillesse à votre égard. Vous revenez toujours à vos fantasmes. Je me suis contenté d'équilibrer tous les cadrans, conformément à la volonté du Maître. »

Rassemblant les papiers éparpillés sur le sol, il se retira avec raideur.

« Que la peste m'étouffe ! » s'écria Donovan au moment où il franchissait la porte. Il se tourna vers Powell : « Que fait-on à présent ? »

L'autre se sentait las, mais soulagé : « Rien. Il vient juste de démontrer qu'il peut diriger la station à la perfection. Je n'ai jamais vu parer à une tempête d'électrons avec une telle maîtrise.

— Mais rien n'est résolu. Tu l'as entendu se référer au Maître. On ne peut pas...

— Écoute, Mike, il suit les instructions du Maître au moyen de cadrans, d'instruments et de graphiques. On n'a jamais fait autre chose. En fait, cela explique son

94

refus de nous obéir. L'obéissance n'est que la Deuxième Loi. L'interdiction de molester les humains est la Première. Comment peut-il empêcher qu'il advienne du dommage aux humains, qu'il le sache ou non ? En préservant la stabilité du faisceau. Il sait qu'il peut accomplir cette tâche mieux que nous, puisqu'il se prétend supérieur, c'est pourquoi il doit nous interdire l'accès de la salle de commande. C'est inévitable, au regard des Lois de la robotique.

— D'accord, mais là n'est pas la question. On ne peut lui permettre d'entretenir ses illusions sur le Maître.

— Pourquoi pas ?

— Qui a jamais entendu proférer de telles sornettes ? Comment peut-on lui confier la station s'il ne croit pas à la Terre ?

— Il est capable de la diriger ?

— Sans doute, mais...

— Dans ce cas, qu'il croie ce qu'il voudra ! »

Powell s'étira avec un vague sourire et se laissa tomber en arrière sur son lit. Il dormait déjà.

Powell parlait tout en se glissant, non sans difficulté, dans sa tenue spatiale légère.

« Le travail serait fort simple, disait-il. On pourrait amener les nouveaux modèles QT un par un, les équiper d'un interrupteur automatique réglé pour se déclencher au bout d'une semaine, afin de leur laisser le temps d'apprendre le... euh... culte du Maître de la bouche du Prophète en personne ; ensuite on les transférerait sur une autre station où on les revitaliserait. On pourrait en avoir deux par... »

Donovan releva sa visière de glassite. « Tais-toi et sortons d'ici, s'écria-t-il. L'équipe de relève nous attend et je ne retrouverai mon aplomb qu'en sentant le plancher des vaches sous mes pieds... ne serait-ce que pour m'assurer qu'il existe toujours. »

La porte s'ouvrit alors. Donovan, avec un juron étouffé, rabaissa sa visière et tourna un dos boudeur à Cutie.

Le robot s'approcha doucement. « Vous partez ? » Il y avait du chagrin dans sa voix.

Powell inclina sèchement la tête. « D'autres vont nous remplacer. »

Cutie poussa un soupir – le bruit du vent à travers un réseau de fils rapprochés.

« Votre temps de service est terminé et le moment est venu pour vous de disparaître. Je m'y attendais, mais… que la volonté du Maître soit faite ! »

Ce ton résigné piqua Powell au vif. « Épargne-nous tes condoléances, Cutie. Il n'est pas question pour nous de disparaître, mais de regagner la Terre.

— Mieux vaut que vous le pensiez. » Le robot soupira de nouveau. « Je comprends à présent la sagesse qui vous inspire cette illusion. Pour rien au monde je ne voudrais vous détromper, même si je le pouvais. »

Il s'en fut – l'image même de la commisération. Powell proféra un bruit indistinct et fit signe à Donovan. Leurs valises étanches à la main, ils se dirigèrent vers le sas.

Le vaisseau de relève se trouvait sur la corniche d'atterrissage. Franz Muller, qui devait les remplacer, les salua avec une raide courtoisie. Donovan se contenta d'un léger signe de tête et passa dans la cabine de pilotage, où il prit la place de Sam Evans.

« Comment va la Terre ? » demanda Powell.

C'était là une question assez conventionnelle et Muller lui fit une réponse non moins conventionnelle. « Elle tourne toujours.

— Bien. »

Muller le regarda. « Les gens de l'U.S. Robots ont pondu un nouveau mouton à cinq pattes : un robot multiple.

— Un quoi ?

— Un robot multiple. Ils ont souscrit un contrat important. Ce doit être l'outil rêvé pour l'exploitation des mines dans les astéroïdes. Il se compose d'un

maître robot qui a sous ses ordres six sous-robots…
comme les doigts de la main.

— Testé sur le terrain ? » demanda Powell anxieusement.

Muller sourit. « On vous attend pour ça, paraît-il. »

Powell serra les poings. « Qu'ils aillent au diable. On
a besoin de vacances.

— Oh ! vous les aurez. Deux semaines, je crois. » Il
enfilait les lourds gants spatiaux en prévision de son
temps de service à la station et ses sourcils épais se
rapprochèrent. « Et comment se comporte le nouveau ?
J'espère qu'il est bon, ou je veux bien être pendu si je
lui laisse toucher les commandes. »

Powell prit un temps avant de répondre. Il toisa
l'orgueilleux Prussien qui se tenait devant lui au garde-
à-vous, depuis les cheveux coupés court au-dessus d'un
visage sévère et têtu, jusqu'aux pieds joints selon l'angle
réglementaire… et sentit soudain passer à travers son
être une bouffée de pur contentement.

« Le robot est excellent, énonça-t-il. Je ne pense pas
que vous ayez à vous préoccuper beaucoup des commandes. »

Il sourit et pénétra dans le vaisseau. Muller allait passer des semaines dans la station…

# 4

## Attrapez-moi ce lapin

Les vacances avaient duré plus de deux semaines.
Ça, Mike Donovan devait l'admettre. Ils avaient même
eu droit à six mois de congés – payés. Il l'admettait aussi.
Mais ça tenait, il l'expliquait avec fureur, à des circonstances fortuites. L'U.S. Robots devait éliminer les pannes
du robot multiple, nombreuses. Il en restait toujours une
bonne demi-douzaine au moment d'effectuer les essais
sur le terrain. Ils avaient donc attendu en se donnant
du bon temps, jusqu'au jour où les gars du bureau de
dessin et les sorciers de la règle à calcul avaient donné
leur accord. À présent, il se trouvait en compagnie de
Powell sur l'astéroïde et rien n'allait plus. « Pour l'amour
du ciel, Greg, sois un peu réaliste ! répétait-il pour la dou-
zième fois au moins, son visage prenant peu à peu la
couleur d'une betterave. À quoi bon s'en tenir à la lettre
des spécifications pour voir les tests tourner en eau de
boudin ? Il est grand temps de fourrer toutes ces pape-
rasses officielles dans ta poche, avec ton mouchoir dessus, et de te mettre sérieusement au travail. »

Powell reprit son explication avec patience, comme
s'il faisait un cours d'électronique à un enfant idiot. « Je
disais juste que, selon les spécifications, ces robots sont
conçus pour travailler dans les mines des astéroïdes
sans surveillance, donc on ne doit pas les surveiller.

— Parfait. Dans ce cas, faisons appel à la logique ! »
Donovan leva ses doigts velus et énuméra : « Un : ce
nouveau robot a passé tous les tests en laboratoire.
Deux : l'U.S. Robots a garanti qu'il réussirait les tests pratiques sur astéroïde. Trois : les robots sont incapables
de réussir lesdits tests. Quatre : s'ils échouent, l'U.S.
Robots perdra dix millions en espèces et cent millions
en réputation. Cinq : s'ils échouent et qu'on est incapables d'expliquer pourquoi, on devra sans doute dire
adieu à une situation fort avantageuse. »

Powell poussa un gémissement derrière un sourire
manifestement dénué de sincérité. La devise tacite de
l'U.S. Robots était bien connue : *Nul employé ne répète
deux fois la même erreur. Il est congédié dès la première.*

« Euclide lui-même ne serait pas plus lucide, dit-il à
voix haute, sauf en ce qui concerne les faits. Tu as
observé ce groupe de robots durant trois périodes de
travail, tête de pioche que tu es. Ils ont parfaitement
accompli leur tâche, tu l'as dit toi-même. Que peut-on
faire d'autre ?

— Découvrir ce qui cloche, voilà quoi. Donc, ils travaillaient parfaitement lorsque je les surveillais. Mais en
trois occasions différentes où je n'étais pas là pour les
observer, ils n'ont pas extrait le moindre minerai. Ils ne
sont même pas rentrés à l'heure prévue. J'ai dû aller
les chercher.

— Et tu as découvert quelque chose d'anormal ?

— Rien. Rien du tout. Tout était au petit poil. Un seul
petit détail me troublait : *pas la moindre trace de minerai.* »

Powell tourna vers le plafond ses sourcils froncés en
tiraillant sa moustache brune. « Je vais te dire une
chose, Mike. On a connu pas mal de tâches ardues dans
notre vie, mais celle-ci dépasse la mesure. Cette affaire
est d'une complication qui défie l'entendement. Prends
ce robot DV-5 qui a six robots sous ses ordres. Et pas
seulement ! Ils font partie de lui.

— Je le sais.

— Silence ! le rembarra Powell. Je sais que tu le sais, je veux simplement faire le point. Ces robots subsidiaires font partie du DV-5 comme les doigts de ta main, et celui-ci leur donne des ordres, non par la voix ni par la radio, mais directement par le biais d'un champ positronique. Or, il n'y a pas un roboticien à l'U.S. Robots qui sache en quoi consiste un champ positronique, ni comment il fonctionne. Je n'en sais pas davantage, ni toi non plus.

— Ça, au moins, je le sais, admit un Donovan philosophe.

— Maintenant, considère notre situation. Si tout marche bien... parfait. Par contre, si quelque chose cloche... on est dans les choux et on ne peut probablement rien faire, ni personne d'autre. Mais c'est nous qui sommes chargés du travail et c'est à nous de nous débrouiller. » Il fulmina en silence pendant un petit moment. « Tu l'as fait sortir ?

— Oui.

— Tout est normal à présent ?

— Ma foi, pas de crise mystique, pas de ronde en débitant du Gilbert et Sullivan, par conséquent je suppose qu'il est normal. » Donovan franchit la porte en secouant la tête avec rage.

Powell saisit le *Manuel de la robotique* qui pesait sur un côté de sa table au point de la faire presque basculer et l'ouvrit avec respect. Il avait une fois sauté par la fenêtre d'une maison en feu, nanti de son seul short et du *Manuel*. Pour un peu, il aurait oublié le short.

Le *Manuel* reposait devant lui quand le robot DV-5 entra, suivi de Donovan qui ferma la porte d'un coup de pied.

« Salut, Dave, dit Powell sombrement. Comment vas-tu ?

— Très bien, répondit le robot. Vous permettez que je m'assoie ? »

Il attira à lui la chaise renforcée qui lui était réservée et y plia sa carcasse en douceur.

Powell considérait Dave – l'homme de la rue peut se représenter les robots par leurs numéros de série ; les roboticiens, jamais – avec approbation. Il n'était pas massif avec excès, bien qu'il constituât le cerveau directeur d'une équipe intégrée de sept robots. Il mesurait deux mètres de haut et pesait cinq cents kilos de métal et de matériaux divers. C'est beaucoup ? Non, lorsque cette demi-tonne se compose d'une masse de condensateurs, de circuits, de relais, de cellules à vide qui peuvent reproduire presque toutes les réactions psychologiques connues de l'homme. Et un cerveau positronique, avec dix livres de matière et quelques milliards de milliards de positrons, qui dirige le tout.

Powell fouilla dans sa poche pour y découvrir une cigarette égarée. « Dave, tu es un bon gars. Il n'y a rien en toi de volage ni d'affecté. Tu es un robot de mine solide comme le roc, sauf que tu es équipé pour diriger six subsidiaires en coordination directe. Pour autant que je le sache, cette particularité n'a pas introduit le moindre élément d'instabilité dans ta configuration cérébrale. »

Le robot hocha la tête. « Cela me remonte le moral, mais à quoi voulez-vous en venir, patron ? » Il était muni d'un excellent diaphragme et la présence d'harmoniques dans l'émetteur sonore lui ôtait beaucoup de cette platitude métallique qui caractérise en général les voix robotiques.

« Je vais te le dire. Avec tout ce qui plaide en ta faveur, qu'est-ce qui cloche dans votre travail ? L'équipe B d'aujourd'hui, par exemple ? »

Dave hésita. « Rien, à ma connaissance.

— Vous n'avez pas extrait le moindre minerai.

— Je sais.

— Dans ce cas… »

Dave éprouvait des difficultés. « Je n'arrive pas à l'expliquer, patron. J'ai bien cru que j'allais avoir une crise de nerfs. Mes subsidiaires travaillaient normalement. Je le sais. » Il réfléchit, ses yeux photoélectriques luisant intensément. Puis : « Je ne me souviens pas. La journée a pris fin… et il y avait Mike et les chariots à minerai, vides pour la plupart.

— Tu n'as fait aucun rapport de fin d'activité ces derniers jours, Dave, tu le sais ?

— Oui. Mais quant au pourquoi… » Il secoua la tête lentement et pesamment.

Powell avait la nette impression que, si le visage du robot avait été capable d'exprimer des sentiments, il aurait donné l'image de la douleur et de l'humiliation. Un robot, de par sa nature même, ne supporte pas d'échouer à accomplir sa fonction.

Donovan attira sa chaise près de la table de Powell et se pencha. « S'agirait-il d'amnésie, à ton avis ?

— Difficile à dire. Et inutile de plaquer un terme médical là-dessus. Les désordres de l'organisme humain appliqués au robot se limitent à des analogies romantiques. Ils ne sont d'aucun secours lorsqu'il s'agit de pallier les déficiences de nos mécaniques. » Il se gratta le cou. « Lui faire subir les tests cérébraux élémentaires me déplaît. Ça ne contribuera guère à renforcer en lui le sentiment de sa dignité personnelle. »

D'un air pensif, Powell considéra Dave, puis les instructions pour les tests sur le terrain que donnait le *Manuel*. « Et si tu te soumettais à un test, Dave ? Ce serait le plus sage. »

Le robot se leva. « Si vous le dites, patron. » Il y avait bel et bien de la douleur dans sa voix.

L'épreuve débuta de façon simple. DV-5 multiplia des nombres à cinq chiffres. Il récita la liste des nombres premiers entre mille et dix mille. Il procéda à l'extraction de racines cubiques, calcula des intégrales de complexités diverses, subit des épreuves de mécanique par ordre de difficulté croissante et, enfin, soumit son esprit méthodique aux plus hautes fonctions du monde robotique : la solution de problèmes de jugement et d'éthique.

Au bout de deux heures, Powell était en nage. Donovan s'était rongé les ongles sans en tirer une nourriture bien substantielle.

« Qu'est-ce que ça donne, patron ? demanda le robot.

— Il me faut le temps de la réflexion, Dave. Les jugements hâtifs ne servent à rien. Je te propose de regagner l'équipe C. Prends ton temps. Ne pousse pas trop au rendement ; d'ici peu, on remettra les choses au point. »

Le robot sortit. Donovan jeta un regard à Powell.

« Eh bien… »

La moustache de Powell semblait sur le point de se hérisser. « Il n'y a rien d'anormal dans les courants qui parcourent son cerveau positronique.

— Je m'en voudrais de posséder une telle certitude.

— Oh ! par Jupiter, Mike ! Le cerveau est la partie la plus sûre d'un robot. On le vérifie cinq fois sur Terre. S'ils franchissent victorieusement les tests sur le terrain, comme c'est le cas pour Dave, il ne reste pas la moindre chance d'un défaut de fonctionnement cérébral.

— Alors, on en est où ?

— Ne me bouscule pas. Laisse-moi tirer ça au clair. Il reste la possibilité d'une panne mécanique du corps… qu'il faudrait découvrir parmi quelque quinze cents condensateurs, vingt mille circuits électriques individuels, cinq cents cellules à vide, un millier de relais, et je ne sais combien de milliers de pièces diverses, plus complexes les unes que les autres. Sans parler des mystérieux champs positroniques dont personne ne sait rien.

— Écoute, Greg… » Donovan avait pris un ton pressant : « J'ai une idée. Ce robot ment peut-être. Jamais il…

— Il ne ment pas consciemment, tête de linotte. Avec un testeur McCormak-Wesley, on vérifierait tous ses organes internes en vingt-quatre ou quarante-huit heures, mais il n'existe que deux M.-W., ils se trouvent sur Terre, pèsent dix tonnes et sont scellés sur des fondations de ciment. Pas question de les déplacer. Savoureux, non ? »

Donovan tapa du poing sur la table. « Voyons, Greg, il ne déraille qu'en notre absence. Il y a quelque chose de… sinistre… dans… cette… coïncidence. » Il ponctua sa phrase de nouveaux coups.

« Tu me files la nausée, dit lentement Powell. Tu as lu trop de romans d'aventures.

— Ce que je voudrais savoir, hurla l'autre, c'est ce qu'on va faire pour y remédier !

— Écoute, alors : j'installe un écran au-dessus de ma table. Là, sur ce mur ! » Il pointa son index avec brusquerie sur l'endroit en question. « La caméra suivra les équipes en tous les points de la mine où s'effectueront les travaux, et j'ouvrirai l'œil et le bon, c'est moi qui te le dis. Voilà tout.

— Voilà tout ? Greg… »

Powell se leva et posa ses poings sur la table. « Mike, j'en vois des vertes et des pas mûres. » Il parlait d'une voix lasse. « Depuis une semaine, tu me rebats les oreilles de ce robot. Selon toi, il déraille. Tu sais en quoi ? Non ! Tu sais quelle panne il subit ? Non ! Tu sais ce qui la déclenche ? Non ! Tu sais ce qui le ramène à la normale ? Non ! Tu sais quoi que ce soit ? Non ! Je sais quoi que ce soit ? Non ! Alors, que veux-tu que je fasse ? »

Donovan ouvrit les bras, dans un geste grandiloquent. « Tu m'as cloué le bec !

— Je le répète : avant de chercher un remède, on trouve le mal. La première condition pour préparer un civet de lapin, c'est d'attraper le lapin. Eh bien, notre lapin, il nous faut l'attraper ! Maintenant, fiche-moi le camp d'ici. »

Donovan considéra d'un œil las le résumé préliminaire de son rapport de terrain. Il était crevé, et puis que pouvait-il raconter tant que les choses n'étaient pas tirées au clair ? Il se sentait l'âme pleine de ressentiment.

« Greg, dit-il, on a près de mille tonnes de retard sur le programme.

— Première nouvelle, répondit Powell sans lever les yeux.

— Ce que je voudrais savoir, s'écria l'autre avec une fureur soudaine, c'est pourquoi on nous balance toujours ces nouveaux modèles ! Les robots qui étaient assez bons pour mon grand-oncle maternel le sont assez pour moi. Vive ce qui est éprouvé et viable ! C'est l'épreuve du temps qui compte... les bons vieux robots "increvables" de l'ancien temps ne tombaient jamais en panne. »

Powell lui lança un livre avec une précision sans défaut et il bascula de sa chaise.

« Depuis cinq ans, dit son compagnon d'une voix égale, ton travail consiste à éprouver les nouveaux robots sur le terrain, pour le compte de l'U.S. Robots. Vu qu'on a eu, toi et moi, l'insigne maladresse de faire preuve de quelque habileté dans cette tâche, on a hérité des plus abominables corvées. Ça... » du doigt, il perçait des trous dans l'air en direction de Donovan «... c'est ton boulot. Tu ne cesses de récriminer, si mes souvenirs sont exacts, depuis la minute où l'U.S. Robots a signé ton contrat d'embauche. Pourquoi ne pas démissionner ?

— Je vais te le dire. » Donovan se remit d'aplomb et étreignit fermement sa rousse tignasse échevelée pour soutenir sa tête. « C'est en vertu d'un certain principe. Après tout, dans mon rôle de testeur, j'ai contribué au développement des nouveaux robots. Il y a le principe de favoriser le progrès scientifique. Mais ne t'y trompe pas : ce qui me pousse à continuer, c'est l'argent. *Greg !* »

L'interpellé sursauta en entendant ce cri, et son regard suivit celui de l'autre qui fixait l'écran avec une expression d'horreur. « Par tous les diables de l'enfer », murmura-t-il.

Donovan se leva, haletant. « Regarde-les, Greg ! Ils sont devenus fous.

— Prends deux combinaisons spatiales. On va se rendre compte sur place. »

Powell suivit les postures des robots, éclairs de bronze sur le sombre décor en dents de scie de l'astéroïde dépourvu d'air. Ils s'étaient rangés en formation de marche et, à la pâle lueur émanant de leurs corps, les parois grossièrement taillées de la mine défilaient sans bruit, tachetées d'ombres floues erratiques. Allant au pas tous les sept, Dave à leur tête, ils virevoltaient avec une macabre précision, en un ensemble parfait. Lorsqu'ils changeaient de formation, leur étrange aisance évoquait une troupe de danseurs sur la Lune.

Donovan rapporta les tenues. « J'ai l'impression qu'ils se révoltent contre nous. Ce sont des exercices militaires, Greg.

— Ou de gymnastique, dit l'autre froidement, à moins que Dave ne se croie devenu maître de ballet. Réfléchis d'abord, et dispense-toi de parler ensuite. »

Donovan se renfrogna et, d'un geste ostentatoire, glissa un détonateur dans son étui de ceinture. « Et voilà. On bosse sur de nouveaux modèles de robots. C'est notre spécialité, soit. Mais laisse-moi te poser une question : pourquoi faut-il *toujours* qu'ils déraillent ?

— Parce qu'on est maudits, rétorqua Powell sombrement. Allons, en route ! »

Plus loin, dans les épaisses ténèbres veloutées des galeries qui s'étendaient au-delà des ronds lumineux de leurs deux torches, scintillait la lueur des robots.

« Les voilà, souffla Donovan.

— J'ai tenté de le joindre par radio, murmura Powell, mais il ne répond pas. Le circuit doit être coupé.

— Dans ce cas, je me réjouis de ce que les constructeurs n'aient pas créé des robots susceptibles de travailler dans une obscurité totale. Ça ne me dirait rien de chercher sept robots déments dans un gouffre noir, sans liaison radiophonique, s'ils n'étaient illuminés comme autant d'arbres de Noël radioactifs.

— Hisse-toi sur la corniche au-dessus de nous, Mike. Ils viennent par ici et je veux les observer de près. Tu vas y arriver ? »

Donovan s'exécuta en grognant. La pesanteur était très inférieure à la norme terrienne, mais la lourde tenue spatiale réduisait cet avantage ; et pour atteindre la corniche, il fallait sauter de près de trois mètres. Powell le suivit.

La colonne qui marchait sur les talons de Dave se sépara, avec un rythme mécanique, en deux rangs, puis se remit en file indienne dans un ordre différent. Cette manœuvre se répéta plusieurs fois sans que le premier robot tourne la tête.

Il se trouvait à moins de six mètres des deux hommes lorsque la pantomime prit fin. Les robots subsidiaires rompirent les rangs et disparurent dans le lointain – très vite. Dave les suivit du regard, avant de s'asseoir lentement. Il appuya sa tête sur sa main en un geste étrangement humain.

Sa voix retentit dans les écouteurs de Powell : « Vous êtes là, patron ? »

Powell fit signe à Donovan et se laissa tomber de la corniche.

« Alors, Dave, qu'est-ce qu'il s'est passé ? »

Le robot secoua la tête. « Je n'en sais rien. À un moment donné, je m'occupais d'une taille particulièrement dure dans le Tunnel 17, et l'instant d'après je prenais conscience de la proximité d'êtres humains pour me retrouver à huit cents mètres de là, dans la galerie principale.

— Où se trouvent les subsidiaires en ce moment ? demanda Donovan.

— Ils ont repris le travail normalement. Combien a-t-on perdu de temps ?

108

— Assez peu. N'y pense plus. » Powell ajouta à l'adresse de son compagnon : « Reste près de lui jusqu'à la fin du quart, puis reviens me voir. J'ai une ou deux idées. »

Trois heures s'écoulèrent avant le retour de Mike. Il paraissait fatigué.

« Ça a donné quoi ? » demanda Powell.

L'autre haussa les épaules avec lassitude. « Il n'arrive jamais rien d'anormal lorsqu'on les surveille. File-moi une clope, tu veux bien ? »

Le roux l'alluma avec un luxe de soins et souffla un rond de fumée formé avec amour.

« J'ai réfléchi à notre problème, Greg. Dave possède un arrière-plan psychologique des plus curieux pour un robot. Il exerce une autorité absolue sur ses six subsidiaires. Il a sur eux le droit de vie et de mort, ce qui doit influer sur sa mentalité. Imagine qu'il estime nécessaire de donner plus d'éclat à son pouvoir pour satisfaire son orgueil.

— Viens-en au fait.

— On y est. Supposons qu'il soit pris d'une crise de militarisme. Qu'il soit en train de former une armée. Qu'il l'entraîne à des manœuvres militaires. Supposons…

— … que tu te colles la tête sous le robinet. Tu as des cauchemars en Technicolor. Tu postules une aberration majeure du cerveau positronique. Si ton analyse tombait juste, Dave devrait enfreindre la Première Loi de la robotique : Un robot ne peut porter atteinte à un être humain ni, restant passif, laisser cet être humain exposé au danger. "Le type d'attitude militariste et dominatrice que tu lui imputes doit avoir comme corollaire logique la suprématie sur les humains.

— Soit. Comment peux-tu savoir que ce n'est pas justement de ça qu'il s'agit ?

— Parce qu'un robot doté d'un tel cerveau n'aurait, primo, jamais quitté l'usine, ou, secundo, été repéré immédiatement, dans le cas contraire. J'ai testé Dave, tu sais. » Powell repoussa sa chaise en arrière et posa ses pieds sur la table. « Non, on ne peut toujours pas préparer notre civet, car on n'a pas la moindre idée de ce qui cloche. Si on découvrait le pourquoi de la danse macabre à laquelle on a assisté, la solution se rapprocherait. » Il marqua une pause. « Dave déraille lorsque ni l'un ni l'autre d'entre nous n'est présent, et alors notre arrivée suffit à le ramener dans le droit chemin. Qu'est-ce que ça t'inspire ?

— Des idées noires.

— Chut ! Qu'est-ce qui diffère chez un robot, en l'absence d'humains ? C'est évident : la situation exige de lui une plus grande initiative personnelle. Donc, cherche les organes affectés par ces nouvelles exigences.

— Sapristi ! » Donovan se redressa, puis s'affala de nouveau. « Non, non, ça ne suffit pas. Trop vaste. Ça ne réduit guère les possibilités.

— Impossible de l'éviter. Quoi qu'il en soit, on ne risque plus de louper les quotas. On prend la garde à tour de rôle pour surveiller ces robots sur l'écran. Sitôt qu'un incident se produit, on file sur les lieux et tout rentre dans l'ordre.

— Ces engins ne sont pas conformes aux spécifications, néanmoins. L'U.S. Robots ne saurait mettre sur le marché des modèles DV affectés d'un tel vice de fonctionnement.

— Bien sûr que non. Il faut localiser l'erreur et la corriger… et pour ça, il nous reste dix jours. » Powell se gratta la tête. « Le hic, c'est que… Ma foi, jette un œil sur les bleus. »

Les plans recouvraient le parquet comme un tapis. Donovan rampa à leur surface en suivant l'errance du pointeur lumineux de Powell.

« À toi de jouer, dit ce dernier. Tu es le spécialiste du corps, et je veux que tu vérifies mon boulot. J'ai tâché d'isoler tous les circuits non impliqués dans l'initiative personnelle. Ici, par exemple, on a l'artère thoracique responsable des opérations mécaniques. Je coupe toutes les voies latérales que je considère comme des dérivations d'urgence… » Il leva les yeux. « Qu'en penses-tu ? »

Donovan avait un goût abominable dans la bouche. « Ce n'est pas si simple, Greg. L'initiative personnelle n'est pas un circuit électrique qu'on peut isoler du reste et étudier. Chez un robot livré à ses propres ressources, l'intensité de l'activité corporelle augmente aussitôt sur presque tous les fronts. Il n'y a pas un seul circuit qui ne soit affecté. Il faut donc déterminer le phénomène particulier – très spécifique – qui provoque ses errements et ensuite seulement procéder à l'élimination des circuits. »

Powell se leva et s'époussetta. « Hum. D'accord. Emporte ces bleus et brûle-les.

— Tu vois, quand l'activité s'intensifie, il peut arriver n'importe quoi, du moment qu'il y a une pièce défectueuse. L'isolation ne tient pas, un condensateur claque, un arc s'établit dans une connexion, une résistance surchauffe. Si tu cherches à l'aveuglette dans le robot, tu ne trouveras jamais le défaut. Mais si tu démontes entièrement Dave, en testant un à un tous ses organes puis en le remontant à chaque fois pour procéder aux essais…

— C'est bon, c'est bon. Moi aussi, je suis capable de voir à travers un hublot. »

Ils échangèrent un regard désespéré. Puis Powell proposa prudemment : « Supposons qu'on interroge l'un des subsidiaires ? »

Jamais Powell ni Donovan n'avaient eu l'occasion de s'entretenir avec un « doigt ». Un subsidiaire pouvait parler ; il ne constituait pas l'analogie parfaite d'un doigt humain. En fait, il possédait un cerveau notablement développé, mais conçu avant tout pour recevoir les ordres par le biais d'un champ positronique, et ses réactions à des stimuli indépendants restaient plutôt hésitantes.

Powell n'était d'ailleurs pas très certain de son nom. Son numéro de série était DV-5-2, mais ce détail ne leur apprenait pas grand-chose.

Il choisit un compromis. « Écoute, mon vieux, je vais te demander de bien réfléchir et ensuite tu pourras rejoindre votre patron. »

Le « doigt » inclina la tête avec raideur, sans mettre ses facultés cérébrales limitées à l'épreuve pour formuler une réponse.

« Récemment, à quatre reprises, reprit Powell, ton patron a dévié de son programme cérébral. Tu te souviens de ces occasions ?

— Oui, monsieur.

— Il s'en souvient, grommela Donovan avec colère. Je te dis qu'il se passe un truc sinistre…

— Va te faire cuire un œuf ! Bien sûr qu'il s'en souvient. Il est parfaitement normal. » Powell se retourna vers le robot. « Que faisiez-vous, tous, en ces diverses occasions ? »

Le « doigt », bizarrement, donna l'impression de réciter par cœur, comme s'il répondait aux questions à la suite d'une pression mécanique de sa boîte crânienne, mais sans le moindre enthousiasme.

« La première fois, nous attaquions une taille très dure dans le Tunnel 17, niveau B. La seconde fois, nous étions occupés à étayer le plafond de la galerie contre un éboulement possible. La troisième fois, nous préparions des charges afin de pousser le creusement de la galerie sans tomber dans une fissure souterraine. La quatrième fois, nous venions d'essuyer un éboulement mineur.

— Que s'est-il passé à chaque fois ?

— C'est difficile à expliquer. Un ordre était lancé, mais, avant que nous ayons le temps de le recevoir et de l'interpréter, un nouvel ordre de marcher selon une formation bizarre nous parvenait.

— Pourquoi ? demanda Powell.

— Je l'ignore.

— Quel était l'ordre initial que le commandement de marcher en formation annulait ? intervint Donovan.

— Je l'ignore. J'ai bien senti qu'il était lancé, mais le temps a manqué pour le recevoir.

— Tu pourrais nous donner des précisions ? C'était le même à chaque fois ? »

Le « doigt » secoua la tête d'un air malheureux. « Je l'ignore. »

Powell se renversa sur son siège. « Entendu. Va retrouver votre patron. »

L'engin quitta la pièce avec un soulagement visible.

« Voilà un grand pas d'accompli ! s'écria Donovan. Quel dialogue étincelant d'un bout à l'autre ! Écoute, Greg, Dave et son imbécile de "doigt" nous mènent en bateau. Il y a trop de choses qu'ils ignorent et dont ils ne se souviennent pas. On ne doit plus leur faire confiance. »

Powell brossa sa moustache à rebrousse-poil. « Mike, une autre remarque aussi stupide et je te confisque ton hochet et ta tétine.

— Très bien, c'est toi le génie de l'équipe. Je ne suis qu'un pauvre cafouilleux. On en est où ?

— Au point de départ. J'ai essayé de prendre le problème à l'envers en passant par le "doigt", mais ça n'a rien donné. Il nous faut donc repartir dans le bon sens.

— Quel grand homme ! Comme tout devient simple avec lui ! Maintenant traduis-nous ça en langage courant, maître.

— Pour se mettre à ta portée, il conviendrait plutôt de le traduire en babil enfantin. Je veux dire qu'il faut découvrir l'ordre que lance Dave juste avant que tout sombre dans le noir. Ce serait la clé de l'énigme.

— Et comment y parvenir ? On ne peut pas rester à proximité : il ne se passera rien tant qu'on sera là. On ne peut rien capter par radio : les ordres sont transmis par champ positronique. De près ou de loin, pas moyen... ce qui nous laisse un joli zéro pointé.

— L'observation directe nous est interdite, soit. Il y a toujours la déduction.

— Comment ?

— On monte la garde à tour de rôle, Mike, répondit Powell en souriant d'un air résolu. Sans quitter l'écran des yeux. On épie les moindres actions de ces cauchemars d'acier. Quand ils entameront leur comédie, on saura ce qui s'est passé l'instant précédent et on en déduira la nature de l'ordre. »

Donovan ouvrit la bouche et la laissa dans cette position durant une minute entière. Puis il dit d'une voix étranglée : « Je donne ma démission. J'abandonne.

— Tu as dix jours pour trouver une meilleure solution », répliqua Powell avec lassitude.

Et durant huit jours, Donovan déploya de louables efforts pour y parvenir. Durant huit jours, par périodes de quatre heures alternées, il regarda, les yeux douloureux, enflammés, les formes métalliques lumineuses se déplaçant sur fond de ténèbres. Durant huit jours, dans ses intervalles de repos, il maudit l'U.S. Robots, les modèles DV et le jour qui l'avait vu naître.

Puis le huitième jour, Powell, au moment où il pénétrait dans la pièce avec la migraine et un regard flou pour prendre son tour de garde, vit Donovan se lever et, prenant soin de viser, jeter un lourd volume au centre exact de l'écran. Il se produisit aussitôt un superbe fracas de verre brisé.

« Pourquoi as-tu fait ça ? demanda-t-il d'une voix consternée.

— Parce que, répondit l'autre, j'en ai fini avec cette comédie. Il ne nous reste que deux jours et on n'a pas le moindre indice. DV-5 est un échec complet. Il s'est arrêté cinq fois depuis que je le surveille, trois fois pendant ta garde, et je n'arrive pas plus que toi à comprendre quels ordres il lance. Je doute qu'on y arrive un jour, donc je renonce.

— Par tous les diables de l'enfer, comment observer six robots à la fois ? L'un agite les mains, l'autre les pieds, le troisième joue les moulins à vent tandis que le quatrième sautille comme un dément. Quant aux deux autres, le diable seul sait ce qu'ils font. Et d'un seul coup, tout s'arrête. Misère de misère !

— Greg, on s'y prend mal. Il faut qu'on se rapproche. On doit les surveiller d'assez près pour pouvoir distinguer les détails. »

Powell rompit un silence amer. « Ouais, et attendre patiemment l'incident alors qu'il ne reste que deux jours.

— C'est mieux d'observer d'ici ?

— C'est plus confortable.

— Ah… Mais on dispose d'une possibilité réalisable sur place et impossible d'ici.

— Quoi ?

— Mettre fin à leur exhibition au moment idoine, lorsque tu es prêt et aux aguets pour découvrir ce qui cloche.

— Comment ça ? demanda Powell, aussitôt intéressé.

— Réfléchis, puisque tu es le cerveau de l'équipe. Pose-toi quelques questions. À quel moment DV-5 perd la boule ? Le "doigt" l'a dit ! Lorsqu'un éboulement menace ou s'est produit, que l'équipe place des explosifs dans la roche ou atteint un front de taille difficile.

— En d'autres termes, en cas de danger. » Powell était tout excité.

« Tout juste ! Quand croyais-tu que ces extravagances se produisaient ? C'est le facteur d'initiative personnelle qui cause tous ces tracas. Et c'est face au danger, en l'absence d'un humain, qu'elle se trouve la plus sollicitée. Quelle déduction logique en retirer ? Comment susciter ce dérèglement au moment et au lieu choisis par nous ? » Donovan s'interrompit, triomphant – son rôle commençait à lui plaire – et répondit à sa question pour devancer son compagnon qui ouvrait la bouche. « En suscitant nous-mêmes un état d'urgence.

— Mike… tu as raison.

— Merci, mon pote. Je savais bien que ça m'arriverait un jour.

— Épargne-moi tes sarcasmes. On les garde pour la Terre ; on les mettra en conserve en vue des longues soirées d'hiver. D'ici là, comment susciter cet état d'urgence ?

— On pourrait inonder la mine s'il ne s'agissait pas d'un astéroïde sans atmosphère.

— Un mot d'esprit, sans doute, dit Powell. Vraiment, Mike, tu vas me faire mourir de rire. Que dirais-tu d'un petit éboulement ? »

Donovan fit la moue. « Ça me convient.

— Bon. Attelons-nous à la tâche. »


Powell se sentait une âme de conspirateur en se frayant un chemin à travers le paysage cahoteux. Sa démarche, en pesanteur réduite, possédait une curieuse élasticité sur le sol dentelé ; elle catapultait des pierres de droite et de gauche et soulevait de silencieux nuages de poussière grise, mais, sur le plan mental, c'était la reptation prudente du comploteur.

« Tu sais où ils sont ? demanda-t-il.

— Je crois, Greg.

— Entendu, mais si l'un des "doigts" se situe à moins de six mètres, ses senseurs nous détecteront, qu'on soit ou non dans son champ visuel. Tu le sais, je l'espère.

— Quand je voudrai un cours élémentaire de robotique, dit Donovan, je t'adresserai une demande en bonne et due forme, et en trois exemplaires. Par ici. »

Ils s'engageaient dans les tunnels ; même la lueur des étoiles avait disparu. Les deux hommes rasaient les parois, projetant par intermittence le faisceau de leurs torches devant eux. Powell posa le doigt sur le cran de sûreté de son détonateur.

« Tu connais cette galerie, Mike ?

— Pas tellement. Elle vient d'être percée. Il me semble la reconnaître d'après ce que j'ai vu sur l'écran, mais... »

D'interminables minutes s'écoulèrent.

« Tu as senti ça ? » lança soudain Donovan. Une légère vibration animait la muraille sur laquelle Powell posa ses doigts gainés de métal. On n'entendait aucun bruit, bien sûr. « Ils font détoner des charges. On est tout près.

— Ouvre l'œil », dit Powell.

L'autre hocha la tête avec impatience.

L'éclair de bronze qui traversa leur champ de vision était passé avant qu'ils aient eu le temps de se ressaisir. Ils se cramponnèrent l'un à l'autre en silence.

« Tu crois que ses senseurs nous ont détectés ? murmura Powell.

— J'espère que non. Mais il vaudrait mieux les prendre par le flanc. Empruntons la première galerie latérale sur la droite.

— Et si on les manquait ?

— Décide-toi ! Qu'est-ce que tu veux faire ? Revenir sur tes pas ? gronda rageusement Donovan. Ils sont à moins de quatre cents mètres. Je les observais sur l'écran, non ? Et il ne nous reste que deux jours...

— Oh ! Tais-toi. Tu gaspilles ton oxygène. C'est une galerie latérale, là ? » Powell alluma sa torche. « Oui. Allons-y ! »

La vibration devenait très intense et le sol tremblait sous leurs pieds.

« Parfait, dit l'autre. Tant que ça ne s'écroule pas sur nous. » Dans son angoisse, il darda le rayon de sa torche en tous sens.

Il suffisait de lever le bras à demi pour toucher le plafond de la galerie et les étais tout récents.

Donovan hésita. « Une impasse. Faisons demi-tour.

— Non. Continuons. » Son compagnon se faufila péniblement devant lui. « C'est une lumière, là devant ?

— Une lumière ? Laquelle ? Je ne vois rien. Pourquoi y aurait-il de la lumière dans une galerie sans issue ?

— Une lampe de robot. » Powell gravit une pente douce à quatre pattes. Lorsqu'il reprit la parole, ce fut d'une voix rauque et anxieuse. « Hé ! Mike, viens par ici. »

Il y avait bien de la lumière. Donovan rampa par-dessus les jambes étendues de Powell. « Une ouverture ?

— Oui. Ils doivent travailler de l'autre côté de cette galerie à présent… enfin, je crois. »

Donovan explora à tâtons les bords dentelés de l'ouverture donnant dans une galerie qui apparaissait à la lueur de sa torche comme un tunnel principal. Le trou était trop petit pour livrer passage à un homme et leur permettait juste d'y jeter un coup d'œil ensemble.

« Il n'y a rien là-dedans.

— Pas pour l'instant. Mais la galerie était occupée il y a une seconde, ou on n'aurait pas vu de lumière. Attention ! »

Les parois oscillèrent. Ils ressentirent l'impact. Une fine poussière s'abattit sur eux. Powell dressa une tête prudente et glissa un nouveau regard. « Ils sont bien là, Mike. »

Les robots luisants s'échinaient quinze mètres plus loin dans le tunnel principal. Des bras de métal besognaient la masse de gravats abattus par la récente explosion.

« Ne perdons pas de temps, dit Donovan d'un ton pressant. Ils auront bientôt percé et la prochaine explosion pourrait nous englober.

— Pour l'amour du ciel, ne me bouscule pas. » Powell dégagea le détonateur. D'un regard inquiet, il fouilla l'arrière-plan obscur où la seule lumière provenait des robots – impossible d'y distinguer une roche saillante d'une ombre.

« Regarde là, presque au-dessus d'eux. La dernière charge n'a pas tout à fait détaché ce pan de roche. Si tu chopes sa base, la moitié du plafond s'écroulera. »

Powell suivit la direction que son compagnon pointait du doigt.

« Vu ! Maintenant, ne les quitte pas des yeux et prie le ciel qu'ils ne s'écartent pas trop. Je compte sur eux pour m'éclairer. Ils sont bien là tous les sept ? »

Donovan compta. « Tous les sept.

— Eh bien, surveille-les. Observe tous leurs mouvements ! » Il leva son détonateur et garda la position tandis que l'autre jurait et battait des paupières pour chasser la sueur de ses yeux.

Un éclair !

Il y eut une secousse, une série de vibrations intenses, puis un choc brutal qui projeta Powell lourdement contre Donovan.

« Je n'ai rien vu, Greg ! brailla ce dernier. Tu m'as renversé. »

Powell jeta autour de lui un regard affolé. « Où sont-ils ? »

Donovan resta d'abord muet de stupeur. On ne voyait plus de robots. Il faisait noir comme dans les profondeurs du Styx. « Tu crois qu'on les a ensevelis ? demanda-t-il enfin d'une voix tremblante.

— Allons voir. Ne me demande pas ce que je crois. » Powell rampa à reculons de toute sa vitesse. « Mike ! »

Donovan, qui se lançait sur ses traces, s'immobilisa. « Quoi encore ?

— Ne bouge plus ! » La respiration de Powell était oppressée et irrégulière. « Mike ! Tu m'entends, Mike ?

— Je suis là. Qu'y a-t-il ?

— On est bloqués. Ce n'est pas la chute de la voûte au-dessus des robots qui nous a renversés : notre propre plafond nous est tombé sur la tête. L'onde de choc a provoqué sa rupture !

— Quoi ? » Donovan se projeta en avant et heurta une barrière. « Allume la torche ! »

Powell obéit. Pas la moindre issue par où un lapin aurait pu se glisser.

« Nous voilà bien », souffla son compagnon.

Ils perdirent quelques instants et un peu d'énergie musculaire à tâcher de déplacer les déblais. Powell apporta une variation en s'efforçant d'agrandir les bords du trou d'origine. Il leva son pistolet, mais, à si courte distance, une décharge serait un véritable suicide et il ne l'ignorait pas.

Il s'assit. « On a bien loupé notre coup, Mike. Quant à savoir ce qui fait dérailler Dave, on n'a pas avancé d'un pas. L'idée était bonne, mais elle nous a explosé à la figure ! »

Le regard de Donovan était chargé d'une amertume dont l'intensité perdait tout son effet dans l'obscurité. « Je m'en voudrais de te peiner, mon vieux, mais outre ce qu'on sait de Dave ou non, on est gentiment coincés. Si on ne se sort pas d'ici, on va mourir, mon pote. M-O-U-R-I-R, mourir. Il nous reste combien d'oxygène ? Guère plus de six heures.

— J'y ai pensé. » Les doigts de Powell montèrent vers sa moustache depuis longtemps soumise à une incessante torture et vinrent se heurter à la visière transparente. « Bien sûr, on pourrait sans mal amener Dave à nous dégager d'ici là. Hélas, notre géniale expérience de mise en condition a dû lui faire perdre ses esprits et son circuit radio est neutralisé.

— Réjouissant, hein ? » Donovan se dirigea vers l'ouverture et parvint à y glisser sa tête entourée de métal. Elle s'y ajustait avec une extrême précision. « Hé, Greg !

— Quoi ?

— Suppose qu'on attire Dave à moins de six mètres. Il retrouverait son état normal et on serait sauvés.

— Sans doute, mais où est-il ?

— Au fond du tunnel… tout au fond. Pour l'amour du ciel, arrête de tirer ou tu vas m'arracher la tête. Je te laisse la place. »

Powell glissa à son tour sa tête par l'ouverture. « Pas à dire, on a réussi. Regarde-moi ces ânes. Ils doivent danser un ballet.

— Laisse tomber leurs performances artistiques. Ils se rapprochent un tant soit peu ?

— Difficile à dire. Ils sont trop loin. Passe-moi ma torche, tu veux ? Je vais essayer d'attirer leur attention. »

Il y renonça au bout de deux minutes.

« Rien à faire ! Ils doivent être aveugles. Oh ! ils se dirigent vers nous. Bizarre.

— Hé, laisse-moi voir », dit Donovan.

Une lutte silencieuse s'ensuivit.

« C'est bon ! » dit Powell, et l'autre put repasser sa tête dans l'ouverture.

Les robots approchaient en effet. Dave ouvrait la marche ; les six « doigts » exécutaient un pas de music-hall sur ses talons.

« Qu'est-ce qu'ils fabriquent ? s'étonna Donovan. Ma parole, ils font la ronde.

— Oh ! arrête avec tes descriptions, grommela Powell. Ils se rapprochent toujours ?

— Ils sont à moins de quinze mètres. On sera sortis dans un quart d'heure... Euh... Euh... *Hé ! HÉ !*

— Quoi ? » Il fallut plusieurs secondes à Powell pour émerger de l'ahurissement où l'avaient plongé les vocalises de l'autre. « Laisse-moi regarder par ce trou, égoïste ! »

Il voulut s'imposer de force, mais Donovan résista en lui décochant des coups de talon.

« Ils ont fait demi-tour, Greg. Ils s'en vont. Dave ! Hé ! D-a-a-a-ve !

— Inutile de crier, imbécile ! Le son ne portera pas jusqu'à eux.

— Dans ce cas, haleta Donovan, donnons des coups de pied dans les murs, n'importe quoi pour amorcer une vibration. Il faut attirer leur attention d'une façon ou d'une autre, Greg, ou on est perdus. » Il tapait comme un forcené.

Powell le secoua. « Attends, Mike, attends. Écoute, j'ai une idée. Par Jupiter, le moment est bien choisi pour trouver des solutions simples. Mike !

— Qu'est-ce que tu veux ? » Donovan retira sa tête de l'ouverture.

« Laisse-moi ta place, vite, avant qu'ils soient hors de portée.

— Hors de… ? C'est quoi, ton idée ? Hé, qu'est-ce que tu fiches avec ce détonateur ? » Il saisit le bras de Powell.

Celui-ci se dégagea rudement. « Je vais faire un peu de tir.

— Pourquoi ?

— Je t'expliquerai plus tard. Voyons d'abord si ça fonctionne. Dans le cas contraire… Pousse-toi de là et laisse-moi faire ! »

Les robots étaient de petites lueurs sautillantes qui diminuaient encore dans le lointain. Powell visa, pressa la détente trois fois, abaissa son arme et regarda anxieusement. L'un des subsidiaires était tombé ! Ne restaient que six taches dansantes.

Il parla d'une voix incertaine dans l'émetteur : « Dave ! »

Un temps, puis la réponse parvint aux deux hommes : « Patron ? Où êtes-vous ? Mon troisième subsidiaire a la poitrine défoncée. Il est hors service.

— Ne t'occupe pas de ton subsidiaire. On est bloqués dans l'éboulement à l'endroit où vous faisiez sauter des charges d'explosifs. Tu aperçois notre torche ?

— Bien sûr. Nous arrivons tout de suite. »

Powell s'adossa à la paroi. « Et voilà ! »

Donovan dit tout doucement, avec des larmes dans la voix : « Bon, Greg, tu as gagné. Je baise la poussière sous tes pieds. Maintenant, ne me raconte pas d'histoires. Dis-moi ce qui s'est passé.

— Facile. Comme d'habitude, on n'a pas vu ce qui nous crevait les yeux. On savait que le circuit d'initiative personnelle était en cause, que les aberrations de conduite résultaient d'un danger, mais on cherchait la cause dans un ordre spécifique. Pourquoi un ordre ?

— Pourquoi pas ?

— Pourquoi pas un *certain type* d'ordre ? Quel type exige le maximum d'initiative ? Quel type doit être lancé quasi exclusivement en cas de danger ?

— Ne me le demande pas, Greg. Dis-le-moi !

— C'est ce que je fais ! L'ordre à six canaux. En temps normal un "doigt", au moins, exécute des besognes de routine n'exigeant aucune surveillance particulière – de la façon dont nos corps exécutent les mouvements de la marche. Mais en cas de danger, il faut mobiliser les six subsidiaires immédiatement et simultanément. Dave doit commander six robots à la fois et quelque chose craque. Le reste s'explique sans mal. La moindre baisse dans l'initiative requise, telle qu'en provoque la venue d'hommes, et il recouvre l'usage de ses facultés. Voilà pourquoi j'ai détruit l'un des robots : pour ramener la transmission des ordres à cinq canaux. L'initiative ayant décru... il est de nouveau normal.

— Et tu as découvert ça comment ? demanda Donovan.

— Par simple déduction logique. J'ai tenté l'expérience et elle s'est révélée concluante. »

La voix du robot retentit de nouveau dans leurs écouteurs. « Je suis là. Pouvez-vous encore tenir une demi-heure ?

— Sans problème », répondit Powell. Puis il poursuivit à l'adresse de son compagnon : « La tâche devrait être plus simple : vérifier les circuits et noter les organes anormalement sollicités lors d'un ordre à six canaux tandis que la tension demeure acceptable pour un ordre à cinq. Ça devrait circonscrire notablement nos recherches, non ?

— Dans une large mesure, en effet. Si Dave reste conforme au modèle préliminaire qu'on a vu à l'usine, un circuit de coordination devrait constituer le seul secteur affecté. » Il s'épanouit soudain de façon surprenante. « Dis donc, ce serait pas mal du tout. D'une simplicité enfantine, dirais-je même !

— Très bien. Réfléchis-y et on vérifiera les bleus sitôt qu'on sera rentrés. Maintenant, d'ici à ce que Dave nous dégage, je vais me reposer.

— Minute ! Explique-moi une chose. À quoi rimaient ces pas de danse, ces défilés militaires auxquels se livraient les robots chaque fois qu'ils étaient désaxés ?

— Ma foi, je l'ignore. Mais j'ai mon idée. Rappelle-toi que ces subsidiaires constituaient les "doigts" de Dave. On le répétait sans cesse. Eh bien, je crois que durant ces interludes où Dave devenait un cas relevant de la psychiatrie, il sombrait dans une stupeur imbécile où il passait son temps à *pianoter*. »

*Susan Calvin parlait de Powell et de Donovan avec amusement, mais sans sourire. Toutefois, sa voix se réchauffait dès qu'il était question de robots. Il ne lui fallut pas longtemps pour parcourir la série des Speedy, des Cutie et des Dave. Je l'arrêtai, sans quoi elle aurait fait surgir du passé une nouvelle demi-douzaine de ces créatures de métal.*

« *Il ne se passe donc jamais rien sur Terre ?* » demandai-je.

*Elle me regarda avec un léger froncement de sourcils.*

« *Non, sur Terre, on n'a guère d'occasions de côtoyer des robots !*

— *Dommage. Vos ingénieurs sur le terrain sont étonnants, mais on aimerait une participation plus directe de votre part. Il n'y a aucun exemple où un robot se serait retourné contre vous ? C'est votre anniversaire aujourd'hui, n'est-ce pas ?* »

*Ma parole, elle rougit.* « *Des robots se sont retournés contre moi. Il y a des siècles que je n'y avais pas pensé. Mais oui, ça se passait il y aura bientôt quarante ans. En 2021 ! Je n'avais que trente-huit ans. Mon Dieu… j'aimerais mieux éviter le sujet.* » *J'attendis et bien entendu elle se ravisa.* « *Pourquoi pas ? Ça ne peut plus me faire de mal aujourd'hui. Les souvenirs eux-mêmes*

en sont incapables. *Je me suis montrée écervelée autre-*
*fois, jeune homme. Le croiriez-vous ?*

— *Non.*

— *C'est pourtant la vérité. Mais Herbie était un robot*
*télépathe.*

— *Pardon ?*

— *Le seul et unique de son espèce. Une erreur... »*

# 5

## Menteur

Alfred Lanning alluma son cigare avec soin, mais le bout de ses doigts tremblait. Ses sourcils gris se contractèrent lorsqu'il prit la parole entre deux bouffées.

« Flûte ! Il lit dans les pensées, sans conteste ! Mais pourquoi ? » Il leva les yeux vers le mathématicien Peter Bogert. « Eh bien ? »

Celui-ci aplatit des deux mains ses cheveux noirs. « C'est le trente-quatrième modèle de ce type sorti de nos chaînes de montage. Les autres étaient rigoureusement orthodoxes. »

Le troisième homme assis à la table fronça les sourcils. Milton Ashe, le plus jeune cadre dirigeant de l'U.S. Robots, n'était pas peu fier d'occuper son poste. « Écoutez, Bogert, il n'y a pas eu le moindre accroc depuis le commencement du montage jusqu'à la fin. Je vous le garantis. »

Les lèvres épaisses du mathématicien s'épanouirent en un sourire condescendant. « Ah bon ? Si vous répondez de toute la chaîne de montage, je vous propose à l'avancement. Pour être précis, la fabrication d'un seul cerveau positronique exige soixante-quinze mille deux cent trente-quatre opérations différentes dont chacune, pour sa réalisation, repose sur un certain nombre de facteurs, lequel se situe entre cinq et cent cinq. Si une seule se trouve sérieusement compromise, le cerveau est bon à jeter. Je cite là notre propre manuel de spécifications, Ashe. »

Milton Ashe rougit, mais une quatrième voix lui coupa sa réplique. « Si on commence à se rejeter la faute les uns sur les autres, je m'en vais. » Susan Calvin serrait étroitement ses mains sur ses genoux ; les petites rides tombant de part et d'autre de ses lèvres minces et pâles s'accentuèrent. « Nous voilà avec un robot télépathe sur les bras. Il me paraît crucial de déterminer exactement les raisons pour lesquelles il lit dans les pensées. On ne les trouvera pas en nous rejetant mutuellement la faute. »

Ses yeux gris et froids se fixèrent sur Ashe, qui sourit.

Lanning l'imita. Comme toujours en pareille occasion, ses longs cheveux blancs et ses petits yeux perspicaces faisaient de lui le type même du patriarche biblique. « Bien parlé, docteur Calvin. » Sa voix prit soudain un ton incisif. « Voici l'exposé des faits en une formule concentrée. Nous avons réalisé un cerveau positronique apparemment ordinaire mais doté de la propriété remarquable de pouvoir s'accorder sur les trains d'ondes cérébrales. Nous accomplirions le progrès le plus important dans la science robotique depuis des dizaines d'années si nous savions ce qui s'est passé. Nous l'ignorons et c'est ce qu'il faut découvrir. Suis-je bien clair ? »

— Puis-je émettre une suggestion ? demanda Bogert.

— Je vous en prie.

— Jusqu'à ce que nous tirions au clair cette pagaïe – et en ma qualité de mathématicien, j'ai tout lieu de la croire énorme –, tenons secrète l'existence de RB-34. Sans excepter les autres membres du personnel. Étant chefs de départements, la solution du problème ne devrait pas être inaccessible pour nous, et moins nombreux nous serons à en connaître...

— Bogert a raison, coupa Calvin. Depuis qu'on a modifié le Code Interplanétaire pour permettre les tests des nouveaux modèles en usine avant leur envoi dans l'espace, la propagande anti-robots s'intensifie. Si jamais la rumeur de l'existence d'un robot capable de lire les pensées se répandait avant qu'on puisse annoncer le problème comme résolu, nos opposants ne manqueraient pas d'exploiter cette information. »

Lanning tira une bouffée de son cigare, hocha la tête gravement et se tourna vers Ashe. « Vous m'avez dit, je crois, que vous étiez seul quand vous avez découvert par hasard cette curieuse particularité ?

— Si j'étais seul ? Je pense bien… J'ai éprouvé la pire peur de ma vie. RB-34 venait de quitter la table de montage et on venait de me l'envoyer. Oberman s'était absenté, donc je l'ai conduit moi-même aux salles de test… ou du moins j'ai entrepris de le faire. » Ashe marqua une pause et un léger sourire effleura ses lèvres. « L'un de vous a-t-il jamais tenu une conversation mentale à son insu ? » Nul ne s'inquiéta de répondre, et il poursuivit : « On ne s'en aperçoit pas tout de suite, vous pensez. Il s'adressait à moi aussi logiquement et raisonnablement que vous pouvez l'imaginer et ce n'est qu'après avoir parcouru la plus grande partie du chemin menant aux salles de test que j'ai constaté n'avoir rien dit. Bien entendu, maintes réflexions m'avaient traversé l'esprit, mais c'est différent, pas vrai ? J'ai enfermé mon robot et j'ai filé aussitôt à la recherche de Lanning. D'avoir vu l'engin marcher à mes côtés en pénétrant calmement mes pensées parmi lesquelles il opérait son choix m'avait donné la chair de poule.

— Je l'imagine sans mal », dit Susan Calvin d'un ton pensif. Elle dévisagea Ashe avec une curieuse intensité. « On a l'habitude de tenir notre cerveau pour inviolable. »

Lanning intervint avec impatience : « Seules les quatre personnes ici présentes sont au courant. Parfait ! Opérons systématiquement. Ashe, je vous prie de vérifier toute la chaîne de montage – sans rien omettre. Vous éliminerez les opérations qui ne comportent aucun risque d'erreur et dresserez une liste de celles qui peuvent être sujettes à caution en notant leur nature et leur importance éventuelle.

— C'est beaucoup demander, grommela Ashe.

— Certes, tous les hommes sous vos ordres devront s'y atteler… jusqu'au dernier, si nécessaire. Peu m'importe que nous prenions du retard sur notre programme. Toutefois, ils devront ignorer la raison de cette enquête, vous comprenez ?

— Hmm, oui ! » Le jeune technicien eut un sourire ambigu. « N'empêche que ce ne sera pas de la tarte ! »

Lanning pivota sur son siège pour faire face à Susan Calvin. « Vous aborderez la tâche à rebours. Puisque vous êtes la robopsychologue de l'usine, il vous revient d'examiner le robot lui-même, en profondeur. Étudiez son comportement. Voyez les liens à ses facultés télépathiques, leur étendue, la façon dont elles modifient son attitude et la mesure dans laquelle elles affectent ses propriétés normales de RB. Vous me suivez ? » Il n'attendit pas la réponse. « Je coordonnerai les travaux et interpréterai mathématiquement les résultats. » Il tira de grosses bouffées de son cigare et murmura le reste à travers la fumée. « Bogert me prêtera assistance, naturellement. »

L'intéressé se polit les ongles en les frottant d'une main dodue et répondit d'une voix inexpressive : « Si j'ose dire ! Je ne connais pas grand-chose à la question.

— Bon, je me mets au travail. » Ashe repoussa sa chaise et se leva, son jeune visage agréable plissé en un sourire. « Comme c'est moi qui ai la tâche la plus ardue, je m'y attelle sans tarder. » Il quitta la pièce sur un bref : « Au revoir ! »

Susan Calvin répondit d'une inclinaison de tête à peine perceptible ; elle le suivit des yeux jusqu'à la sortie, mais ne répondit pas lorsque Lanning poussa un grognement et lui demanda : « Voulez-vous monter voir le RB-34 à présent, docteur Calvin ? »

Entendant le bruit étouffé des gonds, RB-34 leva ses yeux photoélectriques du livre sur lequel il se penchait. Il était déjà debout lorsque Susan Calvin entra dans la pièce.

Elle s'arrêta pour replacer sur la porte le gigantesque écriteau DÉFENSE D'ENTRER, puis s'approcha du robot.

« Je vous ai apporté les manuels des moteurs hyper-atomiques, Herbie… quelques-uns, du moins. Vous voulez y jeter un coup d'œil ? »

RB-34 – *alias* Herbie – prit les trois volumes pesants qu'elle tenait entre ses bras et ouvrit le premier à la page de titre : « Hum ! "Théorie de l'hyper-atomique". »

Il grommela quelques paroles indistinctes en les feuilletant, puis dit d'un air absorbé : « Asseyez-vous, docteur Calvin. Cela ne me prendra que quelques minutes. »

La psychologue obtempéra, l'observant tandis qu'il allait s'asseoir de l'autre côté de la table et qu'il parcourait systématiquement les trois volumes.

Au bout d'une demi-heure, il les reposa. « Bien entendu, je sais pourquoi vous m'avez apporté ces ouvrages. »

Un tic souleva le coin de la lèvre du Dr Calvin. « C'est bien ce que je craignais, Herbie. Vous avez toujours une longueur d'avance sur moi.

— Il en va de ces livres comme des autres. Ils ne m'intéressent absolument pas. Vos manuels ne valent rien. Votre science n'est qu'un fatras de données agglutinées par une théorie sommaire… et le tout si simpliste qu'il n'en vaut guère la peine.

» Ce sont vos œuvres de fiction qui m'intéressent. L'étude de l'interaction des mobiles et des sentiments humains… » Il cherchait ses mots avec des gestes vagues de ses mains puissantes.

« Je crois comprendre, murmura sa visiteuse.

— Je lis dans les esprits, voyez-vous, poursuivit le robot, et vous n'avez aucune idée de leur complexité. Je n'y comprends rien. Mon esprit a si peu en commun avec eux. J'essaie pourtant, et vos romans me sont d'un grand secours.

— Oui, mais je crains qu'après les expériences émotionnelles harassantes où vous entraînent les romans sentimentaux modernes... » il y avait une pointe d'amertume dans sa voix «... vous ne trouviez de véritables esprits comme les nôtres ternes et incolores.

— Mais il n'en est rien ! » L'énergie soudaine de la réponse amena le robot à se dresser.

Elle se sentit rougir et une folle pensée traversa son esprit : *Il sait !*

Herbie se radoucit soudain et murmura d'une voix basse d'où toute résonance métallique avait pratiquement disparu : « Naturellement, docteur Calvin. Vous y pensez sans cesse. Comment pourrais-je l'ignorer ? »

Le visage sévère s'était durci. « L'avez-vous dit... à quelqu'un ?

— Non, bien sûr ! » Puis, avec une surprise non feinte : « Personne ne me l'a demandé.

— Dans ce cas, lança-t-elle, vous me prenez sans doute pour une sotte.

— Mais non ! Il s'agit là d'un sentiment normal.

— C'est peut-être pour cette raison qu'il est si stupide. »

La tristesse dont sa voix était empreinte noyait tout le reste. Un peu de la femme parut sous la cuirasse du docteur. « Je ne suis pas ce que l'on pourrait appeler... séduisante.

— Si vous faites allusion à votre apparence physique, je ne puis juger. Mais je sais en tout cas qu'il existe d'autres genres de séduction.

— Ni jeune. » Le Dr Calvin avait à peine entendu le robot.

« Vous n'avez pas quarante ans. » Une insistance anxieuse perçait dans la voix de Herbie.

« Trente-huit pour le quantième, mais soixante pour les rapports émotionnels. Je suis bien psychologue. » Elle poursuivit avec une amertume haletante : « Or, il n'a que trente-cinq ans, ne les paraît pas et possède un comportement juvénile. Pensez-vous qu'il puisse me voir autrement que... je ne suis ?

— Vous vous trompez. » Le poing d'acier de Herbie s'abattit sur la table avec un fracas retentissant. « Écoutez-moi... »

Mais elle se tourna vers lui et la peine secrète tapie au fond de ses yeux flamboya. « Pourquoi ? Que pouvez-vous y connaître... machine que vous êtes ? À vos yeux, je ne suis qu'un spécimen... un insecte fascinant, doté d'un esprit particulier, et disséqué pour l'examen. Un merveilleux exemple de frustration, n'est-ce pas ? Presque aussi intéressant que vos livres. »

Elle étouffa ses sanglots sans larmes. Le robot ploya du chef sous l'orage et secoua la tête d'un air suppliant. « Ne voulez-vous pas m'écouter ? Je pourrais vous aider si vous me le permettiez.

— Comment ça ? » Elle retroussa les lèvres. « En me prodiguant de bons conseils ?

— Non, non, du tout. Je sais simplement ce que pensent d'autres personnes... Milton Ashe, par exemple. »

Un long silence s'ensuivit et Susan Calvin baissa les yeux. « Je ne veux pas savoir ce qu'il pense, dit-elle d'une voix étranglée. Taisez-vous.

— Je crois que vous le voulez. »

Elle garda la tête inclinée, mais son souffle devint plus court. « Vous dites des sottises, murmura-t-elle.

— Pourquoi le ferais-je ? J'essaie de vous aider. Ce que Milton Ashe pense de vous... »

Il s'interrompit. Alors la psychologue leva la tête. « Eh bien ?

— Il vous aime », dit tranquillement le robot.

Durant une minute entière, le Dr Calvin demeura silencieuse. Elle se contentait de fixer son interlocuteur. « Vous vous trompez ! dit-elle enfin. Pourquoi m'aimerait-il ?

— Il vous aime, pourtant. Un sentiment pareil ne peut se dissimuler, pas à moi.

— Mais je suis si… si…

— Il voit plus loin que les apparences et il admire l'intelligence. Milton Ashe n'est pas homme à épouser une perruque blonde et une paire d'yeux enjôleurs. »

Susan Calvin battit des paupières et attendit quelques instants avant de parler. Sa voix tremblait. « Jamais, en aucune façon, il ne m'a laissé soupçonner qu'il…

— Lui en avez-vous donné l'occasion ?

— Comment l'aurais-je pu ? Jamais je n'aurais pensé que…

— Exactement ! »

La psychologue demeura perdue dans ses pensées, puis leva soudain les yeux.

« Une fille est venue le voir à l'usine il y a six mois. Jolie, je suppose, blonde et mince. À peine si elle savait additionner deux et deux, bien sûr. Il a passé la journée à se pavaner, s'efforçant de lui expliquer comment on montait un robot. » Elle retrouva son ton acerbe. « Y comprenait-elle quelque chose ? Et qui était-ce ? »

Herbie répondit sans hésitation : « Je connais la personne à laquelle vous faites allusion. Il s'agit de sa cousine germaine et je vous assure qu'aucun tendre sentiment ne les unit. »

Susan Calvin se leva avec une vivacité de jeune fille. « Curieux ! C'est ce dont j'essayais parfois de me persuader, bien que je n'y aie jamais cru au fond de moi. Alors tout doit être vrai. »

Elle courut vers le robot pour saisir sa main lourde et froide entre les siennes. « Merci, Herbie. » Sa voix était devenue un murmure pressant. « Pas un mot à qui que ce soit. Que cela demeure notre secret, et merci encore. »

Puis, étreignant convulsivement les doigts inertes du robot, elle quitta la pièce.

Herbie reprit son roman abandonné, mais il n'y avait personne pour lire dans ses pensées.

Milton Ashe s'étira avec lenteur et magnificence dans un récital de craquements de jointures et de grognements, puis tourna des yeux furibonds vers Peter Bogert, docteur en physique.

« Dites, voilà une semaine que je travaille d'arrache-pied, presque sans fermer l'œil. Je vais devoir continuer ce régime longtemps ? Je croyais vous avoir entendu dire que le bombardement positronique dans la chambre à vide D constituait la solution. »

Bogert bâilla délicatement et considéra ses mains blanches avec intérêt. « C'est exact. Je suis sur la piste.

— Je sais bien ce que ça signifie dans la bouche d'un mathématicien. Vous êtes à quelle distance du but ?

— Cela dépend.

— De quoi ? » Ashe se laissa tomber dans une chaise et étendit ses longues jambes.

« De Lanning. Le vieux n'est pas d'accord avec moi. » Bogert soupira. « Il retarde un peu, voilà l'ennui. Il s'accroche aux mécaniques matricielles comme au recours suprême, et ce problème exige des outils mathématiques plus puissants. Il est trop obstiné.

— Pourquoi ne pas poser la question à Herbie et régler l'affaire ? murmura Ashe d'une voix ensommeillée.

— Interroger le robot ? »

Bogert leva les sourcils. « Pourquoi pas ? La vieille fille ne vous a donc rien dit ?

— Vous parlez de Calvin ?

— Oui, Susie elle-même. Ce robot est un sorcier en mathématiques. Il connaît tout sur tout, au minimum. Il résout des intégrales triples, de tête, et avale des tenseurs analytiques en guise de dessert. »

Le mathématicien le considéra avec scepticisme. « Vous parlez sérieusement ?

— Je vous assure ! Le plus étonnant, c'est que cette andouille n'aime pas les maths. Il préfère les romans à l'eau de rose. Ma parole ! Je vous conseille de jeter un coup d'œil sur la littérature à quatre sous dont Susie le nourrit : *Passion pourpre* et *Amour dans l'espace*.

— Le Dr Calvin ne nous en a pas touché mot.

— Elle n'a pas fini de l'étudier. Vous la connaissez. Il faut que tout soit bien rangé et étiqueté avant de révéler le grand secret.

— Je vois qu'elle vous a parlé.

— On a eu quelques conversations. Je la vois fréquemment ces temps-ci. » Il écarquilla les yeux et fronça les sourcils. « Dites, Bogie, vous n'avez rien remarqué d'étrange dans l'attitude de la dame, ces derniers temps ? »

Le visage de Bogert s'épanouit en un sourire plutôt vulgaire. « Elle se met du rouge à lèvres, si c'est ce que vous voulez insinuer.

— Oui, je sais. Du rouge, de la poudre et même du fard à paupières. Un vrai masque de carnaval. Mais ce n'est pas ça. Je n'arrive pas à mettre le doigt dessus. C'est sa façon de parler... comme si quelque chose la rendait heureuse. »

Il réfléchit un instant, puis haussa les épaules.

L'autre se permit un ricanement qui, pour un physicien de cinquante ans passés, n'était pas mal réussi. « Elle est peut-être amoureuse. »

Ashe permit à ses yeux de se refermer. « Vous délirez, Bogie. Allez parler à Herbie ; je veux rester là et dormir.

— Soit. Non que j'aime recevoir des conseils d'un robot pour faire mon travail. D'ailleurs, je doute qu'il en soit capable. »

Il n'obtint pour toute réponse qu'un doux ronflement.

Herbie écoutait attentivement Peter Bogert qui, les mains dans les poches, s'exprimait avec une indifférence affectée.

« Et voilà. Je me suis laissé dire que vous comprenez ces questions. Si je vous interroge, c'est davantage pour satisfaire ma curiosité qu'autre chose. Ma ligne de raisonnement, telle que je l'ai indiquée, comporte quelques points douteux, je l'admets, ce que le Dr Lanning refuse d'accepter, et le tableau est plutôt incomplet. »

Le robot ne répondit pas.

« Eh bien ? reprit Bogert.

— Je ne vois aucune erreur, dit Herbie après avoir étudié les chiffres.

— Je ne pense pas que vous puissiez aller au-delà ?

— Je n'oserais pas essayer. Vous êtes meilleur mathématicien que moi et… j'aurais peur de m'avancer. »

Il y avait une certaine condescendance dans le sourire de Bogert. « Je m'en doutais. La question est complexe. Oublions cela. » Il froissa les feuilles de papier, les jeta dans la corbeille, fit mine de partir, puis se ravisa. « À propos… »

Le robot attendit.

Bogert semblait éprouver des difficultés à trouver ses mots. « Il y a quelque chose… c'est-à-dire, vous pourriez peut-être… » Il s'arrêta net.

« La confusion règne dans votre esprit, dit le robot d'une voix égale, mais vous pensez au Dr Lanning, aucun doute. Il est stupide de votre part d'hésiter, car sitôt que vous aurez recouvré votre sang-froid, je connaîtrai la question que vous voulez me poser. »

La main du mathématicien se porta sur sa chevelure luisante et la caressa d'un geste familier. « Il va sur ses soixante-dix ans, dit-il comme si cette seule phrase expliquait tout.

— Je le sais.

— Et il est directeur de l'usine depuis près de trente ans. »

Herbie hocha la tête.

« Eh bien… » La voix de Bogert prit une intonation cajoleuse. « Vous savez mieux que moi… s'il pense à prendre sa retraite. Pour raisons de santé peut-être ou…

— C'est exact, dit Herbie sans autre commentaire.

— Vous le savez donc ?

— Certainement !

— Alors, vous pouvez me le dire ?

— Puisque vous me le demandez, oui. » Le robot alla droit au fait. « Il a déjà donné sa démission !

— Quoi ? » Le savant avait poussé un cri presque inarticulé. Sa vaste tête s'inclina. « Répétez, s'il vous plaît ?

— Il a déjà donné sa démission, reprit l'autre avec calme. Mais celle-ci n'a pas encore pris effet. Il attend, voyez-vous, d'avoir résolu le problème… euh… me concernant. Cela fait, il sera tout disposé à remettre la charge de directeur à son successeur. »

Bogert expulsa l'air de sa poitrine. « Et son successeur, de qui s'agit-il ? »

Il frôlait Herbie et semblait fasciné par les cellules photoélectriques indéchiffrables d'un rouge sombre qui constituaient les organes visuels du robot.

« Vous êtes le nouveau directeur », répondit l'autre lentement.

Le mathématicien se détendit et sourit. « Bon à savoir. J'espérais et j'attendais cette nomination. Merci, Herbie. »

Peter Bogert demeura devant sa table jusqu'à cinq heures du matin et y retourna à neuf. L'étagère au-dessus se vidait de ses manuels et documents de référence à mesure qu'il se reportait aux uns et aux autres. La liasse de calculs étalée devant lui augmentait peu à peu ; les papiers froissés à ses pieds s'entassaient en une colline de plus en plus envahissante.

À midi précis, il considéra la page finale, se frotta un œil injecté de sang, bâilla et haussa les épaules. « Cela empire de minute en minute. Fichtre ! »

Il se retourna en entendant la porte s'ouvrir et inclina la tête à l'adresse de Lanning qui entrait dans la pièce en faisant craquer les jointures de ses doigts.

Le directeur vit d'un coup d'œil le désordre ambiant et son front se barra d'un pli.

« Une nouvelle piste ? interrogea-t-il.

— Non, répondit l'autre d'un ton de défi. En quoi l'ancienne serait-elle mauvaise ? »

Lanning ne prit pas la peine de répondre et jeta un simple regard à la dernière feuille de papier sur le bureau de Bogert. Il alluma un cigare. « Calvin vous a-t-elle parlé du robot ? C'est un génie mathématique. Vraiment remarquable. »

L'autre renifla bruyamment. « C'est ce que je me suis laissé dire. Mais elle ferait mieux de s'en tenir à la robopsychologie. J'ai sondé Herbie et c'est à peine s'il peut se débrouiller dans les calculs.

— Calvin n'est pas de cet avis.

— Elle est folle.

— Et moi non plus. » Les yeux du directeur se rétrécirent dangereusement.

« Vous ? » La voix de Bogert se durcit. « Qu'est-ce que vous racontez ?

— J'ai soumis Herbie à un examen durant toute la matinée. Il est capable d'exécuter des tours dont vous n'avez même jamais entendu parler.

— Vraiment ?

— Vous paraissez sceptique ! » Lanning tira de sa poche un feuillet et le déplia. « Ce n'est pas mon écriture, n'est-ce pas ? »

Bogert examina les grandes notations anguleuses qui le couvraient. « C'est Herbie qui a rédigé cela ?

— Tout à fait ! Et vous remarquerez qu'il a travaillé sur votre intégration temporelle de l'équation 22. Il arrive… » Lanning posa un ongle jauni sur le dernier paragraphe «… à la même conclusion que moi, et en quatre fois moins de temps. Vous n'étiez pas fondé à tenir pour négligeable l'effet de retard dans le bombardement positronique.

— Je ne l'ai pas négligé. Pour l'amour du ciel, mettez-vous bien dans la tête qu'il annulerait…

— Oui, vous me l'avez expliqué. Vous avez utilisé l'équation de translation de Mitchell, hein ? Eh bien… elle ne s'applique pas au cas qui nous occupe.

— Pourquoi ?

— D'abord, parce que vous avez utilisé des hyper-imaginaires.

— Je ne vois pas le rapport…

— L'équation de Mitchell n'est pas valable lorsque…

— Vous avez perdu la tête ? Si seulement vous preniez la peine de relire le texte original de Mitchell dans les *Transactions du*…

— Je n'en ai nul besoin. Je vous ai dit dès le début que son raisonnement ne me plaisait pas, et Herbie est de mon avis.

— Dans ce cas, laissez ce mécanisme d'horlogerie résoudre tout le problème à votre place ! hurla Bogert. Pourquoi vous occuper de détails triviaux ?

— C'est le hic. Herbie ne peut pas résoudre le problème. Et donc nous ne le pouvons pas non plus, seuls. Je soumets la question entière au Comité national. Ça nous dépasse. »

La chaise de Bogert bascula à la renverse lorsqu'il se dressa, le visage cramoisi. « Jamais de la vie ! »

Lanning rougit à son tour. « Prétendez-vous me donner des ordres ?

— Exactement, répondit l'autre en grinçant des dents. J'ai résolu le problème et vous n'allez pas me le retirer, vu ? J'ai déjoué vos manigances, vieux fossile desséché ! Vous vous feriez couper le nez plutôt que de me laisser le bénéfice d'avoir résolu l'énigme de la télépathie robotique.

— Vous êtes un fichu idiot, Bogert, et je m'en vais de ce pas vous faire suspendre pour insubordination… » La lèvre inférieure de Lanning tremblait de colère.

« N'y comptez pas. Vous croyiez garder vos petits secrets, avec un robot télépathe dans l'usine ? Sachez que je suis au courant de votre démission. »

La cendre du cigare frémit et tomba, et le cigare suivit. « Que… que… »

Bogert eut un rire mauvais. « Et je suis le nouveau directeur, enfoncez-vous cela dans le crâne ; n'ayez pas de doute à ce propos. La peste m'étouffe ! C'est moi qui vais donner les ordres dans cet établissement, sinon je vous promets le plus grand scandale auquel vous ayez jamais été mêlé de votre vie ! »

Lanning retrouva sa voix et rugit : « Vous êtes suspendu, compris ? Je vous relève de toutes vos fonctions. Vous êtes viré, vous entendez ? »

Un sourire s'épanouit sur le visage de l'autre. « À quoi bon ? Vous n'aboutirez à rien. C'est moi qui détiens les cartes maîtresses. Je sais que vous avez donné votre démission. C'est Herbie qui me l'a dit et il le tenait directement de vous. »

Lanning se contraignit à parler calmement. Il avait pris l'aspect d'un très vieil homme, avec des yeux las dans un visage d'où toute couleur avait disparu, ne laissant derrière elle que la teinte cireuse de l'âge. « Je veux parler à Herbie. Il n'a rien pu vous dire de tel. Vous jouez un drôle de jeu, mais je saurai bien vous démasquer. Suivez-moi ! »

Bogert haussa les épaules. « Vous voulez voir Herbie ? À votre aise ! »


C'est aussi à midi pile que Milton Ashe leva les yeux de son croquis maladroit. « Vous voyez ce que ça donne ? Je n'ai rien d'un crack en dessin, mais c'est l'allure générale. Une maison de toute beauté et je pourrai l'acheter pour trois fois rien. »

Susan Calvin le dévisagea avec des yeux attendris. « Elle est vraiment belle, soupira-t-elle. J'ai souvent pensé que j'aimerais... » Sa voix s'étrangla.

« Bien entendu, reprit-il d'un ton allègre en reposant son crayon, je dois attendre mes vacances. Il ne me reste guère que deux semaines à patienter. Hélas, l'histoire de Herbie a tout remis en question. » Il considéra ses ongles. « Mais il y a autre chose... un secret.

— Alors ne m'en dites rien.

« — Je préférerais en parler. Je brûle de me confier à quelqu'un, et vous êtes la meilleure confidente que je puisse trouver ici. » Il sourit niaisement.

Le cœur de Susan Calvin bondit dans sa poitrine, mais elle ne se risqua pas à ouvrir la bouche.

« À parler franchement... » Ashe rapprocha sa chaise et ramena le ton de sa voix à un murmure «... la maison ne sera pas que pour moi. Je vais me marier ! » Soudain, il bondit de son siège. « Qu'y a-t-il ?

— Rien. » L'horrible sensation de vertige avait disparu, mais elle avait du mal à tirer les mots de sa gorge. « Vous marier ? Vous voulez dire... ?

— Oui ! Il est grand temps, non ? Vous vous rappelez la fille qui est venue me voir ici l'été dernier ? C'est d'elle qu'il s'agit ! Mais vous êtes souffrante, vous...

— Une simple migraine ! » Elle l'écarta faiblement d'un geste. « J'en souffre... depuis peu. Je vous... félicite, bien sûr. Je suis ravie... » Le rouge appliqué d'une main inexperte formait un affreux contraste avec ses joues d'une pâleur de craie. La pièce recommençait à tourner autour d'elle. « Excusez-moi, je vous prie... »

Après ce balbutiement, elle se dirigea en aveugle vers la porte. Tout s'était passé avec la brusquerie catastrophique d'un rêve... et l'horreur irréelle d'un cauchemar.

Mais comment était-ce possible ? Herbie lui avait dit...

Et ce robot savait ! Il lisait dans les pensées !

Elle se retrouva appuyée, le souffle court, contre le chambranle de la porte, à scruter le visage de métal de Herbie. Elle avait dû gravir les deux étages sans en avoir conscience ; elle n'en gardait aucun souvenir. Il lui semblait avoir parcouru la distance en un instant, comme dans un rêve.

Comme dans un rêve !

Et toujours il la fixait de son regard inflexible. Ses prunelles rouge sombre paraissaient se dilater en deux globes de cauchemar faiblement illuminés.

Il parlait et elle sentit le contact froid du verre sur ses lèvres. Elle avala une gorgée et recouvra une conscience partielle de son environnement.

Herbie parlait toujours, et il y avait de l'agitation dans sa voix – comme s'il était alarmé, effrayé et implorant.

Les mots commençaient à prendre un sens. « C'est un rêve. Vous ne devez pas y croire. Bientôt vous vous réveillerez, dans le monde réel et vous rirez de vous. Il vous aime, je vous l'affirme. C'est la pure vérité ! Mais pas ici ! Pas en ce moment ! C'est une illusion. »

Susan Calvin hocha la tête. « Oui ! Oui ! » souffla-t-elle. Elle avait saisi le bras du robot, s'y cramponnait en répétant sans cesse : « Ce n'est pas vrai, hein ? Ce n'est pas vrai ? »

Comment elle revint à elle, elle n'aurait pu le dire – mais elle eut l'impression de passer d'un monde d'une brumeuse irréalité à la dure clarté du soleil. Elle repoussa Herbie, écarta avec force son bras d'acier, les yeux écarquillés.

« Qu'essayez-vous de faire ? » Sa voix avait pris un timbre strident. « Qu'essayez-vous de faire ? »

Il battit en retraite. « De vous aider. »

La psychologue ouvrit des yeux ronds.

« M'aider ? En m'affirmant qu'il s'agit d'une illusion ? En essayant de me faire sombrer dans la schizophrénie ? » Une passion hystérique la saisit. « Il ne s'agit pas d'un rêve ! Plaise au ciel que c'en soit un ! » Elle aspira l'air brutalement. « Attendez ! Mais… mais, je comprends. Bonté divine, c'est évident. »

Il y avait de l'horreur dans la voix du robot. « Il le fallait !

— Et dire que je vous ai cru ! Jamais je n'aurais pensé… »

Un bruit de voix irritées de l'autre côté de la porte l'immobilisa. Elle pivota en serrant les poings spasmodiquement. Lorsque Bogert et Lanning pénétrèrent dans la pièce, elle se trouvait près de la fenêtre opposée. Ni l'un ni l'autre ne lui prêta la moindre attention.

Ils s'approchèrent ensemble de Herbie : Lanning irrité, impatient ; Bogert froidement sardonique. Le directeur prit la parole le premier.

« Écoutez-moi, Herbie ! »

Le robot tourna les yeux vivement vers le vieux directeur. « Oui, docteur Lanning.

— Avez-vous parlé de moi avec le Dr Bogert ?

— Non, monsieur. » La réponse avait été proférée avec lenteur.

Le sourire de Bogert disparut. « Que signifie ? » Il vint se placer devant son directeur et se campa devant le robot. « Répétez ce que vous m'avez déclaré hier.

— J'ai dit que... » Puis le robot se tut. Au plus profond de son corps, son diaphragme métallique vibrait sous l'effet d'une faible discordance.

« Ne m'avez-vous pas affirmé qu'il avait démissionné ? rugit Bogert. Répondez ! »

Il leva le bras, pris de rage, mais Lanning l'écarta d'un revers de main. « Tentez-vous de le faire mentir en usant d'intimidation ?

— Vous l'avez entendu, Lanning. Il a commencé par dire *Oui*, avant de s'interrompre. Laissez-moi passer ! Je veux qu'il me dise la vérité, vous m'avez compris ?

— Je vais lui poser la question ! Du calme, Herbie. Ai-je donné ma démission ? » Les cellules photoélectriques se figèrent. L'autre répéta d'un ton anxieux : « Ai-je donné ma démission ? » Le robot esquissa un geste de dénégation quasi imperceptible. L'attente se prolongea sans rien amener de nouveau.

Les deux hommes échangèrent un regard où se lisait une hostilité presque tangible.

« Diable ! Il est devenu muet ? bafouilla Bogert. Tu ne peux plus parler, monstre ?

— Je peux parler, répondit aussitôt l'engin.

— Alors réponds à la question. Ne m'as-tu pas dit que Lanning avait démissionné ? Oui ou non ? »

Le silence retomba… jusqu'à ce que s'élève le rire de Susan Calvin, strident et à demi hystérique.

Les deux mathématiciens sursautèrent, et Bogert plissa les paupières.

« Tiens, vous étiez là ? Qu'est-ce que vous trouvez de si drôle ?

— Rien. » La voix de la psychologue manquait de naturel. « Je constate simplement que je ne suis pas la seule dupe. N'est-ce pas paradoxal de voir trois des meilleurs experts en robotique tomber de concert dans le même piège grossier ? » Elle porta une main pâle à son front. « Mais ça n'a rien de comique. »

Cette fois, le regard qu'échangèrent les deux hommes était surmonté de sourcils levés à l'extrême.

« Quel piège ? demanda Lanning avec raideur. Le robot présente-t-il une anomalie ?

— Non. » Elle s'approcha d'eux lentement. « Non, ce n'est pas lui qui la présente, mais nous. » Elle virevolta soudain et cria au robot : « Éloignez-vous de moi ! Mettez-vous à l'autre bout de la pièce et que je ne vous revoie plus ! »

Herbie baissa pavillon devant la fureur qui embrasait ses yeux et s'éloigna au petit trot.

« Que signifient ces vociférations, docteur Calvin ? » lança Lanning d'une voix hostile.

Elle leur fit face et, d'un ton sarcastique, répondit : « Vous connaissez certainement la Première Loi fondamentale de la robotique ? »

Les deux autres inclinèrent la tête à l'unisson.

« Certainement, dit Bogert avec impatience. "Un robot ne peut porter atteinte à un être humain ni, restant passif, laisser cet être humain exposé au danger."

— Merveilleusement exprimé, ironisa Calvin. Mais quel type de danger ? Quel type d'atteinte ?

— Mais… tous.

— Oui ! Tous les types d'atteintes ! Mais pour ce qui est de blesser les sentiments, d'amoindrir l'idée que l'on se fait de sa propre personne, de réduire en poussière les plus chers espoirs, sont-ce là des choses sans importance ou au contraire… ? »

Lanning fronça les sourcils. « Comment voulez-vous qu'un robot sache… » Il se tut, avec un cri étranglé.

« Vous avez saisi ? Il lit dans les pensées. Croyez-vous qu'il ignore tout des blessures morales ? Croyez-vous que si je lui posais une question, il ne me donnerait pas exactement la réponse que je désire entendre ? Toute autre réponse ne nous blesserait-elle pas, et peut-il l'ignorer ?

— Juste ciel ! » murmura Bogert.

La psychologue lui lança un regard sardonique.

« Vous lui avez donc demandé si Lanning avait démissionné. Vous attendiez de lui une réponse affirmative et il vous l'a donnée.

— C'est sans doute pour cette raison qu'il a refusé de répondre à l'instant, dit Lanning d'une voix inexpressive. Il ne pouvait parler sans blesser l'un ou l'autre d'entre nous. »

Une courte pause s'ensuivit, durant laquelle les hommes considérèrent pensivement le robot affalé sur sa chaise, près de la bibliothèque, la tête appuyée sur sa main.

Susan Calvin scrutait le plancher. « Il savait tout. Ce… démon connaît tout, y compris ce qui cloche dans son propre corps. » Elle avait un regard sombre et songeur.

Lanning se tourna vers elle. « Vous vous trompez sur ce point, docteur. Il ignore ce qui cloche dans son montage. Je lui ai posé la question.

— Et qu'est-ce que ça signifie ? répondit-elle vertement. Que vous ne désiriez pas obtenir de lui la solution. Cela blesserait votre amour-propre de voir une machine élucider un problème que vous êtes incapable de résoudre. L'avez-vous interrogé ? demanda-t-elle à Bogert.

— En quelque sorte. » L'autre toussota et rougit. « Il m'a déclaré qu'il s'y connaissait fort peu en mathématiques. »

146

Lanning rit sous cape. La psychologue sourit d'un air caustique. « Je vais lui poser la question. Qu'il trouve la solution ne blessera pas mon amour-propre. » Elle haussa la voix et jeta d'un ton froid, impératif : « Venez ici ! » Herbie se leva et s'avança à pas hésitants. « Vous devez savoir à quel endroit précis du montage on a introduit un facteur étranger ou omis un élément essentiel.

— Oui, répondit le robot d'une voix à peine audible.

— Minute ! intervint Bogert avec colère. Ce n'est pas forcément exact. Vous vouliez entendre cette réponse, voilà tout.

— Ne faites pas l'idiot, répliqua Calvin. Il connaît autant de mathématiques que Lanning et vous réunis, puisqu'il peut lire dans les pensées. Laissez-lui sa chance. » Il céda et elle poursuivit : « Eh bien, Herbie, répondez ! Nous attendons. » Et en aparté : « Prenez du papier et un crayon, messieurs. »

Mais le robot demeura silencieux, et une note de triomphe transparut dans la voix de la psychologue. « Pourquoi ne répondez-vous pas ? »

Le robot balbutia soudain : « Je ne peux pas. Vous le savez bien ! Le Dr Bogert et le Dr Lanning ne le désirent pas.

— Ils veulent connaître la solution.

— Mais pas de moi. »

Lanning intervint en détachant ses mots. « Ne soyez pas stupide, Herbie. Nous voulons vraiment cette réponse. »

Bogert le confirma d'une brève inclinaison de la tête.

La voix de Herbie prit un registre suraigu. « À quoi bon le prétendre ? Croyez-vous que je ne distingue rien à travers la peau superficielle de votre esprit ? Vous refusez, au fond de vous, que je réponde. Je suis une machine à laquelle on a donné un semblant de vie par la vertu des interactions positroniques dans mon cerveau, qui est une œuvre humaine. Vous ne pouvez pas perdre la face devant moi. Un sentiment si profondément ancré ne s'effacera jamais. Je ne vous donnerai pas la solution.

— Nous allons vous laisser seul avec le Dr Calvin, dit Lanning.

— Cela ne changerait rien à l'affaire ! s'écria Herbie. Vous sauriez dans tous les cas que c'est moi qui aurais résolu le problème.

— Vous comprenez néanmoins, Herbie, reprit Calvin, que, malgré cela, le Dr Lanning et le Dr Bogert ont besoin de cette solution.

— Grâce à leurs propres efforts ! insista Herbie.

— Mais ils veulent l'obtenir, et le fait que vous la possédiez et que vous refusiez de la leur livrer leur fait de la peine. Vous le comprenez, n'est-ce pas ?

— Oui, oui.

— Et si vous leur donnez la solution, ils seront également peinés ?

— Oui, oui. »

Le robot battait en retraite lentement, et elle le suivait pas à pas. Les deux hommes, pétrifiés de stupéfaction, observaient la scène.

« Vous ne pouvez rien leur dire, récitait la psychologue, parce que cela leur ferait de la peine, ce qui vous est interdit. Mais si vous refusez de parler, vous leur ferez de la peine, donc vous devez tout leur dire. Si vous acceptez, vous leur ferez de la peine, ce qui vous est interdit, par conséquent vous vous abstiendrez. Mais si vous vous abstenez, ils en concevront du dépit et par conséquent vous devez leur donner la réponse, mais si vous leur donnez la réponse… »

Herbie se retrouva le dos au mur et, là, il tomba à genoux.

« Arrêtez ! cria-t-il. Fermez votre esprit ! Il regorge de chagrin, de frustration, de haine ! Je n'ai pas voulu cela, je vous l'assure ! Je voulais vous aider. Je vous ai donné la réponse que vous désiriez entendre. Je ne pouvais pas faire autrement ! »

La psychologue ne prêtait aucune attention à ses cris. « Vous devez leur donner la réponse, mais dans ce cas vous leur ferez de la peine, et vous devez vous abstenir ; mais si vous vous abstenez… »

Et Herbie poussa un hurlement !

C'était comme le son d'une flûte amplifié cent fois… de plus en plus aigu, au point d'atteindre une insupportable stridence, l'expression même de la terreur où se débattait une âme perdue, faisant résonner les murs de la pièce à l'unisson.

Puis le bruit s'éteignit. Herbie s'écroula, pantin de métal désarticulé et immobile.

Le visage de Bogert était exsangue. « Il est mort !

— Non ! » Susan Calvin éclata d'un rire inextinguible. « Il n'est pas mort, mais fou, tout simplement. Je l'ai confronté avec ce dilemme insoluble et il a craqué. Vous pouvez le ramasser à présent, car il ne parlera plus jamais. »

Lanning s'était agenouillé auprès du tas de ferraille qui avait été Herbie. Il effleura du bout des doigts le froid métal inerte du visage et frissonna. « Vous avez agi de propos délibéré. » Il se leva et vint se planter devant elle, le visage convulsé.

« Et après ? répliqua-t-elle. Vous n'y pouvez plus rien. » Puis, dans une soudaine crise d'amertume : « Il l'a bien mérité. »

Il saisit le poignet de Bogert qui demeurait comme paralysé. « Quelle importance ? Venez, Peter. » Il poussa un soupir. « Un robot pensant de ce type ne présente aucune valeur, après tout. » Le regard vieux et las, il répéta : « Allons venez, Peter ! »

Après leur départ, il fallut quelques minutes à Susan Calvin pour recouvrer en partie son équilibre mental. Ses yeux se portèrent sur le mort vivant Herbie. Son visage reprit sa dureté. Elle demeura longtemps à le contempler et petit à petit l'expression de triomphe laissa la place à une impitoyable frustration – et parmi toutes les pensées tumultueuses qui se bousculaient dans sa cervelle, seul un mot infiniment amer franchit ses lèvres :

« *Menteur* ! »

*Cela mit naturellement fin à l'entretien. Je savais que je ne pourrais plus rien tirer d'elle après cet épisode. Elle demeura assise derrière son bureau, le visage pâle et froid... perdue dans ses souvenirs.*

*« Merci, docteur Calvin », lui dis-je, mais elle ne répondit pas.*

*Deux jours se passèrent avant que j'obtienne d'elle une nouvelle entrevue.*

# 6

## Le petit robot perdu

*Lorsque je revis Susan Calvin, c'était à la porte de son bureau. On en déménageait des dossiers.*

*« Comment progressent vos articles, jeune homme ? demanda-t-elle.*

*— Très bien. » Je leur avais donné forme de mon mieux ; j'avais étoffé la trame squelettique de son récit, ajouté des dialogues et de petites touches par-ci, par-là. « Vous aimeriez les parcourir pour vérifier que je n'ai pas trahi vos intentions, ni péché par une trop grande absence de précision ?*

*— Je veux bien. Nous pourrions aller nous asseoir dans le salon de direction. On y sert du café. »*

*Elle paraissait de bonne humeur, si bien qu'en descendant le couloir je lançai : « Je me demandais, docteur Calvin…*

*— Quoi donc ?*

*— Si vous accepteriez de m'en dire davantage sur l'histoire des robots.*

*— Vous avez sûrement obtenu ce que vous désiriez, jeune homme.*

*— En quelque sorte. Mais les épisodes que j'ai relatés ont peu de rapports avec le monde moderne. J'entends par là qu'un seul robot télépathe a jamais été réalisé, et les stations spatiales sont déjà démodées et presque*

*abandonnées ; quant aux robots qui exploitent les mines, ils sont tout à fait courants. Si on parlait des voyages interstellaires ? Il y a vingt ans à peine que le moteur hyper-atomique a été inventé et chacun croit savoir qu'il s'agit là d'une invention robotique. Quelle est la vérité ?*

*— Les voyages interstellaires ? »* dit-elle d'un ton pensif. *On avait atteint le salon, où je commandai un repas complet. Elle se contenta de café. « Il ne s'agit pas seulement d'une invention robotique, en fait ; c'est plus compliqué. Mais bien sûr, avant de mettre le Cerveau au travail, nous n'avons guère progressé. Nous avons essayé, toutefois ; vraiment essayé. Mes premiers rapports – directs – avec la recherche interstellaire se situent en 2029, l'année où on a perdu un robot... »*

On avait pris les mesures concernant l'Hyper-base avec une sorte de fureur démente – l'équivalent musculaire d'un hurlement hystérique.

Pour s'en tenir à l'ordre de la chronologie comme du désespoir, elles se présentaient ainsi :

1. *Tous les travaux sur la propulsion hyper-atomique dans le volume spatial occupé par les stations du vingt-septième Groupe astéroïdal furent interrompus.*

2. *Ce volume spatial entier se trouva, en pratique, rayé du système. Nul n'y pénétrait sans autorisation, ni ne le quittait sous aucun prétexte.*

3. *Le Dr Susan Calvin et Peter Bogert, respectivement chef psychologue et directeur des mathématiques à l'U.S. Robots, furent amenés à l'Hyper-base par vaisseau spécial du gouvernement.*

Elle n'avait encore jamais quitté la surface de la Terre et n'éprouvait aucun désir de la quitter cette fois. L'énergie atomique régnait, la propulsion hyper-atomique se profilait, mais Susan Calvin demeurait gentiment provinciale. Elle était donc mécontente de ce voyage, peu convaincue de son urgence, et chacun des traits de son visage commun, où l'âge mûr avait marqué son empreinte, l'exprima assez clairement durant toute la durée du premier repas qu'elle prit sur l'Hyper-base.

La pâleur distinguée du Dr Bogert restait au maussade. Et le major général Kallner, qui dirigeait le projet, n'oublia jamais de garder son expression absorbée.

En bref, ce fut un repas bien terne et la conférence à trois qui suivit débuta dans une atmosphère grise et lugubre.

Kallner, avec sa calvitie luisante et son uniforme de cérémonie mal adapté à l'humeur générale, prit la parole avec une concision non dénuée d'une certaine gêne.

« L'histoire que je vais vous raconter est étrange. Je dois d'abord vous remercier d'avoir bien voulu vous déplacer aussi vite, sans avoir reçu la moindre justification. Nous allons faire notre possible pour y remédier. En bref, nous avons perdu un robot. Les travaux sont interrompus et le demeureront tant que nous ne l'aurons pas localisé. Comme nous avons échoué jusqu'à présent, nous avons fait appel à des experts. »

Le général se rendit peut-être compte que sa mésaventure n'avait rien de passionnant, car il poursuivit son récit avec découragement. « Inutile de souligner l'importance de notre travail à la station. L'an dernier, on nous a attribué quatre-vingts pour cent des crédits de recherche...

— Nous le savons, dit Bogert avec amabilité. L'U.S. Robots touche de substantiels droits de location pour ses robots. »

Susan intervint dans la conversation avec une remarque brutale et acide : « Qu'est-ce qui peut conférer une telle primauté à un seul et unique robot dans le projet, et pourquoi n'a-t-il pas été retrouvé ? »

Le général tourna vers elle son visage rubicond et s'humecta les lèvres. « D'une certaine manière, nous l'avons repéré. » Une note d'angoisse ternit sa voix. « Je m'explique : sitôt le robot porté disparu, on a décrété

153

l'état d'urgence et suspendu tout départ de l'Hyper-base. Un vaisseau marchand s'était posé la veille afin de livrer deux robots à nos laboratoires. Il en transportait soixante-deux autres du même type vers une destination différente. Nous sommes certains de ce nombre. Il ne peut y avoir aucun doute à ce sujet.

— Oui ? Et le rapport ?

— Une fois assurés que le robot disparu demeurait introuvable – je vous garantis qu'on aurait mis la main une aiguille dans une meule de foin –, nous avons décidé, en désespoir de cause, de compter les robots restés à bord du navire marchand. Ils sont au nombre de soixante-trois.

— De sorte que le soixante-troisième serait, si je ne m'abuse, l'enfant prodigue ? » Les yeux du Dr Calvin s'assombrirent.

« Oui, mais nous n'avons aucun moyen de déterminer duquel il s'agit. »

Un silence de mort s'ensuivit, au cours duquel la pendule électrique sonna onze fois. Puis la robopsychologue reprit la parole : « Très bizarre. » Les commissures de ses lèvres s'abaissèrent. « Peter... » Elle se tourna vers son collègue avec un soupçon de violence. « Que se passe-t-il ici ? Quel type de robots utilise-t-on à l'Hyper-base ? »

Le Dr Bogert hésita et sourit faiblement. « Jusqu'à présent, c'est une question quelque peu délicate, Susan.

— Jusqu'à présent, en effet, répondit-elle du tac au tac. S'il existe soixante-trois robots du même type, dont l'un recherché sans qu'on puisse déterminer son identité, pourquoi ne pas choisir le premier venu ? Pourquoi ce remue-ménage ? Pourquoi nous faire venir ?

— Si vous voulez bien me laisser placer un mot, dit-il d'un ton résigné, il se trouve que l'Hyper-base utilise plusieurs unités dont le cerveau n'est pas imprégné de la Première Loi de la robotique.

— *Pas* imprégné ? » Elle se laissa retomber sur sa chaise. « Je vois. Combien y en a-t-il de ce modèle ?

— Quelques-uns. Cette mesure a été prise sur l'ordre formel du gouvernement, et il était impossible de violer le secret. Nul ne devait être au courant, sinon les responsables directement intéressés. Vous n'en faisiez pas partie, Susan. Et quant à moi, la question ne me concernait nullement. »

Le général intervint avec une certaine autorité. « Je voudrais m'expliquer à ce sujet. Je ne savais pas qu'on avait tenu le Dr Calvin dans l'ignorance de la situation. Inutile de vous rappeler, docteur Calvin, que les robots ont toujours rencontré une violente opposition sur la planète. En l'occurrence, la seule défense que le gouvernement peut opposer aux Radicaux Fondamentalistes, c'est que les robots restent construits en vertu de la Première Loi – qui les met dans l'impossibilité absolue de molester des êtres humains en quelque circonstance que ce soit.

» Mais il nous fallait impérativement des robots d'une nature différente. C'est pourquoi on a préparé quelques modèles de type NS-2, dit Nestor, avec une Première Loi modifiée. Pour ne pas l'ébruiter, on livre tous les NS-2 sans numéros de série, les modifiés avec les ordinaires ; et comme, bien sûr, tous ces robots spéciaux sont programmés de façon à ne pas révéler leur nature au personnel non autorisé… » Il sourit, gêné. « À présent, tout ceci se retourne contre nous.

— Vous les avez tous interrogés sur leur identité ? demanda la robopsychologue d'un ton grave. Vous y êtes habilité, naturellement ? »

Kallner hocha la tête. « Les soixante-trois au grand complet nient avoir travaillé à l'Hyper-base… et l'un d'eux ment.

— Le robot incriminé porte-t-il des traces d'usure ? Les autres sont flambant neufs, je suppose.

— Il n'est arrivé que le mois dernier. Avec les deux modèles amenés par le vaisseau marchand, ce devait être le dernier de la commande. Il ne présente pas d'usure décelable. » Il secoua lentement la tête et reprit son air absorbé. « Docteur Calvin, nous n'osons pas laisser ce vaisseau repartir. Si jamais l'existence de robots non soumis à la Première Loi devenait de notoriété publique... » Il ne savait comment conclure sans demeurer en deçà de la vérité.

« Détruisez les soixante-trois, décréta-t-elle, et qu'on n'en parle plus. »

Bogert esquissa une grimace. « Vous parlez froidement de détruire des robots à trente mille dollars pièce. Je suis certain que l'U.S. Robots n'approuverait guère une telle mesure. Il vaudrait mieux tenter un effort, Susan, avant de détruire quoi que ce soit.

— En ce cas, dit-elle d'un ton tranchant, il me faut des faits précis. Quel avantage exact l'Hyper-base tire-t-elle de ces robots modifiés ? Quel est le facteur qui les rend désirables, général ? »

Kallner passa la main sur son front et rejeta en arrière d'imaginaires cheveux. « Les précédents nous ont causé du souci. Nos hommes travaillent surtout sur des radiations dures, voyez-vous ; elles sont dangereuses, bien entendu, mais on prend des précautions raisonnables. En tout, on a connu deux accidents, sans perte humaine. Impossible de faire admettre cette particularité à un robot ordinaire, cependant. La Première Loi dit : "Un robot ne peut porter atteinte à un être humain ni, restant passif, laisser cet être humain exposé au danger."

» En conséquence, lorsqu'un de nos hommes devait s'exposer durant un délai très bref à un champ de rayons gamma, sans effet physiologique sur son organisme, le plus proche robot s'élançait aussitôt pour l'arracher de la zone présumée dangereuse. Quand le champ était très faible, il y parvenait, et le travail était interrompu jusqu'au moment où on avait éliminé tous les robots présents. Mais si le champ était un peu plus intense, le robot ne pouvait atteindre le technicien concerné, puisque son cerveau positronique se trouvait neutralisé par les rayons gamma, ce qui nous privait d'un robot aussi coûteux que difficile à remplacer.

» On a tenté de les raisonner. Selon eux, l'exposition aux rayons gamma mettait un humain en danger et ils ne se souciaient nullement qu'il la supporte sans péril durant une demi-heure. Supposons, objectaient-ils, qu'il s'oublie et demeure une heure entière dans le champ. Ils ne pouvaient courir ce risque. On leur a fait remarquer qu'ils risquaient leur existence pour prévenir une éventualité infime. Mais l'instinct de conservation ne figure que dans la Troisième Loi sur laquelle la Première, concernant la sécurité humaine, prend la priorité. On leur a donné des ordres ; on les a sommés de se tenir à tout prix à l'écart des rayons gamma. Mais l'obéissance n'est que la Deuxième Loi… La Première a le pas sur elle. Docteur Calvin, il s'agissait soit de se passer entièrement de robots, soit de modifier la Première Loi… On a choisi.

— Je n'arrive pas à croire qu'il ait été possible de supprimer la Première Loi.

— On ne l'a pas supprimée, mais modifiée. On a construit des cerveaux positroniques ne conservant que les aspects positifs de la Loi, dont les termes devenaient : "Un robot ne peut porter atteinte à un être humain." Voilà tout. Plus rien ne les pousse à soustraire un homme au danger résultant d'une éventualité extérieure telle que les rayons gamma. Je m'exprime correctement, docteur Bogert ?

— Tout à fait, approuva le mathématicien.

— Et c'est le seul point qui différencie vos robots du modèle NS-2 normal ? demanda Calvin. Le seul et unique, Peter ?

— Le seul et unique, Susan. »

Elle se leva. « Je vais dormir, dit-elle d'un ton définitif, et dans huit heures je voudrais parler à la personne qui a vu le robot la dernière. Et dorénavant, général Kallner, si je dois assumer la responsabilité des événements subséquents, j'exige de prendre la direction de cette enquête sans contrôle ni restriction. »

À part deux heures d'une torpeur lasse, Susan Calvin ne connut rien qui ressemble, même de loin, au sommeil. Elle toqua à la porte de Bogert à 07:00, heure locale, et le trouva éveillé. Il avait pris la peine d'emporter une robe de chambre. Lorsque Calvin entra dans la pièce, il reposa ses ciseaux à ongles.

« Je m'attendais plus ou moins à votre visite, dit-il doucement. Cette histoire doit vous donner des haut-le-cœur.

— Exact.

— Vous m'en voyez navré. Je ne pouvais pas faire autrement. Dès que j'ai reçu l'appel de l'Hyper-base, j'ai compris que les Nestor modifiés déraillaient. Mais que faire ? Je ne vous ai pas mise au courant de la question pendant le voyage, comme je l'aurais voulu, car je devais d'abord vérifier mon soupçon. Cette modification est archi-secrète.

— On aurait dû me prévenir, murmura-t-elle. L'U.S. Robots n'avait pas le droit de modifier ainsi les cerveaux positroniques sans l'approbation d'un psychologue. »

Bogert haussa les sourcils et soupira. « Soyez raisonnable, Susan. Vous n'auriez pas pu les influencer. En l'occurrence, le gouvernement tenait à parvenir à ses fins. Il veut la propulsion hyper-atomique ; les physiciens de l'éther veulent des robots qui ne gênent pas leurs travaux. Ils étaient décidés à les obtenir, quitte à trafiquer la Première Loi. On a dû admettre que la chose était possible sur le plan technique et les hauts fonctionnaires ont donné des garanties : ils ne désiraient que douze de ces robots, lesquels ne seraient utilisés qu'à l'Hyper-base et détruits sitôt le projet mené à bien, toutes les précautions nécessaires étant prises. Ils ont aussi insisté sur le secret... Voilà la situation telle qu'elle se présente.

— J'aurais donné ma démission, dit le Dr Calvin entre ses dents.

— Cela n'aurait pas servi à grand-chose. Le gouvernement offrait une fortune à la compagnie, et la menaçait d'une législation anti-robot en cas de refus. Nous étions coincés dès lors, et nous le sommes encore davantage maintenant. Si la chose venait à s'ébruiter, Kallner et le gouvernement en pâtiraient, mais l'U.S. Robots bien davantage. »

La psychologue le dévisagea. « Peter, vous vous rendez compte de la gravité de cette mesure ? Vous savez ce qu'entraîne l'abrogation de la Première Loi ? Il ne s'agit pas que du secret.

— N'ayant rien d'un gamin, je le sais : une instabilité totale et l'absence de solution non imaginaire aux équations de champ positroniques.

— Mathématiquement parlant. Mais en termes de simple psychologie ? Peter, toute vie normale, qu'elle soit consciente ou non, supporte mal la domination. Si cette domination est le fait d'un inférieur, réel ou présumé, le ressentiment devient plus intense. Sur le plan physique, et, dans une certaine mesure, mental, tout robot est supérieur à l'être humain. Qu'est-ce qui lui confère une âme d'esclave ? *La Première Loi !* Sans elle, au premier ordre que vous donneriez à un robot, vous seriez un homme mort. Instable ? À votre avis ?

— Susan, dit-il d'un air amusé et compréhensif, ce complexe de Frankenstein que vous venez de définir avec talent se justifie plus ou moins, je l'admets… d'où la Première Loi. Toutefois, je le répète et le répéterai encore, elle n'a pas été abrogée, mais modifiée.

— Et que faites-vous de la stabilité cérébrale ? »

Le mathématicien eut une petite moue. « Diminuée, bien sûr. Mais elle reste dans les limites acceptables. On a livré les premiers Nestor à l'Hyper-base il y a neuf mois, et il ne s'est rien produit d'anormal jusqu'à présent. Encore ne s'agit-il que de la crainte de voir le secret divulgué sans qu'aucune vie humaine ait été mise en danger.

— Alors tout va pour le mieux. Voyons ce qui ressortira de la réunion de ce matin. »

Il la reconduisit poliment à la porte et se livra à une mimique éloquente sitôt après son départ. Il ne voyait aucune raison de modifier l'opinion qu'il s'était faite une fois pour toutes sur son compte en la considérant comme une vieille haridelle aigrie par le célibat et bourrée de frustrations.

Les pensées de Susan Calvin n'incluaient pas Bogert le moins du monde. Depuis des années, elle le tenait pour un fat, un prétentieux et un arriviste.

Ayant obtenu son diplôme de physique de l'éther l'année précédente, Gerald Black, comme tous les physiciens de sa génération, se retrouvait à travailler sur le problème de la propulsion. Il apportait une contribution toute personnelle à l'atmosphère des réunions sur l'Hyper-base. Dans sa blouse blanche toute tachée, il se sentait d'une humeur quelque peu rebelle et totalement incertaine. Sa force massive semblait chercher un exutoire et ses doigts, qu'il tordait à gestes nerveux, auraient descellé sans peine un barreau de prison.

Le major-général Kallner avait pris place près de lui, les deux envoyés de l'U.S. Robots s'étant assis de l'autre côté de la table.

« Il paraît que je suis le dernier à avoir vu le Nestor 10 avant sa disparition, déclara Black. Je suppose que c'est à ce sujet que vous désirez m'interroger. »

Le Dr Calvin le considéra avec intérêt. « On croirait, à vous entendre, que vous n'en êtes pas très sûr, jeune homme. Vous savez réellement si vous avez été le dernier ?

— Il travaillait avec moi, madame, sur les générateurs de champs, et il est resté près de moi pendant la matinée au cours de laquelle il a disparu. Je ne saurais dire si quelqu'un l'a aperçu au début de l'après-midi. Nul ne l'avoue, en tout cas.

— Vous pensez qu'une de ces personnes ment ?

— Je n'ai rien dit de tel. Mais je ne dis pas davantage que je veux voir la faute retomber sur moi. » Ses yeux sombres s'embrasèrent.

« Il ne s'agit pas d'accuser qui que ce soit. Ce robot a agi de la sorte en raison de sa conformation. On essaie simplement de le retrouver, monsieur Black, en mettant tout le reste de côté. Donc si vous avez travaillé avec le robot, vous le connaissez sans doute mieux que quiconque. Vous avez remarqué quelque chose de spécial dans son comportement ? Vous aviez travaillé avec des robots auparavant ?

— Avec d'autres robots de la base, les modèles simples. Les Nestor ne diffèrent en rien du type normal, à ceci près qu'ils sont bien plus intelligents et aussi plus… exaspérants ?

— Exaspérants ? À quel point de vue ?

— Ma foi, ce n'est peut-être pas leur faute. La besogne, ici, est rude. La plupart d'entre nous deviennent un peu nerveux. Ce n'est pas tous les jours amusant de jouer avec l'hyperespace. » Soulagé par cet aveu, il se permit un pâle sourire. « On court sans cesse le risque de crever le tissu normal de l'espace-temps et de choir hors de l'univers, astéroïde et tout le reste. Ça paraît farfelu, hein ? Donc on est parfois sur les nerfs. Mais il en va différemment pour ces Nestor. Ils sont curieux, ils sont calmes, ils ne se font pas de souci. Ça a de quoi vous déboussoler. Lorsque vous leur demandez quelque chose de toute urgence, ils semblent prendre leur temps. Parfois, j'ai l'impression que j'aimerais autant me passer d'eux.

— Ils prennent leur temps, dites-vous ? Il leur arrive de refuser d'exécuter un ordre ?

— Oh, non, répliqua-t-il vivement. Ils obéissent à la perfection, mais quand ils pensent que vous vous trompez, ils vous avertissent. Même s'ils ne connaissent rien du sujet à part ce qu'on leur a appris. Je me fais peut-être des idées, toutefois mes collègues éprouvent de semblables difficultés avec leurs Nestor. »

Le général Kallner s'éclaircit la voix d'une façon qui ne présageait rien de bon. « Et pourquoi des doléances ne m'ont-elles pas été soumises sur la question, Black ? »

Le jeune physicien rougit. « Au fond, monsieur, on ne voulait pas vraiment se priver des robots, monsieur, et de plus on ne savait pas trop comment ces... petits griefs seraient reçus. »

Bogert intervint d'une voix douce : « S'est-il produit quelque chose de particulier dans la matinée précédant sa disparition ? »

Il y eut un silence. D'un geste discret, Calvin étouffa le commentaire que Kallner s'apprêtait à émettre, et attendit patiemment.

Puis Black prit la parole avec un débit que la colère rendait saccadé. « On a eu une petite altercation. J'avais cassé un tube Kimball ce matin-là, gâchant cinq jours de travail, et pris du retard sur tout mon programme ; je n'avais plus reçu de courrier de chez moi depuis au moins deux semaines. Et il choisit ce moment pour venir me tourner autour et me demander de recommencer une expérience que j'avais abandonnée depuis un mois. Il n'arrêtait pas de me harceler sur ce sujet et j'en avais par-dessus la tête. Je lui ai dit de s'en aller... et je ne l'ai plus revu.

— Vous lui avez dit de s'en aller ? demanda le Dr Calvin avec un intérêt soudain. En employant ces mots : *va-t'en* ? Essayez de vous rappeler les termes exacts. »

De toute évidence, le physicien livrait un combat intérieur. Il plongea son front dans sa large paume, puis le découvrit avant de lancer : « Je lui ai dit : "Va te perdre ailleurs." »

Bogert émit un petit rire. « Il a obéi à la lettre ! »

Calvin n'en avait pas fini. « Là, on progresse, monsieur Black, dit-elle d'un ton cajoleur. Mais les détails exacts sont importants. Pour percer les réactions d'un robot, un mot, un geste, un accent peut revêtir une signification capitale. Vu votre humeur, vous n'avez pas dû vous borner à ces quatre mots. Vous aurez appuyé votre discours. »

Le jeune homme rougit. « Il se peut que je lui aie donné… quelques noms d'oiseaux.

— Lesquels, précisément ?

— J'aurais du mal à me les rappeler au juste. Et je ne pourrais pas les répéter. Vous savez ce qui se passe quand on s'énerve. » Il laissa échapper un rire niais et gêné. « J'ai tendance à employer un langage assez cru.

— Les mots ne nous font pas peur, rétorqua-t-elle avec une sévérité affectée. Pour le moment, je suis psychologue. J'aimerais entendre exactement vos propos, dans la mesure où vous vous en souvenez, et, plus important encore, le ton de voix employé. »

Black chercha un appui auprès de l'officier, en vain. Mais ses yeux s'agrandirent et prirent une expression suppliante. « Je ne peux pas.

— Il le faut.

— Supposons, dit Bogert avec un amusement mal dissimulé, que vous vous adressiez à moi. Ça vous facilitera peut-être la tâche. »

Le jeune homme tourna vers lui un visage écarlate et avala péniblement sa salive. « J'ai dit… » Sa voix se perdit. Il réessaya. « J'ai dit… » Il prit une longue inspiration, la relâcha aussitôt en une litanie de syllabes précipitées, puis conclut avec ce qui lui restait de souffle, au bord des larmes : « En gros. Je ne me souviens plus de l'ordre exact des épithètes dont je l'ai gratifié ; j'ai pu omettre ou ajouter un terme, mais c'était dans ce goût-là. »

Seule une vague coloration trahit les sentiments de la psychologue. « Je connais à peu près le sens de la plupart de ces expressions. Les autres, j'imagine, sont aussi offensantes.

— J'en ai peur, acquiesça le pauvre Black, sur des charbons ardents.

— Et dans cette litanie pittoresque, vous avez trouvé le moyen de lui ordonner d'aller se perdre ailleurs ?

— Je parlais au figuré.

— Je m'en doute. Il n'est pas question de vous infliger une sanction disciplinaire, j'en suis certaine. »

Sous le regard de Susan Calvin, le général qui n'en était pas du tout certain une minute plus tôt, hocha la tête avec colère.

« Vous pouvez disposer, monsieur Black. Je vous remercie de votre coopération. »

Il fallut cinq heures à Calvin pour interroger les soixante-trois robots – cinq heures durant lesquelles elle dut répéter sans cesse les mêmes questions, passer de l'un à son jumeau ; poser les questions A, B, C, D et recevoir les réponses A, B, C, D ; conserver un visage impénétrable, garder un archiveur bien dissimulé.

En terminant, la psychologue se sentait vidée de toute son énergie.

Bogert l'attendait et jeta sur elle un coup d'œil interrogateur lorsqu'elle claqua la bobine de l'archiveur sur le revêtement plastique de la table.

Elle secoua la tête. « Soixante-trois robots identiques. Je n'ai pas découvert la moindre différence entre eux...

— Vous ne pouviez pas espérer reconnaître à l'oreille celui que vous cherchiez, Susan. Si on analysait les enregistrements ? »

D'ordinaire, l'interprétation mathématique des réactions verbales de robot est l'une des branches les plus complexes de l'analyse, exigeant une équipe de techniciens spécialisés et l'aide d'ordinateurs perfectionnés. Bogert ne l'ignorait pas. Il dut en convenir, cachant sa vive contrariété sous des dehors impassibles, après avoir écouté les enregistrements, listé les variations et établi des graphiques rendant compte des intervalles entre les réponses.

164

« Je ne découvre aucune anomalie, Susan. Les déviations de vocabulaire et les temps de réaction correspondent aux normes des interrogatoires groupés. Il faut user de méthodes plus fines. La base doit posséder des ordinateurs. Non. » Fronçant les sourcils, il se rongea délicatement un ongle. « On ne peut pas les utiliser. Le risque de fuites serait conséquent. Ou peut-être que… »

Le Dr Calvin l'interrompit d'un geste impatient. « Allons, Peter, il ne s'agit plus d'un de vos petits problèmes de laboratoire. Si on n'arrive pas à identifier par quelque particularité évidente et indubitable le Nestor modifié, tant pis pour nous. D'autre part, le danger de se tromper et de lui permettre de s'échapper est trop grand. Déceler une irrégularité minime sur un graphique ne suffit pas. Je vous le répète, si on ne disposait d'aucune certitude pour étayer notre conviction, je préférerais les détruire jusqu'au dernier afin d'éviter de courir un risque. Vous avez parlé aux autres Nestor modifiés ?

— Oui, répondit-il sèchement. Je ne leur ai rien trouvé d'anormal. Leurs dispositions amicales, entre autres, sont supérieures à la moyenne. Ils ont répondu à mes questions et se sont montrés fiers de leurs connaissances – sauf les deux nouveaux qui n'avaient pas eu le temps d'apprendre leur physique de l'éther. Ils ont ri avec bonhomie de mon ignorance en quelques-unes des spécialités pratiquées à la base. » Il haussa les épaules. « C'est sans doute ce qui provoque, en partie, la rancœur des techniciens à leur égard. Les robots ne sont que trop enclins à vous faire sentir leur supériorité scientifique.

— Vous pouvez tenter quelques réactions planaires pour voir s'il n'est intervenu aucun changement, aucune détérioration de leur patron mental depuis leur sortie des chaînes ?

— Je n'y manquerai pas. » Il agita un doigt fuselé dans sa direction. « Vous perdez votre sang-froid. Je vois

mal la nécessité de dramatiser. Au fond, ils sont inoffensifs.

— Vraiment ? » Susan Calvin s'enflamma. « Inoffensifs, vraiment ? Vous vous rendez compte que l'un d'eux
ment ? L'un des soixante-trois robots que je viens
d'interroger a menti malgré l'ordre strict de dire la
vérité. L'anomalie indiquée est terriblement enracinée
et parfaitement terrifiante. »

Peter Bogert sentit ses mâchoires se crisper. « Pas du
tout. Réfléchissez ! Le Nestor 10 avait reçu l'ordre d'aller
se perdre, un ordre donné du ton le plus pressant par
la personne la mieux placée pour le commander. Ni
une urgence ni une autorité supérieure ne pouvait le
contrebalancer. À vrai dire, j'admire son ingéniosité.
Comment mieux se perdre que parmi des robots rigoureusement semblables à soi ?

— Oui, cela vous ressemble bien de l'admirer. J'ai
décelé en vous de l'amusement... de l'amusement et
un manque déconcertant de compréhension. Vous
êtes roboticien, Peter ? Vous l'avez dit vous-même : ces
robots attachent de l'importance à ce qu'ils tiennent
pour de la supériorité. Ils sentent, dans leur subconscient, que les hommes leur sont inférieurs, et la Première Loi qui nous protège contre eux est imparfaite.
Ils sont instables. Or, nous avons ici le cas d'un jeune
homme qui ordonne à un robot de le quitter, avec
toutes les apparences verbales du dégoût, de la répul-
sion et du dédain. Sans doute, ce robot doit exécuter
les ordres reçus, mais son subconscient en éprouve
du ressentiment. Il estimera plus important que jamais
de prouver sa supériorité en dépit des épithètes
affreuses qui lui ont été lancées. Tellement important,
peut-être, que ce qui subsistera de la Première Loi ne
suffira plus.

— Comment voulez-vous, Susan, qu'un robot puisse
connaître le sens de la kyrielle de grossièretés qu'on
lui a lancées ? Le langage ordurier ne figure pas au programme des notions dont son cerveau a été imprégné.

— L'imprégnation originelle n'est pas tout. Un robot possède la faculté d'apprendre… imbécile ! » Elle avait bel et bien perdu son sang-froid. « Vous ne croyez pas qu'il a senti, à l'intonation, que ces paroles n'avaient rien de louanges ? Qu'il avait déjà entendu ces mots et établi un rapport avec les circonstances dans lesquelles on les employait ?

— *Dans ce cas*, ayez la bonté de m'expliquer comment un robot modifié peut molester un homme – ou, si vous préférez, se venger de lui – quelle que soit l'offense subie, quel que soit son désir de faire la preuve de sa supériorité ?

— Si je vous donne un exemple, vous m'écouterez ? Sans crier ?

— Oui. »

Ils se penchaient l'un vers l'autre au-dessus de la table, croisant leurs regards, tels deux coqs de combat.

« Si un robot modifié venait à laisser choir une lourde masse sur un être humain, dit la psychologue, il n'enfreindrait pas la Première Loi si, ce faisant, il avait la certitude que sa force et sa rapidité lui permettraient de dévier la masse avant qu'elle n'atteigne l'homme. Mais une fois que la charge aurait quitté ses doigts, il cesserait de participer activement à l'action. Seule la force aveugle de la pesanteur jouerait son rôle. Le robot pourrait alors changer d'idée et, par simple inertie, permettre à ce fardeau de s'écraser sur le but. La Première Loi modifiée permet un tel artifice.

— Voilà un prodigieux déploiement d'imagination.

— Justement ce qu'exige parfois ma profession. Peter, cessons de nous quereller. Travaillons plutôt. Vous connaissez la nature exacte du stimulus qui a poussé le robot à se perdre. Vous possédez les diagrammes de son patron mental originel. Dites-moi dans quelle mesure notre robot est capable d'accomplir une action similaire à celle que je viens d'évoquer. Non pas la réaction spécifique, notez bien, mais l'ensemble des réponses. Je vous demanderai de me fournir ce renseignement au plus vite.

— Et dans l'intervalle…

— Et dans l'intervalle, nous allons mener les tests de performance directement liés aux implications de la Première Loi. »

À sa demande, Gerald Black supervisait la mise en place des cloisons de bois poussant comme des champignons en un cercle ventru au troisième étage, en voûte, du Bâtiment des radiations 2. Si les hommes travaillaient en silence, plus d'un s'étonna ouvertement de la présence des soixante-trois cellules photoélectriques en cours d'installation.

L'un d'eux vint s'asseoir près de Black, retira son chapeau et passa pensivement sur son front un avant-bras criblé de taches de rousseur.

« Tout va bien, Walensky ? » lui demanda le physicien.

L'interpellé haussa les épaules et alluma un cigare. « Comme sur des roulettes. Que se passe-t-il, docteur ? D'abord on arrête le travail pendant trois jours, puis tout d'un coup il y a ce tas de trucs. »

Il se renversa sur ses coudes et souffla de la fumée.

Black haussa les sourcils. « Deux spécialistes de robotique sont venus de la Terre. Vous vous souvenez des soucis que causaient les robots en se ruant dans les champs de rayons gamma, avant qu'on ait réussi à leur enfoncer dans le crâne qu'ils devaient s'abstenir ?

— Oui. On n'en a pas reçu de nouveaux ?

— Quelques remplaçants, mais il s'agissait surtout d'un travail d'endoctrinement. Les constructeurs voudraient mettre au point des robots qui résistent mieux aux rayons.

— Au premier abord, ça paraît bizarre de suspendre tous les travaux sur la propulsion pour une histoire de robots. Je croyais qu'on ne devait les interrompre à aucun prix.

— Ce sont les huiles qui décident. Moi, je fais ce qu'on me dit. Encore une histoire de piston, sans doute…

— Ouais, dit l'électricien en souriant et en clignant de l'œil d'un air entendu. On a des relations à Washington. Mais tant que ma paye tombe régulièrement, je n'ai pas à y mettre le nez. La propulsion n'est pas mon affaire. Qu'est-ce qu'ils comptent faire ici ?

— Comment voulez-vous que je le sache ? Ils ont amené une ribambelle de robots, plus de soixante, et ils vont mesurer leurs réactions. C'est tout ce que je sais.

— Et ça prendra combien de temps ?

— Aucune idée, je regrette.

— Eh, dit Walensky avec une lourde ironie, tant qu'ils me versent mon salaire le jour dit, ils peuvent jouer comme ils l'entendent. »

Black se sentit satisfait et apaisé. Que l'histoire se répande donc ! Elle était inoffensive et assez proche de la vérité pour émousser la curiosité.

Un homme était assis sur la chaise, immobile, silencieux. Un poids se décrocha, tomba, et se trouva écarté au dernier moment par la poussée synchronisée d'un champ de force. Dans soixante-trois cellules de bois, soixante-trois NS-2 aux aguets s'élancèrent dans la fraction de seconde précédant l'instant où le poids se voyait dévié de sa trajectoire, et soixante-trois cellules photoélectriques, un mètre cinquante devant eux, actionnèrent le stylet qui traça un trait sur le papier. Le poids se releva, retomba, se releva, retomba…

Dix fois !

Et dix fois les robots bondirent et s'immobilisèrent, tandis que l'homme restait assis, indemne.

Le général Kallner n'avait plus porté son uniforme de gala dans toute sa splendeur depuis le dîner de réception des représentants de l'U.S. Robots. Il était en chemise (de couleur gris-bleu), le col ouvert et la cravate dénouée.

Il jeta un regard d'espoir sur Bogert, toujours tiré à quatre épingles et dont la tension intérieure ne se trahissait que par une légère moiteur aux tempes.

« Cela prend quelle tournure ? demanda l'officier. Qu'essayez-vous de déceler ?

— Une différence qui pourrait se révéler un peu trop subtile pour nos desseins, j'en ai peur. Pour soixante-deux de ces robots, la force les contraignant à bondir vers l'homme apparemment en danger constitue ce que nous appelons en robotique une réaction forcée. Même s'apercevoir que l'homme en question ne courait aucun danger, vous l'avez vu – et au bout de la troisième ou quatrième épreuve, ils ne pouvaient plus en douter –, ne les a pas retenus. La Première Loi l'exige.

— Et alors ?

— Mais le soixante-troisième robot, le Nestor modifié, n'est pas soumis à un semblable tropisme. Il demeurait libre de ses actes. S'il l'avait voulu, il serait resté sur son siège. Hélas… » sa voix se nuança de regret «… il en a décidé autrement.

— Pour quelle raison, à votre avis ? »

L'autre haussa les épaules. « Je suppose que le Dr Calvin nous le dira dès son arrivée. Son interprétation sera affreusement pessimiste, je le crains. La dame est un peu agaçante par moments.

— Sa compétence ne fait aucun doute, je suppose ? s'enquit le général, fronçant soudain les sourcils avec inquiétude.

— Certes. » Bogert parut amusé. « Elle est tout à fait experte. Elle comprend les robots comme une sœur… sans doute parce qu'elle porte une telle haine aux humains. Oui, c'est une véritable névrosée avec de légères tendances paranoïaques. Évitez de la prendre trop au sérieux. »

Il déploya devant lui la longue rangée de graphiques.

« Voyez-vous, général, pour chaque unité, l'intervalle séparant le décrochage du poids du moment où le robot a parcouru un mètre cinquante tend à décroître chaque fois qu'on répète l'expérience. Une relation mathématique gouverne ce ratio, et des divergences dans les résultats indiqueraient une anomalie marquée du cerveau positronique. Par malheur, tout paraît normal.

— Mais si notre Nestor 10 ne répond pas à une impulsion irrésistible, comment se fait-il que sa courbe ne diffère pas des autres ? Voilà ce qui m'échappe.

— Ça s'explique sans mal. Les réactions robotiques ne présentent pas d'analogie totale avec les réactions humaines, et c'est dommage. Chez l'homme, l'action volontaire est bien plus lente que le réflexe. Il en va différemment pour un robot ; chez lui, seule importe la liberté du choix, à part cela la vitesse d'exécution des actions volontaires ou forcées reste sensiblement la même. J'espérais que le Nestor 10 se serait laissé surprendre à la première expérience, ce qui se serait soldé par un délai de réponse plus long.

— Et cela ne s'est pas produit ?

— Hélas !

— Alors nous sommes toujours dans l'impasse. » Le général se renversa sur son siège avec une expression de souffrance.

À ce moment précis, Susan Calvin entra dans la pièce et claqua la porte derrière elle. « Rangez vos diagrammes, Peter, s'écria-t-elle, vous voyez bien qu'ils ne font apparaître aucun résultat ! » Elle marmonna avec impatience en voyant Kallner se lever à demi pour l'accueillir. « Il faut essayer autre chose, et vite. Je n'aime guère la tournure que prennent les événements. »

Bogert échangea un regard résigné avec le général. « Encore de nouveaux ennuis ?

— Pas spécifiquement. Mais voir Nestor 10 s'obstiner à nous glisser entre les doigts m'inquiète. C'est très fâcheux. Cela ne peut qu'exacerber encore le sentiment qu'il a de sa supériorité. Désormais, ses motivations ne consistent plus seulement en l'exécution de ses ordres, je le crains. Cela se transforme en une véritable obsession : battre à tout prix les hommes sur le plan de la ruse et de l'ingéniosité. Une situation malsaine et dangereuse. Peter, vous avez effectué les opérations que je vous ai demandées ? Déterminé les facteurs d'instabilité du N S-2 dans le sens que je vous ai indiqué ?

— Elles sont en cours », répondit le mathématicien avec indifférence.

Elle le dévisagea avec colère, puis se tourna vers Kallner. « Nestor 10 est conscient des pièges que nous lui tendons. Il n'avait pas la moindre raison de se jeter sur l'appât que constituait cette expérience, surtout après la première épreuve où il a sans nul doute constaté que notre sujet ne courait aucun danger. Les autres ne pouvaient agir autrement, mais notre compère falsifiait délibérément ses réactions.

— Alors, que faire à présent, docteur Calvin ?

— Le mettre dans l'impossibilité de falsifier une réaction la prochaine fois. Nous allons recommencer l'expérience, mais en la corsant. Des câbles à haute tension susceptibles d'électrocuter les modèles Nestor seront placés entre le sujet et les robots – et en quantité suffisante pour qu'ils ne puissent pas les franchir d'un bond. On prendra soin de leur faire savoir à l'avance qu'ils ne peuvent toucher aux câbles sous peine de mort instantanée.

— Halte là ! s'exclama Bogert avec virulence. J'interdis cette expérience. On ne va pas électrocuter pour deux millions de dollars de robots à seule fin de retrouver Nestor 10. Il y a d'autres moyens.

— Vous en êtes certain ? Il ne me semble pas que vous en ayez trouvé beaucoup. En tout cas, il ne s'agit pas d'électrocuter qui que ce soit. Nous pouvons disposer sur la ligne un relais qui coupera le courant dès que le câble sera soumis à une pesée. Par conséquent si le robot venait à le toucher par accident, il n'en pâtirait guère. *Mais il n'en saura rien.* »

Une lueur d'espoir s'alluma dans les yeux du général. « Vous pensez obtenir un résultat ?

— Logiquement oui. Dans ces conditions, Nestor 10 ne devrait pas quitter sa chaise. On pourrait lui donner l'ordre de toucher les câbles et de succomber, car la Deuxième Loi de l'obéissance possède la prépondérance sur la Troisième Loi qui concerne l'instinct de conservation. Mais on ne lui donnera aucun ordre ; il restera livré à ses seules ressources, comme les autres robots. Les robots normaux, obéissant à la Première Loi, qui leur fait un devoir de protéger les hommes, se précipiteront tête baissée au-devant de la mort, même sans qu'il soit besoin de leur en donner l'ordre. Mais pas notre Nestor 10. Comme les prescriptions de la Première Loi sont réduites en ce qui le concerne, et qu'il n'aura reçu aucun ordre, la Troisième Loi prévaudra pour déterminer son comportement, et il n'aura d'autre ressource que de rester sur son siège.

— L'expérience aura lieu ce soir ?

— Si on installe les câbles à temps. Je vais prévenir les robots de ce qui les attend. »

Un homme était assis sur la chaise, immobile, silencieux. Un poids se décrocha, tomba, et se trouva écarté au dernier moment par la poussée synchronisée d'un champ de force.

L'opération n'eut lieu qu'une fois…

Et le Dr Susan Calvin se leva de son siège pliant dans la cabine d'observation placée sur le balcon en poussant un cri d'horreur.

Soixante-trois robots étaient demeurés tranquillement sur leur chaise pour regarder avec des yeux bovins l'homme qui venait prétendument de courir un danger devant eux. Aucun d'eux n'avait esquissé le moindre geste.

Le Dr Calvin était furieuse, furieuse au-delà de toute expression. D'autant plus furieuse qu'elle n'osait le montrer aux robots qui entraient un à un dans la pièce pour s'éclipser un peu plus tard. Elle vérifia sa liste. Au tour du numéro vingt-huit. Il en resterait trente-cinq.

Le numéro vingt-huit entra, avec timidité.

Elle se contraignit à garder un calme raisonnable. « Qui êtes-vous ? »

Le robot répondit d'une voix lente et incertaine : « Je n'ai pas encore reçu de numéro personnel, madame. Je suis un robot NS-2 et j'occupais le numéro vingt-huit dans la rangée à l'extérieur. Voici un papier que je dois vous remettre.

— Vous n'êtes pas encore entré dans cette pièce au cours de la journée ?

— Non, madame.

— Asseyez-vous. Je voudrais vous poser quelques questions, numéro vingt-huit. Vous étiez dans la Chambre des radiations du Bâtiment 2 il y a environ quatre heures ? »

Le robot manifesta quelque difficulté à répondre. Puis d'une voix éraillée, semblable à un train d'engrenages où la rouille remplacerait l'huile : « Oui, madame.

— Un homme s'est trouvé en danger dans ce local, n'est-ce pas ?

— Oui, madame.

— Vous n'avez rien fait, si ?

— Non, madame.

— L'homme aurait pu être grièvement blessé de par votre inertie, vous le savez ?

— Oui, madame. Mais je n'ai pu agir autrement, madame. » Il est difficile de concevoir qu'une large face métallique totalement inexpressive puisse se contracter ; c'est pourtant l'impression qu'elle donna.

« Je veux que vous me disiez exactement pourquoi vous n'avez pas tenté de le sauver.

— Je veux vous expliquer, madame. Je ne veux pas que vous-même… ou quiconque… puissiez me croire

174

capable d'un acte susceptible de causer du dommage à un maître. Oh! non, ce serait horrible... inconcevable...

— Ne vous affolez pas, mon garçon, je ne vous reproche rien. Je veux juste savoir ce que vous avez pensé à ce moment-là.

— Madame, avant le début, vous nous avez dit que l'un des maîtres se trouverait en danger du fait de ce poids qui continue à tomber et que nous devrions passer à travers des câbles électriques si nous voulions le sauver. Cela ne m'aurait pas arrêté, madame. Que représente ma destruction lorsqu'il s'agit de sauver un maître ? Mais il m'apparut que si je mourais en me portant à son secours, je n'arriverais cependant pas à le sauver. Le poids viendrait l'écraser et je serais mort pour rien et peut-être plus tard, un maître serait victime d'un accident, ce qui ne se serait pas produit si j'avais survécu. Comprenez-vous cela, madame ?

— Vous voulez dire par là que vous aviez le choix entre laisser l'homme périr seul ou de succomber en même temps que lui, est-ce bien cela ?

— Oui, madame, il était impossible de sauver le maître. On pouvait considérer qu'il était déjà mort. Dans ce cas, il était inconcevable que je pusse consentir à ma destruction pour rien... et sans avoir reçu l'ordre. »

La robopsychologue faisait tourner machinalement un crayon entre ses doigts. Vingt-sept fois déjà elle avait entendu la même histoire avec de légères variantes.

« Votre raisonnement ne manque pas de justesse, dit-elle, mais je ne m'y attendais guère de votre part. C'est vous qui l'avez échafaudé ? »

Le robot hésita. « Non.

— Qui alors ?

— Nous bavardions l'autre nuit lorsque l'un de nous a émis cette idée, qui nous a paru logique.

— Lequel d'entre vous ? »

Le robot réfléchit profondément. « Je ne sais pas... Je n'ai pas remarqué. »

Elle soupira. « C'est tout. Vous pouvez disposer. »

Puis ce fut le tour du numéro vingt-neuf. Encore trente-quatre après lui.

Le major-général Kallner était mécontent lui aussi. Depuis une semaine, l'Hyper-base ne produisait plus que quelques relevés sur les astéroïdes subsidiaires du groupe. Depuis près d'une semaine, les deux meilleurs experts du domaine aggravaient la situation à coups de tests inutiles. Et voilà qu'ils faisaient (ou du moins que la femme faisait) d'impossibles propositions.

Heureusement pour l'ambiance générale, Kallner jugeait préférable de cacher sa colère.

« Pourquoi refuser, monsieur ? insista Susan Calvin. La situation est catastrophique, de toute évidence. La seule façon d'obtenir des résultats dans le futur – si toutefois on peut parler de futur en ce qui nous concerne –, c'est de séparer les robots. On ne peut plus les laisser regroupés.

— Cher docteur Calvin, grommela le général dont la voix avait atteint les notes les plus basses du registre de baryton, je ne vois pas comment je pourrais séparer soixante-trois robots dans l'espace dont je dispose... »

Elle leva les bras dans un geste d'impuissance. « Dans ce cas, j'abandonne. Nestor 10 imitera les faits et gestes de ses collègues, ou les persuadera de s'abstenir des actes qu'il ne peut accomplir. Quoi qu'il en soit, nous voilà dans de beaux draps. On livre combat à ce petit robot égaré et il ne cesse de marquer des points. Chacune de ses victoires renforce son caractère anormal. »

Elle se leva avec détermination. « Général Kallner, si vous ne les séparez pas comme je vous le demande, je ne puis qu'exiger la destruction immédiate des soixante-trois robots au grand complet.

— Vous l'exigez ? » Bogert s'exprimait avec une rage non feinte. « Qu'est-ce qui vous en donne le droit ? Ces robots demeureront sains et saufs. C'est moi le responsable devant notre direction, pas vous.

— Quant à moi, ajouta le major-général Kallner, je suis responsable de la base devant le Coordinateur mondial. Et je dois régler le problème.

— Dans ce cas, rétorqua Calvin, il ne me reste qu'à démissionner. S'il me faut recourir à cette extrémité pour vous contraindre, j'alerterai l'opinion. Ce n'est pas moi qui ai donné mon accord à la mise en chantier de robots modifiés.

— Un seul mot en violation des mesures de sécurité, docteur Calvin, dit le général avec force, et je vous fais emprisonner sur-le-champ. »

Voyant la tournure que prenait la discussion, Bogert intervint d'une voix suave. « Nous commençons, je crois, à nous conduire comme des enfants. Ce qu'il nous faut, c'est un nouveau délai. On doit parvenir à battre un robot à son propre jeu sans démissionner, faire emprisonner qui que ce soit ou réduire en poussière deux millions de dollars. »

La psychologue se tourna vers lui, furieuse et glaciale. « Je ne tolérerai pas la présence sur cette base d'un robot déséquilibré. Un Nestor l'est de façon irrémédiable, onze autres le sont en puissance et soixante-deux robots normaux évoluent dans une atmosphère de déséquilibre permanent. La seule méthode susceptible d'offrir une sécurité complète, c'est leur destruction intégrale. »

Le bourdonnement de l'avertisseur vint les interrompre et jeter une douche froide sur les passions qui bouillonnaient en eux avec une intensité croissante.

« Entrez », grommela Kallner.

Gerald Black paraissait troublé. Il avait entendu des voix irritées. « J'ai cru bon de venir en personne… Je ne voulais pas charger quelqu'un d'autre…

— De quoi s'agit-il ? Parlez clair !

— La serrure du compartiment C dans le vaisseau marchand semble avoir essuyé une tentative d'effraction. Elle porte des éraflures fraîches.

— Le compartiment C ? s'exclama le Dr Calvin. C'est celui où on enferme les robots, n'est-ce pas ? Qui s'est permis ?

— De l'intérieur, précisa laconiquement Black.

— La serrure n'est pas détériorée, j'espère ?

— Non, elle n'a pas souffert. Je séjourne sur le vaisseau depuis quatre jours et aucun n'a tenté de sortir. Mais j'ai jugé nécessaire de vous avertir. Je ne voulais pas ébruiter le fait. C'est moi qui ai effectué cette découverte.

— Y a-t-il quelqu'un sur place en ce moment ? demanda le général.

— J'y ai laissé Robins et McAdams. »

Un silence songeur s'ensuivit.

« Eh bien ? » demanda le Dr Calvin d'un ton ironique.

Kallner se frotta le nez avec incertitude. « Que signifie cette tentative ?

— N'est-ce pas évident ? Nestor 10 se prépare à s'enfuir. Cet ordre lui enjoignant de se perdre prend le pas sur l'état anormal de son psychisme au point de déjouer tout ce qu'on peut tenter à son encontre. Je ne serais pas surprise que ce qui subsiste en son cerveau des imprégnations de la Première Loi se révèle insuffisant à contrebalancer cette tendance. Il est bien capable de s'emparer du vaisseau et de s'enfuir à bord. Cette fois, on se verra confrontés à un robot dément dans un vaisseau spatial. Et ensuite on peut tout attendre de sa part. Persistez-vous toujours à vouloir les maintenir groupés, général ?

— Sottises », interrompit Bogert. Il avait recouvré sa suavité. « Voilà bien du tapage pour quelques malheureuses éraflures sur un verrou de sûreté !

— Puisque vous donnez ainsi votre opinion sans qu'on la sollicite, docteur Bogert, avez-vous terminé l'analyse que je vous avais réclamée ?

— Oui.

— Puis-je la voir ?

— Non.

178

— Pourquoi ? À moins qu'il ne m'incombe pas non plus de vous le demander ?

— Parce qu'elle ne présente aucun intérêt, Susan. Je vous avais prévenue : ces robots modifiés sont moins stables que les normaux, et mon analyse le met en évidence. Il y a un risque, minime en vérité, de les voir craquer dans certaines conditions extrêmes, d'ailleurs fort improbables. Laissons les choses en l'état. Je n'apporterai pas de l'eau à votre moulin pour vous permettre d'obtenir la destruction absurde de soixante-deux robots en parfait état de fonctionnement, pour la seule raison que vous avez été incapable de découvrir jusqu'à présent le Nestor 10 qui se cache parmi eux. »

Susan Calvin le toisa et son regard se voila de dégoût. « Vous ne vous laisserez retenir par aucun obstacle pour parvenir à la direction permanente, n'est-ce pas ?

— S'il vous plaît, intervint Kallner avec agacement. Continuez-vous à prétendre qu'on ne peut plus rien tenter, docteur Calvin ?

— Je sèche, général, dit-elle avec lassitude. Si seulement il y avait d'autres différences entre le Nestor 10 et les autres robots, qui ne mettraient pas en cause la Première Loi ! Ne serait-ce qu'une seule, au niveau de l'imprégnation, l'environnement, la spécialisation... » Tout à coup, elle s'interrompit.

« Quoi ?

— Je viens d'avoir une idée... je crois... » Son regard se fit lointain et dur. « Peter, ces Nestor modifiés sont soumis à la même imprégnation que les robots normaux, non ?

— Exactement la même.

— Que disiez-vous, monsieur Black ? » Elle se tourna vers le jeune homme qui s'était réfugié dans un silence discret après la tempête causée par son intervention. « En vous plaignant de l'attitude condescendante des Nestor, vous avez expliqué que les techniciens leur avaient appris tout ce qu'ils savaient.

— Oui, en physique de l'éther. Ils ne sont pas au courant du sujet en débarquant ici.

— En effet, convint Bogert, surpris. Je vous l'ai dit, Susan, lorsque j'interrogeais les autres Nestor : les deux derniers arrivés n'avaient encore rien appris de ce sujet.

— Pourquoi ? » Le Dr Calvin s'exprimait avec une agitation croissante. « Pourquoi les modèles NS-2 ne sont-ils pas imprégnés de physique de l'éther dès le départ ?

— Je peux vous répondre, intervint Kallner. Cela participe du secret. On a estimé que, si on commandait un modèle expert en physique de l'éther, utiliser douze d'entre eux et affecter les autres à des départements généralistes ferait naître des soupçons. Les hommes travaillant aux côtés des Nestor normaux pourraient s'étonner de leur connaissance de la physique de l'éther. On les a donc imprégnés en leur conférant les capacités nécessaires à une formation dans ce domaine, que seuls ceux qui sont affectés à ce secteur particulier reçoivent. Ce n'est pas plus compliqué que ça.

— Je comprends. Pouvez-vous me laisser seule ? Accordez-moi une heure environ. »

Susan Calvin ne se sentait pas le courage d'affronter une troisième fois la corvée. Elle l'avait envisagé et rejeté avec une violence qui la laissait nauséeuse. Réitérer la monotone litanie de questions et de réponses lui semblait au-dessus de ses forces.

Ce fut donc Bogert qui s'en chargea, tandis qu'elle se tenait sur la touche, n'accordant au processus qu'une part de son attention et de ses réflexions.

Le numéro quatorze entra – il en restait quarante-neuf.

L'homme leva les yeux de la feuille de référence. « Quel est votre numéro d'ordre ?

— Quatorze, monsieur. » Le robot présenta son ticket numéroté.

« Asseyez-vous, mon garçon. Vous n'êtes pas déjà venu dans cette pièce aujourd'hui ?

— Non, monsieur.

— Eh bien, un homme se trouvera en danger peu après qu'on en aura terminé. En fait, lorsque vous quitterez cette pièce, on vous conduira dans une stalle où vous attendrez tranquillement qu'on ait besoin de vous. Compris ?

— Oui, monsieur.

— Bien sûr, si un homme se trouve en danger, vous essaierez de le sauver.

— Bien sûr, monsieur.

— Hélas, entre cet homme et vous-même se trouvera un champ de rayons gamma. »

Silence.

« Vous savez ce que sont les rayons gamma ? demanda brusquement Bogert.

— Des radiations énergétiques, monsieur. »

L'interrogateur posa la question suivante d'une façon amicale et naturelle. « Vous avez déjà travaillé sur les rayons gamma ?

— Non, monsieur. » La réponse était nette, sans ambages.

« Hum. Eh bien, ils peuvent vous tuer net en détruisant votre cerveau. C'est un fait que vous devez connaître et garder en mémoire. Naturellement, vous n'avez pas envie de vous détruire ?

— Naturellement. » De nouveau, le robot parut choqué. Puis il reprit d'une voix lente : « Mais, monsieur, si les rayons gamma se trouvent entre moi-même et le maître que je dois secourir, comment pourrai-je le sauver ? Je me détruirai sans obtenir aucun résultat.

— En effet. » Bogert prit un air perplexe. « Tout ce que je peux vous conseiller, au cas où vous détecteriez des rayons gamma entre vous et l'homme en danger, c'est de rester où vous êtes. »

Le robot parut visiblement soulagé. « Merci, monsieur. Toute tentative serait inutile, n'est-ce pas ?

— Bien entendu. Mais si les radiations dangereuses n'existaient pas, ce serait une tout autre affaire.

— Certes, monsieur, cela ne fait aucun doute.

— Vous pouvez disposer, maintenant. La personne qui se trouve de l'autre côté de la porte vous conduira à votre stalle. Veuillez attendre là-bas. »

Après le départ du robot, il se tourna vers le Dr Calvin. « Eh bien, Susan, ça n'a pas trop mal marché, il me semble ?

— Très bien, répondit-elle d'un ton morne.

— Vous pensez qu'on révélera le Nestor 10 en le sondant sur la physique de l'éther ?

— Je n'en suis pas persuadée. » Ses mains gisaient inertes sur ses genoux. « Il nous livre bataille, n'oubliez pas. Il est sur ses gardes. Nous n'avons qu'une façon de le démasquer : le battre à son propre jeu – et dans la limite de ses facultés, il réfléchit beaucoup plus vite qu'aucun être humain.

— Rions un peu... supposons qu'à partir de maintenant on pose aux robots quelques questions sur les rayons gamma. Les limites de longueurs d'ondes, par exemple.

— Non ! » Les yeux du Dr Calvin jetèrent des étincelles. « Il lui serait trop facile de nier toute connaissance du sujet et ça l'avertirait du test à venir... qui est notre chance réelle. Par pitié, conformez-vous à mes indications, Peter. N'essayez pas d'improviser. C'est déjà tenter le diable que de demander s'ils ont travaillé sur les rayons gamma. Efforcez-vous d'ailleurs de manifester encore moins d'intérêt à ce sujet. »

Bogert haussa les épaules et pressa le bouton convoquant le numéro quinze.

La grande salle de radiation était de nouveau prête. Les robots attendaient patiemment dans leurs cellules de bois, ouvertes mais qui les isolaient les uns des autres.

Le major-général Kallner s'épongea lentement le front avec un vaste mouchoir, tandis que le Dr Calvin vérifiait les derniers détails en compagnie de Black.

« Vous êtes certain, demanda-t-elle, qu'aucun des robots n'a eu l'occasion de parler avec ses congénères après avoir quitté la salle d'orientation ?

— Sûr et certain, répondit-il. Pas un mot n'a été échangé.

— Et les robots sont placés dans les stalles prévues ?

— Voici le plan. »

La psychologue scruta le document d'un air pensif. « Hum… »

Le général pencha la tête par-dessus son épaule. « Quelle est l'idée qui a présidé à cette disposition, docteur Calvin ?

— J'ai demandé que soient concentrés de ce côté du cercle les robots qui m'ont paru altérer la vérité aussi peu que ce soit. Cette fois je me placerai moi-même au centre, et je les surveillerai particulièrement.

— *Vous* allez vous asseoir au centre ? se récria Bogert.

— Pourquoi pas ? demanda-t-elle froidement. Ce que je m'attends à voir sera peut-être très fugitif. Et je ne peux pas risquer de confier à un autre le rôle d'observateur principal. Peter, vous vous tiendrez dans la cabine d'observation et vous garderez l'œil sur le côté opposé du cercle. Général, j'ai veillé à faire filmer individuellement chaque robot au cas où l'observation visuelle ne suffirait pas. Si besoin, ils devront rester rigoureusement à leur place jusqu'au moment où on aura développé et étudié les images. Aucun ne doit quitter la pièce, aucun ne doit changer de place. C'est clair ?

— Tout à fait.

— Alors, essayons une dernière fois. »

Susan Calvin s'assit, silencieuse, les yeux agités d'un mouvement incessant. Un poids se décrocha, tomba, et se trouva écarté au dernier moment par la poussée synchronisée d'un champ de force.

Un seul robot se dressa tout droit, fit deux pas. Et s'arrêta. Mais le Dr Calvin était déjà debout le doigt tendu : « Nestor 10, venez ici, cria-t-elle. *Venez ici !* VENEZ ICI ! »

Lentement, à regret, le robot fit un autre pas. La robo-psychologue cria à tue-tête, sans le quitter du regard : « Faites sortir tous les autres robots de la pièce, vite, et surtout qu'ils ne rentrent plus ! »

On entendit le martèlement de pieds durs sur le plancher. Elle ne détourna pas la tête.

Nestor 10 – si c'était bien lui – fit un autre pas, puis deux encore, subjugué par le geste impérieux du Dr Calvin. Il ne se trouvait plus qu'à trois mètres de distance lorsqu'il lança d'une voix hargneuse : « On m'a dit d'aller me perdre ailleurs... »

Un autre arrêt. « Je ne dois pas désobéir. On ne m'a pas encore retrouvé... Il me prenait pour un raté... il m'a dit... mais ce n'est pas vrai... je suis puissant, intelligent... »

Les mots sortaient par intermittence.

Un autre pas. « J'en sais beaucoup... Il s'imagine-rait... Bon, j'ai été démasqué... Ignoble... Pas moi... Je suis intelligent... Et surtout par un maître... faible... lent... »

Nouveau pas... et un bras de métal se tendit soudain vers l'épaule de Susan Calvin, qui sentit le poids la faire plier. Sa gorge se serra et un cri jaillit de sa poitrine.

Dans un brouillard, elle entendit les paroles sui-vantes du Nestor 10 : « Nul ne doit me trouver. Aucun maître... » Et le métal froid s'appesantissait sur elle qui s'affalait...

Il y eut soudain un bruit métallique bizarre. Sans tran-sition, elle se retrouva par terre. Un bras luisant pesait lourdement sur son corps. Il ne bougeait pas plus que le Nestor 10 allongé à ses côtés.

Et maintenant des visages se penchaient sur elle.

« Vous êtes blessée, docteur Calvin ? » demanda Gerald Black d'une voix étranglée.

Elle secoua faiblement la tête. Ils la dégagèrent du bras qui pesait sur elle et la remirent sur ses pieds avec un luxe d'égards. « Que s'est-il passé ?

— J'ai émis un faisceau gamma durant cinq secondes, dit Black. On ignorait ce qui se passait. On n'a compris qu'à la dernière seconde qu'il vous attaquait. À ce moment-là, il ne restait plus d'autre recours que les rayons gamma. Il est tombé aussitôt. La dose n'aura pas suffi à vous affecter. N'ayez aucune inquiétude.

— Je ne suis pas inquiète. » Elle ferma les yeux et s'appuya un instant sur son épaule. « Je ne pense pas que j'aie vraiment été attaquée. Le Nestor 10 s'efforçait simplement de le faire. Ce qui subsistait de la Première Loi le retenait encore. »

Deux semaines après leur première rencontre avec le major-général Kallner, Susan Calvin et Peter Bogert tenaient une dernière réunion en compagnie de l'officier. Le travail avait repris à l'Hyper-base. Le vaisseau marchand transportant les soixante-deux robots normaux était reparti pour sa destination, avec une version officiellement imposée pour expliquer son retard de deux semaines. Le croiseur gouvernemental se préparait à ramener les roboticiens sur la Terre.

Kallner avait revêtu une fois de plus son resplendissant uniforme de cérémonie. Ses gants étaient d'une blancheur éblouissante lorsqu'il serra la main aux savants.

« Les autres Nestor devront naturellement être détruits, dit le Dr Calvin.

— Ils le seront. On les remplacera par des robots normaux, ou on s'en passera, si nécessaire.

— Très bien.

— Mais dites-moi... Vous ne m'avez pas expliqué... Comment avez-vous fait ? »

Elle eut un petit sourire. « Ah ! Je vous aurais exposé mon projet à l'avance si j'avais été certaine de son efficacité. Voyez-vous, Nestor 10 souffrait d'un complexe de supériorité qui ne cessait de croître et de s'amplifier. Il aimait se persuader que lui-même et les autres robots possédaient plus de connaissances que les êtres humains. Il devenait très important pour lui de le croire.

» Nous le savions. C'est ainsi que nous avons prévenu chacun des robots que les rayons gamma les tueraient, ce qui était vrai, et que des rayons gamma s'interposeraient entre eux et moi-même. C'est pourquoi ils sont tous restés à leur place. Se conformant à la logique du Nestor 10 adoptée au cours du test précédent, ils avaient décidé unanimement qu'il était inconcevable de tenter de sauver un humain alors qu'ils étaient certains de succomber avant de pouvoir l'atteindre.

— Je comprends bien, docteur Calvin. Mais pour quelle raison Nestor 10 a-t-il quitté son siège ?

— Ah ! Le résultat d'un petit complot entre moi-même et le jeune Black. Ce n'étaient pas des rayons gamma qui inondaient l'espace entre les robots et moi, mais des rayons infrarouges. De simples rayons calorifiques, inoffensifs. Nestor 10 savait la vérité, et c'est pourquoi il a fait le geste de s'élancer, comme le feraient, pensait-il, ses congénères sous l'impulsion de la Première Loi. Il a mis une fraction de seconde à se rappeler que les NS-2 normaux étaient à même de détecter les radiations, mais sans pouvoir en préciser le type. Le fait que lui-même n'était capable d'identifier les longueurs d'ondes qu'en vertu de la formation qu'il avait reçue à l'Hyper-base, sous la direction de simples êtres humains, était trop humiliant pour qu'il puisse s'en souvenir dans l'instant même. Pour les autres robots, la zone était fatale, parce que nous le leur avions dit. Or, seul Nestor 10 savait que nous mentions.

» Donc, l'espace d'un instant, il a oublié, ou n'a pas voulu se souvenir, que d'autres robots pouvaient être plus ignorants que des êtres humains. C'est sa supériorité même qui l'a trahi. Au revoir, général. »

# 7

## Évasion !

Quand Susan Calvin rentra de l'Hyper-base, Alfred Lanning l'attendait. Le vieil homme ne parlait jamais de son âge, mais chacun savait qu'il avait soixante-quinze ans passés. Cependant son esprit demeurait d'une lucidité étonnante et, s'il avait fini par consentir à ne plus être que directeur honoraire des recherches, avec Bogert comme directeur effectif, cela ne l'empêchait pas de se rendre chaque jour à son bureau.

« Dans quelle mesure sont-ils sur le point de découvrir le secret de la propulsion hyper-atomique ? demanda-t-il.

— Je n'en sais rien, répondit-elle avec impatience, je ne leur ai pas posé la question.

— Hum, j'aimerais bien qu'ils se pressent. Sinon, je crains que la Consolidated ne les batte au poteau... et nous du même coup.

— La Consolidated ? Que vient-elle faire dans cette galère ?

— Voyez-vous, nous ne sommes pas les seuls à posséder des calculateurs. Les nôtres sont positroniques, mais cela ne signifie pas qu'ils soient meilleurs. Robertson tient une conférence générale à ce sujet, dès demain. Il attendait votre retour. »

Robertson, de l'U.S. Robots, fils du fondateur, pointa son nez effilé vers son directeur général et sa pomme d'Adam bondit lorsqu'il lui dit : « Allez droit au fait. »

Le directeur général obéit avec empressement. « Voici où nous en sommes, monsieur. La Consolidated Robots nous a fait une étrange proposition il y a un mois. Ils nous ont apporté près de cinq tonnes de chiffres, d'équations et de documents de toutes sortes. Ils avaient un problème sur les bras et désiraient obtenir une réponse du Cerveau. Les conditions étaient les suivantes… »

Il les énuméra sur ses doigts : « Cent mille pour nous s'il n'existe pas de solution et si nous pouvons déceler les facteurs manquants. Deux cent mille s'il existe une solution, plus le coût de construction de la machine et le quart de tous les bénéfices. Le problème concerne la mise au point d'un moteur interstellaire… »

Robertson fronça les sourcils et son corps maigre se raidit. « En dépit du fait qu'ils disposent d'une machine à penser personnelle, pas vrai ?

— C'est justement ce qui rend la proposition suspecte, monsieur. Lewer, à vous. »

Abe Lewer leva la tête à l'autre bout de la table de conférence et passa la main sur son menton mal rasé. Il sourit : « Voici ce qui se passe, monsieur. La Consolidated possédait bien une machine à penser, mais elle est bousillée.

— Comment ? » Robertson se leva à demi.

« Oui ! Cassée ! Fichue ! Nul ne sait pourquoi, mais j'ai quelques idées fort intéressantes là-dessus… Par exemple, ils ont demandé à cette machine de leur donner un moteur interstellaire en lui fournissant la même documentation qu'ils viennent de nous apporter. Résultat : ils ont fracassé leur machine. Elle est bonne pour la ferraille à présent.

— Vous saisissez, chef ? » Le directeur général jubilait. « Vous saisissez ? Il n'existe pas un seul groupe de recherches d'importance qui ne s'efforce de mettre au point un moteur à courber l'espace. Or, la Consolidated et l'U.S. Robots possèdent la plus grande avance dans la course grâce à leurs super-cerveaux robotiques. À présent qu'ils ont réussi à démolir le leur, on a le champ libre. Voilà la raison de leur démarche. Il leur faudra six ans au moins pour en rebâtir un autre et ils sont enfoncés, à moins qu'ils ne réussissent à casser le nôtre en lui soumettant le même problème. »

Le président de l'U.S. Robots ouvrit des yeux ronds. « Les fieffés coquins !... »

— Minute, chef, il y a autre chose. » Le directeur général pointa l'index d'un geste large. « À votre tour, Lanning ! »

Le Dr Alfred Lanning suivait les débats avec un léger mépris – sa réaction habituelle devant les faits et gestes des départements mieux payés de la prospection et de la vente. Ses sourcils d'une blancheur incroyable lui masquaient presque les yeux. Il prit la parole d'une voix sèche : « D'un point de vue scientifique, la situation, sans être tout à fait claire, autorise néanmoins une analyse intelligente. Le problème des voyages interstellaires dans l'état d'avancée actuel de la physique est... assez vague. Le champ d'investigations reste ouvert et les documents fournis par la Consolidated à sa machine à penser, en supposant que nous disposions des mêmes, l'étaient aussi. Notre section mathématique leur a consacré une analyse approfondie, et il semble que la Consolidated y ait tout inclus. Le matériau qu'ils nous ont soumis comporte tous les développements connus de la théorie de Franciacci sur la déformation de l'espace et tous les renseignements astrophysiques et électroniques pertinents. Je dois dire qu'il s'agit là d'une masse énorme d'informations. »

Robertson suivait ses propos avec anxiété. « Trop importantes pour que le Cerveau les digère ? »

Lanning secoua la tête avec emphase. « Non, car il n'existe pas de limites connues à sa capacité. Il s'agit plutôt des Lois de la robotique. Par exemple, il ne pourra jamais fournir une solution à un problème qui entraînerait la mort ou des blessures pour des hommes. Un problème qui ne comporterait qu'une telle solution lui paraîtra insoluble. Si on le lui soumet avec l'injonction pressante de le résoudre, il se peut que le Cerveau, qui n'est après tout qu'un robot, se trouve confronté à un dilemme et ne puisse ni répondre ni refuser de le faire. C'est peut-être ce type d'incident qui a affecté la machine de la Consolidated. »

Il marqua une pause, mais le directeur général intervint : « Je vous en prie, docteur Lanning, exposez la chose comme vous me l'avez expliquée. »

Le vieil homme serra les lèvres et haussa les sourcils à l'adresse du Dr Susan Calvin qui cessa pour la première fois de contempler ses mains croisées. Elle prit la parole d'une voix basse et incolore.

« La réaction d'un robot devant un dilemme est surprenante. La psychologie robotique est loin d'être parfaite, je vous l'assure en ma qualité de spécialiste, mais on peut l'évoquer néanmoins en termes qualitatifs, car malgré toutes les complications introduites dans le cerveau positronique d'un robot, il est construit par des humains, donc conçu en fonction des valeurs humaines.

» Or, un homme affrontant une impossibilité réagit souvent en quittant la réalité : en se réfugiant dans un monde illusoire, en s'adonnant à la boisson, en tombant dans l'hystérie, ou en enjambant le parapet d'un pont. Tout cela se ramène à un refus ou à une incapacité d'affronter la situation. Il en va de même du robot. Dans le meilleur des cas, un dilemme sèmera le désordre dans la moitié de ses relais ; dans le pire, il brûlera irréparablement tous ses réseaux positroniques.

— Je vois, dit Robertson, qui n'avait rien compris. Maintenant, que pensez-vous de cette masse de documents que nous propose la Consolidated ?

— Elle comporte sans conteste un problème au caractère prohibitif, mais le Cerveau diffère notablement du robot de la Consolidated, dit le Dr Calvin.

— Exact, monsieur, exact, approuva le directeur général en s'interposant bruyamment. Je veux que vous compreniez bien ce point, car c'est l'essence même de la situation. »

Les yeux de Susan Calvin jetèrent un éclair derrière ses lunettes, et elle poursuivit avec patience : « Voyez-vous, de par leur construction, les machines de la Consolidated, dont leur Super-Penseur, sont dépourvues de personnalité. Elles sont fonctionnelles... ce qui s'explique puisqu'il leur manque les brevets fondamentaux détenus par l'U.S. Robots, qui leur permettraient d'utiliser les réseaux cérébraux émotionnels. Leur Penseur se résume à un calculateur à grande échelle, qu'un dilemme détériorera aussitôt.

» D'autre part, le Cerveau, notre propre machine, possède une personnalité... d'enfant. C'est un cerveau suprêmement apte à la déduction, mais il ressemble à un singe savant. Il ne comprend pas réellement les opérations auxquelles il se livre. Il les exécute et, comme c'est, au fond, un enfant, reste insouciant ; pour lui la vie n'est pas sérieuse, si on veut. »

La robopsychologue poursuivit : « Voici ce que nous allons faire. Nous avons divisé tous les documents fournis par la Consolidated en unités logiques. Ces unités, nous les introduirons dans le Cerveau une par une et avec précaution. Lorsque le facteur qui crée le dilemme se présentera, la personnalité infantile du Cerveau réagira, avec son jugement immature. Un délai perceptible s'écoulera avant qu'il reconnaisse le dilemme comme tel. Et dans cet intervalle, il rejettera automatiquement l'unité en question, sans que les réseaux cérébraux aient pu entrer en action et être détruits. »

La pomme d'Adam de Robertson tressauta. « Vous êtes sûre de votre fait ? »

Le Dr Calvin domina son impatience. « Cela semble peu clair, je l'admets ; mais je ne vois guère l'intérêt de vous exposer l'analyse mathématique de l'opération. Tout se passe comme je l'ai indiqué, je vous en donne l'assurance. »

Le directeur général s'engouffra dans la brèche. « Voici donc la situation, monsieur. Si on accepte le marché, c'est ainsi qu'on pourra procéder. Le Cerveau nous dira quelle unité d'informations contient le dilemme. Dès lors, on pourra en préciser la raison, n'est-ce pas, docteur Bogert ? Le Dr Bogert est le meilleur mathématicien qui soit. On donnera à la Consolidated la réponse "*Pas de solution*", avec le motif, et on percevra cent mille dollars. Ils ont un calculateur fichu sur les bras. Le nôtre est intact. Dans un an, peut-être deux, on possédera un engin à courber l'espace, ou un moteur hyper-atomique, comme l'appellent certains. Quel que soit le nom qu'on lui donne, ce sera l'invention la plus sensationnelle. »

Robertson gloussa et tendit la main. « Voyons ce contrat. Je vais le signer. »

Lorsque Susan Calvin pénétra dans la cave voûtée abritant le Cerveau, dont l'accès était défendu par d'incroyables mesures de sécurité, un des techniciens venait de lui poser le problème suivant : « Si une poule et demie pond un œuf et demi en un jour et demi, combien neuf poules pondront-elles d'œufs en neuf jours ? »

Et le Cerveau avait répondu : « Cinquante-quatre. »

Sur quoi le technicien avait lancé à l'un de ses collègues : « Vous voyez bien, crétin ! »

Le Dr Calvin toussota et aussitôt la salle de grouiller d'une activité fébrile et sans objet. La psychologue fit un geste et demeura seule avec le Cerveau.

Il se composait principalement d'un globe large de soixante centimètres contenant une atmosphère d'hélium parfaitement conditionnée, un volume à l'abri des vibrations et des radiations, et enfin, au cœur de l'engin, les réseaux positroniques d'une complexité inouïe qui constituaient le Cerveau proprement dit. Le reste de la salle regorgeait des appareils lui servant d'intermédiaires avec le monde extérieur : sa voix, ses bras, ses organes sensoriels.

« Comment allez-vous, Cerveau ? » murmura le Dr Calvin.

Il s'exprimait d'un ton haut perché et enthousiaste. « À merveille, mademoiselle Susan. Vous avez quelque chose à me demander, je le sens. Vous tenez toujours un livre à la main lorsque vous comptez me poser une question. »

Elle eut un léger sourire. « Vous avez ma foi raison, même si je vais vous faire attendre un peu. Mais quelle question ! Elle est à ce point compliquée qu'on va vous la poser par écrit. Auparavant, je voudrais vous parler.

— Très bien. Je n'ai rien contre la conversation.

— Écoutez bien, Cerveau. Dans quelques instants, le Dr Lanning et le Dr Bogert vont venir vous poser cette question compliquée. Les interrogations vous seront fournies par petites quantités successives et très lentement, car nous vous prions de prendre les plus grandes précautions. On va vous demander de construire un appareil, si la chose vous est possible, sur la base de ces documents, mais je dois vous prévenir immédiatement que la solution pourrait entraîner des... dommages pour certains êtres humains.

— Fichtre ! » L'exclamation avait été lancée d'une voix contenue.

« À vous d'ouvrir l'œil. Quand viendra un document susceptible d'entraîner de graves dommages, voire la mort, ne vous alarmez pas. Voyez-vous, Cerveau, on n'y attache pas d'importance – à supposer même qu'il y soit question de mort d'homme ; on n'en a cure. Par conséquent, devant ce document, contentez-vous de vous arrêter, de le rejeter... et ce sera tout. Vous avez compris ?

— Sans doute, mais fichtre... mort d'homme !
Comme vous y allez !

— J'entends le Dr Lanning et le Dr Bogert arriver. Ils
vous exposeront le problème, puis on pourra commencer. Soyez un bon garçon. »

On introduisait peu à peu les documents dans la
machine. À chaque fois, on entendait le gloussement
bizarre et chuchoté qu'émettait le Cerveau au travail.
Puis c'était le silence, indiquant qu'il était prêt à engloutir un nouveau document. L'opération se poursuivit des
heures durant. Il digéra l'équivalent de dix-sept gros traités de physique mathématique.

À mesure que le travail avançait, des rides apparurent
sur les fronts... et se creusèrent. Bogert, qui avait commencé par étudier ses ongles, les rongeait désormais,
l'air absorbé. Lanning murmurait farouchement entre
ses dents. La dernière liasse disparue, Calvin, toute pâle,
déclara : « Il se passe quelque chose d'anormal.

— Impossible, dit Lanning en articulant les mots avec
peine. Serait-il... mort ?

— Cerveau ? lança Susan Calvin, tremblante. Vous
m'entendez, Cerveau ?

— Hein ? répondit l'interpellé d'une voix absorbée.
Que voulez-vous de moi ?

— La solution...

— Oh, la solution ? Je peux vous la donner. Je vous
construirai un vaisseau entier, sans plus de difficulté...
si vous mettez à ma disposition les robots indispensables. Un beau vaisseau. Il ne me faudra guère plus
de deux mois.

— Vous n'avez pas éprouvé de difficultés ?

— Il m'a fallu longtemps pour effectuer les calculs »,
dit le Cerveau.

Le Dr Calvin battit en retraite. Les couleurs n'étaient
pas revenues à ses joues maigres. Elle fit signe aux
autres de s'éclipser.

« Je n'y comprends rien, dit-elle une fois regagné à son bureau. Les informations, telles que fournies, doivent contenir un dilemme... avec, pour conséquence probable, la mort. S'il s'est produit une anomalie quelconque...

— La machine parle et raisonne sainement, dit Bogert avec calme. Il est impossible qu'elle ait été confrontée avec un dilemme. »

La psychologue répondit d'un ton pressant : « Il y a dilemmes et dilemmes. Et diverses formes d'évasion. Supposons que le Cerveau ne soit que peu engagé... mais assez pour nourrir l'illusion qu'il peut résoudre le problème alors qu'il en est incapable. Supposons qu'il oscille au bord d'un précipice où la plus légère poussée suffirait à le faire choir.

— Supposons, intervint Lanning, qu'il n'y ait aucun dilemme. Que la machine de la Consolidated ait achoppé sur une autre question ou pour des raisons mécaniques.

— Même dans ce cas, insista Calvin, on ne pourrait se permettre de courir des risques. Écoutez-moi. Dès à présent, plus un murmure dans le voisinage du Cerveau. Je me charge de tout.

— Très bien, soupira Lanning, prenez la direction des opérations. Dans l'intervalle, nous laisserons le Cerveau construire son vaisseau. Et s'il le construit effectivement, nous devrons le tester. » Il rumina quelques instants. « Il nous faudra pour cela nos experts les plus qualifiés. »

Michael Donovan repoussa ses cheveux roux d'un geste brusque sans se soucier de voir la masse rétive se hérisser aussitôt de plus belle.

« Viens, Greg. Il paraît que le vaisseau est terminé. Ils ne savent pas en quoi il consiste, mais il est terminé. Grouille-toi. Allons prendre les commandes de ce pas.

— Trêve de plaisanteries, dit Powell avec lassitude. Tes saillies les plus spirituelles ont un relent de poisson pas frais, et l'atmosphère confinée qui règne en ce lieu n'améliore en rien les choses.

— Bon, écoute. » Donovan repoussa sa tignasse rebelle avec aussi peu de résultat. « Ce n'est pas que je m'inquiète trop de notre génie coulé dans le bronze et de ce vaisseau en fer-blanc. Il y a la question de mes vacances perdues. Et cette monotonie ! Il n'y a rien ici, à part les barbes et les chiffres… et quels chiffres ! Grands dieux, pourquoi faut-il qu'on nous refile toujours ces corvées ?

— Parce que s'ils nous perdent, murmura Powell, ils ne perdront pas grand-chose. Ne t'en fais pas ! Voilà le Dr Lanning qui s'amène. »

Lanning approchait en effet, ses sourcils blancs aussi broussailleux que jamais, toujours droit comme un I et plein de vivacité. Suivi des deux hommes, il gravit en silence la rampe et s'engagea sur le terrain, où des robots muets construisaient un vaisseau sans le secours d'aucun être humain.

Erreur, ils avaient fini de construire un vaisseau !

Lanning annonça en effet : « Les robots ont cessé le travail. Aucun d'eux n'a bougé aujourd'hui.

— Il est donc terminé ? Pour de bon ? s'enquit Powell.

— Comment le saurais-je ? » Lanning était maussade ; ses sourcils froncés voilaient presque ses yeux. « Il semble terminé. Je ne vois nulle part la moindre pièce détachée et l'intérieur brille comme un sou neuf.

— Vous l'avez visité ?

— Je n'ai fait qu'entrer et sortir. Je ne suis pas pilote. Avez-vous l'un et l'autre une idée des données théoriques de la machine ? »

Les deux autres échangèrent un regard.

« J'ai ma licence, monsieur, répondit Donovan, mais, aux dernières nouvelles, elle ne disait rien des hypermoteurs ou de la navigation en espace courbe. Elle ne se réfère qu'au jeu d'enfant consistant à voguer dans l'espace à trois dimensions. »

Alfred Lanning leva les yeux d'un air désapprobateur et renifla de toute la longueur de son nez proéminent. « Bon, fit-il d'un ton glacial, nous avons nos propres mécaniciens. »

Powell retint par le coude le vieil homme qui s'éloignait. « L'accès du vaisseau demeure interdit ? »

Le vieux directeur hésita, puis se frotta l'arête du nez. « Je ne crois pas. Du moins pour vous deux. »

Donovan le regarda partir et, entre ses dents, lui adressa une épithète expressive. Il se tourna vers Powell. « J'aimerais lui donner une description littérale de lui-même, Greg.

— Si tu veux bien te donner la peine d'entrer, Mike. »

L'intérieur du vaisseau était terminé, aussi terminé que le fut jamais aucun vaisseau ; ça sautait aux yeux. Nul adjudant n'aurait jamais pu obtenir un tel résultat de ses hommes sur le plan du briquage. Les cloisons avaient ce poli irréprochable que nulle empreinte de doigts ne venait souiller.

Pas un seul angle ; cloisons, plancher et plafond se fondaient les uns dans les autres et, dans la froide luminosité dispensée par les lampes invisibles, on se trouvait entouré par six reflets différents de sa propre personne éberluée.

Le couloir principal était un tunnel étroit menant dans un passage dur sous les pieds et sonore comme un tambour, donnant sur une rangée de pièces que rien ne distinguait.

« Les meubles doivent être incorporés aux cloisons… à moins qu'on ne soit pas censés s'asseoir ou dormir », dit Powell.

C'est dans la dernière pièce, la plus proche de la proue, que la monotonie se trouvait interrompue. Une fenêtre incurvée en verre non réfléchissant constituait la première exception au métal omniprésent et au-dessous d'elle se trouvait un vaste et unique cadran dont la seule aiguille immobile indiquait le zéro.

« Regarde ! » Donovan désigna le seul mot imprimé sur les graduations d'une finesse extrême, *Parsecs*, puis le nombre en petits caractères à droite du cadran, *1 000 000*.

Il y avait deux fauteuils dans la pièce : lourds, aux vastes contours, sans coussin. Powell s'y assit, découvrit qu'il se moulait parfaitement sur son corps de façon très confortable.

« Qu'en penses-tu ? demanda-t-il.

— À mon avis, le Cerveau souffre de fièvre cérébrale. Sortons d'ici.

— Tu es sûr que tu ne veux pas jeter un petit coup d'œil ?

— Je l'ai jeté. Je suis venu, j'ai vu, j'en ai soupu ! » La tignasse rouge de Donovan se hérissa en mèches distinctes. « Sortons, Greg. J'ai quitté mon travail il y a cinq minutes et on est en territoire interdit aux gens qui ne font pas partie du personnel. »

Powell sourit d'un air suave et satisfait, avant de lisser sa moustache. « Ça va, Mike, ferme ton robinet d'adrénaline. Moi aussi j'étais inquiet, mais je ne le suis plus.

— Tu ne l'es plus ? Comment se fait-il ? Tu as augmenté ta police d'assurance ?

— Mike, ce vaisseau est incapable de voler.

— Comment peux-tu le savoir ?

— On l'a parcouru en entier, pas vrai ?

— Il me semble.

— Tu peux me croire sur parole. Tu as vu un poste de pilotage, à part ce seul hublot et le cadran marqué en parsecs ? La moindre commande ?

— Non !

— Aperçu l'ombre d'un moteur ?

— Non, par tous les diables !

— Eh bien ! Allons porter la nouvelle à Lanning, Mike. »

Ils trouvèrent à grand-peine leur chemin parmi les couloirs uniformes et enfin vinrent se casser le nez dans le court passage menant au sas.

Donovan se rembrunit. « C'est toi qui as fermé cette porte, Greg ?

— Non, je n'y ai pas touché. Manœuvre le levier, tu veux ? » Le levier ne remua pas d'un pouce, bien que le visage de Donovan se soit crispé sous l'effort. « Je n'ai pas vu d'issue de secours. Si quelque chose tourne mal, il leur faudra nous extirper au chalumeau.

— Et on devra attendre qu'ils s'aperçoivent qu'un idiot quelconque nous a enfermés, ajouta Donovan avec fureur.

— Regagnons la salle au hublot. C'est le seul endroit qui puisse nous permettre d'attirer l'attention. »

Mais leur espoir fut déçu.

Dans cette ultime pièce, le hublot n'était plus bleu et plein de ciel : il était noir et de dures pointes d'épingle qui étaient des étoiles épelaient le mot *espace*.

Un double choc sourd se fit entendre et deux corps s'effondrèrent dans deux fauteuils séparés.


Alfred Lanning trouva le Dr Calvin à la porte de son bureau, alluma nerveusement un cigare et l'invita du geste à entrer. « Eh bien, Susan, dit-il, nous sommes déjà allés fort loin et Robertson commence à s'inquiéter. Où en êtes-vous avec le Cerveau ? »

Susan Calvin étendit les mains. « Il ne sert à rien de s'impatienter. Le Cerveau a plus de valeur que tout l'argent que nous pourrions retirer de ce contrat.

— Mais vous l'interrogez depuis deux mois. »

La psychologue s'exprimait d'un ton égal, mais quelque peu menaçant. « Vous préférez vous en charger ?

— Non, vous savez ce que j'ai voulu dire.

— Sans doute. » Elle se frotta nerveusement les mains. « Ce n'est pas facile. Je ne cesse de le cajoler et de le sonder en douceur, mais je n'aboutis à rien. Il présente des réactions anormales. Ses réponses... sont assez bizarres. Toutefois, je n'ai pas encore mis le doigt sur un point précis. Et tant que ce qui cloche nous échappera, on devra marcher sur la pointe des pieds. On ne peut jamais savoir à l'avance quelle question banale, quelle simple remarque pourrait le faire basculer… et alors… ma foi, on aurait sur les bras un Cerveau complètement inutilisable. Vous acceptez d'envisager une telle éventualité ?

— En tout cas, il ne peut pas enfreindre la Première Loi.

— Je l'aurais cru, mais…

— Même ça, vous en doutez ? » Lanning était profondément choqué.

« Oh ! je doute de tout, Alfred… »

Le système d'alarme fit entendre son vacarme redoutable avec une terrible soudaineté. Lanning enfonça le bouton de l'intercom d'un geste spasmodique et dit, haletant : « Susan, vous entendez… le vaisseau a décollé. J'y ai mené ces deux hommes il y a une demi-heure. Il faut que vous retourniez voir le Cerveau. »

« Cerveau, qu'est-il arrivé au vaisseau ? s'enquit le Dr Calvin avec un effort pour garder son calme.

— Le vaisseau que j'ai construit, mademoiselle Susan ? rétorqua le Cerveau, enjoué.

— C'est ça. Que lui est-il arrivé ?

— Mais rien du tout. Les deux hommes qui devaient le tester se trouvaient à bord, et nous étions fin prêts. Aussi je l'ai fait partir.

— Oh !… Trop aimable. » La psychologue éprouvait quelque difficulté à respirer. « Ils ne courent aucun danger, à votre avis ?

— Pas le moindre, mademoiselle Susan. J'y ai veillé. C'est un ma-gni-fi-que navire.

— Oui, Cerveau, il est magnifique, mais ils emportent assez de vivres, n'est-ce pas ? Ils ne manqueront de rien ?

— Des vivres en abondance.

— Ce départ impromptu a pu leur causer un choc. Ils ont été pris au dépourvu. »

Le Cerveau balaya l'objection. « Ils seront très bien. Cela devrait constituer pour eux une expérience intéressante.

— Intéressante ? À quel point de vue ?

— Simplement intéressante, répondit-il d'un ton sournois.

— Susan, murmura Lanning impétueusement, demandez-lui si la mort sera du voyage. Demandez-lui quels dangers courent ces deux hommes.

— Taisez-vous », dit-elle, les traits convulsés par la colère. D'une voix tremblante, elle demanda au Cerveau : « Nous pouvons communiquer avec le navire, n'est-ce pas ?

— Ils vous entendront si vous les appelez par radio. J'ai prévu le nécessaire.

— Merci. Ce sera tout pour l'instant. »

Une fois dehors, Lanning lança avec rage : « Juste ciel, Susan, si cela s'ébruite, nous serons tous ruinés. Il faut ramener ces hommes. Pourquoi ne pas lui avoir carrément demandé s'ils risquaient la mort ?

— Parce qu'il s'agit de la seule question à éviter, répondit-elle avec une impatience lasse. Si le Cerveau se trouve devant un dilemme, c'est que la mort est en cause. Tout ce qui pourrait l'influencer défavorablement serait susceptible de le briser pour de bon. En serions-nous plus avancés ? On peut communiquer avec eux, selon lui. Appelons-les donc sans tarder et ramenons-les. Ils sont sans doute dans l'incapacité de diriger eux-mêmes le navire ; ce doit être le Cerveau qui le pilote à distance. Venez ! »

Powell mit du temps à recouvrer ses esprits. « Mike, dit-il, les lèvres blanches, tu as ressenti une accélération quelconque ? »

Donovan le regardait avec des yeux vides. « Hein ? Non… non. »

203

Puis le rouquin crispa les poings, bondit de son siège avec une énergie subite et se jeta contre le verre froid largement incurvé. Mais il n'y avait rien d'autre à voir que des étoiles.

Il se retourna. « Greg, ils ont lancé le vaisseau pendant qu'on était à l'intérieur. C'est un coup monté ; ils étaient de mèche avec les robots pour nous faire procéder aux essais, bon gré mal gré, pour le cas où on aurait voulu reculer.

— Qu'est-ce que tu me chantes là ? À quoi servirait de nous lancer dans l'espace si on ne sait pas diriger cet engin ? Comment fera-t-on pour le ramener ? Non, il a décollé de lui-même et sans accélération apparente. » Il se leva et arpenta le plancher lentement. Les murs de métal répercutaient le bruit de ses pas. « Je ne me suis jamais trouvé dans une situation aussi invraisemblable, dit-il d'une voix morne.

— Première nouvelle, répliqua Donovan avec amertume. Figure-toi que je me payais une pinte de bon sang au moment où tu m'as fait cette révélation ! »

Powell ignora la boutade. « Pas d'accélération... ce qui signifie que le vaisseau se meut en vertu d'un principe entièrement différent de tous ceux connus jusqu'ici.

— Différent de ceux qu'on connaît, en tout cas.

— Différent de tous ceux connus. Il n'y a aucune machine en vue. Elles sont peut-être intégrées aux cloisons... ce qui expliquerait leur épaisseur.

— Qu'est-ce que tu marmottes dans ta barbe ? lui demanda Donovan.

— Pourquoi n'ouvres-tu pas tes oreilles ? Je disais que le moteur, quel qu'il soit, se trouve en vase clos et qu'il n'est nullement conçu pour qu'on le dirige manuellement. Ce vaisseau est contrôlé à distance.

— Par le Cerveau ?

— Pourquoi pas ?

— Alors tu penses qu'on restera dans l'espace jusqu'à ce que le Cerveau nous ramène sur Terre ?

— Possible. Dans ce cas, il ne nous reste qu'à attendre tranquillement. Le Cerveau est un robot qui doit respecter la Première Loi. Il ne peut causer de dommages à des êtres humains. »

Donovan s'assit avec lenteur. « Tu crois ? » Il aplatit sa tignasse avec soin. « Écoute, cette histoire d'espace courbe a bousillé le robot de la Consolidated parce que, d'après les experts, les voyages interstellaires tuent. À quel robot veux-tu te fier ? Le nôtre a travaillé sur les mêmes données, si j'ai bien compris. »

Powell tirailla furieusement sa moustache. « Ne me raconte pas que tu ne connais rien en robotique, Mike. Avant qu'il soit physiquement possible à un robot ne serait-ce que de commencer à enfreindre la Première Loi, tant d'organes se trouveraient hors d'usage qu'il serait réduit en ferraille, et plutôt dix fois qu'une. Il doit bien y avoir une explication toute simple pour rendre compte de cette anomalie.

— Sans doute, sans doute. Demande juste au majordome de me réveiller au matin. C'est vraiment trop simple pour que je veuille m'en inquiéter avant mon premier sommeil.

— Par tous les diables, Mike, de quoi te plains-tu pour l'instant ? Le Cerveau a prévu notre confort. L'endroit est chaud, bien éclairé et aéré. Tu n'as pas subi une accélération suffisante pour déranger une seule de tes mèches, tout hirsute que soit ta tignasse !

— Vraiment ? On a dû te faire la leçon, Greg. Il y a de quoi mettre hors de ses gonds l'optimiste béat le plus confirmé. Que peut-on manger… boire ? Où est-on ? Comment va-t-on rentrer ? En cas d'accident, on se rue vers quelle issue de secours, avec quelle tenue spatiale ? Je n'ai pas vu la moindre salle de bains ni aucune de ces commodités qui les accompagnent. Peut-être qu'on s'occupe de nous… mais bon sang ! »

La voix qui interrompit cette tirade n'était pas celle de Powell. Elle n'appartenait à personne. Elle émanait de l'air ambiant avec une puissance à figer le sang dans les veines.

« GREGORY POWELL ! MICHAEL DONOVAN ! GRE-GORY POWELL ! MICHAEL DONOVAN ! VEUILLEZ COMMUNIQUER VOTRE POSITION. SI VOTRE VAIS-SEAU OBÉIT AUX COMMANDES, RENTREZ SUR-LE-CHAMP À LA BASE ! GREGORY POWELL ! MICHAEL DONOVAN !… »

Le message se répétait mécaniquement, inlassable-ment, à intervalles réguliers.

« Ça provient d'où ? demanda Donovan.

— Aucune idée. » La voix de Powell n'était qu'un murmure intense. « D'où provient la lumière… et le reste ?

— Comment fait-on pour répondre ? »

Ils devaient, pour discuter, profiter des intervalles séparant les messages assourdissants.

Les cloisons étaient nues – aussi nues, aussi lisses et ininterrompues que peuvent l'être des surfaces de métal galbées.

« Crie une réponse ! » dit Powell.

Ils se mirent à hurler, chacun à leur tour et à l'unis-son : « Position inconnue ! Vaisseau en pilotage automa-tique ! Situation désespérée ! »

Leurs voix montaient et se brisaient. Bientôt, les courtes phrases conventionnelles s'entrecoupèrent de jurons énormes proférés d'un ton rageur, mais la voix glaciale continua à répéter inlassablement son message.

« Ils ne nous entendent pas, s'étrangla Donovan. Il n'y a à bord aucun émetteur. Uniquement un récepteur. »

Son regard se fixa aveuglément sur un point de la cloison.

Peu à peu, la voix tonitruante diminua d'intensité pour s'éteindre enfin. Ils appelèrent alors qu'elle n'était plus qu'un murmure, et s'égosillèrent à qui mieux mieux une fois le silence rétabli.

« Parcourons encore le navire, dit Powell d'un ton morne un quart d'heure plus tard. Il doit bien y avoir de quoi manger dans un coin quelconque. » Il manquait de conviction. C'était presque un aveu de défaite.

Ils se séparèrent dans le couloir et prirent l'un à droite, l'autre à gauche. Ils pouvaient se suivre en se guidant mutuellement sur le bruit de leurs pas et se rejoignaient parfois dans le couloir où ils se dévisageaient d'un air lugubre avant de reprendre leur route.

La quête de Powell prit fin tout à coup ; au même instant, il entendit la voix rassérénée de Donovan se répercuter dans le vaisseau.

« Hé, Greg, hurlait l'autre, ce vaisseau possède bien une tuyauterie ! Comment a-t-on pu la manquer ? »

Il se retrouva nez à nez avec Powell cinq minutes plus tard, par hasard.

« Toujours pas de douches… » Sa voix s'étrangla soudain. « Des vivres », souffla-t-il.

Un pan de cloison avait coulissé, dévoilant une cavité incurvée nantie de deux étagères, la plus haute chargée de boîtes de conserve sans étiquettes, de formes et de dimensions diverses. Les récipients émaillés couvrant la seconde étaient uniformes et Donovan sentit un courant d'air froid autour de ses chevilles. La partie inférieure était réfrigérée.

« Comment… comment… ?

— Ces provisions n'étaient pas là auparavant, dit Powell. Ce panneau s'est effacé dans la cloison au moment où j'entrais. »

Il mangeait déjà. La boîte était du type à préchauffage avec cuiller incorporée et la chaude odeur des haricots cuits emplit la pièce.

« Prends-en une, Mike ! »

Donovan hésita : « Quel est le menu ?

— Comment le saurais-je ! Tu es difficile à ce point ?

— Non, mais à bord je ne mange jamais que des haricots. Un autre plat serait le bienvenu. » Il tendit la main et arrêta son choix sur une boîte luisante et elliptique dont la forme plate semblait suggérer du saumon ou quelque autre morceau de choix du même genre. Elle s'ouvrit sous la pression convenable.

« Des haricots ! » brailla Donovan en cherchant une nouvelle boîte.

Powell le retint par le fond du pantalon. « Tu ferais mieux de les manger, petit délicat ! Les vivres ne sont pas inépuisables et il se peut qu'on reste ici très, très longtemps. »

Donovan battit en retraite, la mine boudeuse. « Alors, rien que des haricots pour tout frichti ?

— C'est possible.

— Qu'y a-t-il sur l'étagère inférieure ?

— Du lait, répondit Powell.

— Rien que du lait ? se récria l'autre, scandalisé.

— Ça m'en a tout l'air. »

Le repas de haricots et de lait se poursuivit en silence. Dès leur départ, le panneau vint reprendre sa place pour former de nouveau une surface ininterrompue.

« Automatique de A à Z, soupira Powell. Je ne me suis jamais senti aussi dérouté de ma vie. Où est cette tuyauterie ?

— Ici. Et elle ne s'y trouvait pas à notre premier passage. »

Un quart d'heure plus tard, dans la cabine vitrée, ils se regardaient de leurs fauteuils opposés.

Powell considéra d'un air lugubre l'unique cadran. Il portait toujours la mention « Parsecs » et le dernier nombre sur la droite était toujours « 1 000 000 », tandis que l'aiguille demeurait pointée sur le zéro.


« Ils ne répondront pas, estima avec lassitude Alfred Lanning dans l'un des bureaux les plus inaccessibles de l'U.S. Robots. Nous avons tenté toutes les longueurs d'ondes aussi bien publiques que privées, codées ou en clair, et même le nouveau procédé subéthérique. Le Cerveau reste toujours muet ? » Ces derniers mots s'adressaient au Dr Calvin.

« Il refuse de s'étendre sur la question, déclara-t-elle avec emphase. Ils nous entendent, selon lui. Quand je lui réclame des précisions, il boude. C'est anormal. Qui a jamais entendu parler d'un robot boudeur ?

— Si vous nous disiez ce que vous savez, Susan ? suggéra Bogert.

— Soit ! Il admet qu'il contrôle entièrement le navire. Il professe un optimisme entier en ce qui concerne leur sécurité, mais sans entrer dans les détails. Je n'ose pas insister. Mais le point névralgique paraît se centrer sur le bond interstellaire lui-même. Le Cerveau s'est contenté de rire lorsque j'ai abordé le sujet. Il y a d'autres indices, mais c'est le point le plus proche d'une anomalie avérée que j'ai pu atteindre durant mes investigations. » Elle jeta un coup d'œil sur ses interlocuteurs. « J'ai fait allusion à l'hystérie, et aussitôt laissé tomber le sujet. J'espère que l'effet n'a pas été pernicieux, mais ça m'a fourni une piste. Je sais traiter l'hystérie. Laissez-moi douze heures ! Si je parviens à rendre son état normal au Cerveau, il fera rentrer le vaisseau. »

Une idée sembla frapper Bogert. « Le bond interstellaire !

— Quoi ? s'écrièrent d'une même voix Calvin et Lanning.

— Les chiffres concernant le moteur. Le Cerveau nous a donné… Dites donc, j'ai une idée ! » Il quitta la pièce en toute hâte.

Lanning le regarda partir. « Poursuivez votre propre tâche, Susan », dit-il brusquement.

Deux heures plus tard, Bogert parlait avec animation : « C'est bien ça, Lanning, je vous assure. Le bond interstellaire n'est pas instantané… du moins dans la mesure où la vitesse de la lumière reste finie. La vie ne peut exister… *la matière et l'énergie*, en tant que telles, ne peuvent exister en espace courbe. J'ignore le résultat, mais tel est pourtant le cas. C'est ce qui a tué le robot de la Consolidated. »

Donovan était hagard, à l'intérieur comme à l'extérieur. « À peine cinq jours ?

— À peine, j'en suis sûr. »

Donovan jeta un regard misérable alentour. Les étoiles à travers le hublot paraissaient familières, et pourtant infiniment indifférentes. Les cloisons étaient froides au toucher ; la lumière qui avait pris voilà peu un éclat éblouissant avait retrouvé son intensité habituelle, l'aiguille sur le cadran pointait obstinément sur le zéro, et il n'arrivait pas à se débarrasser du goût de haricots qui s'attachait à sa bouche.

« J'ai besoin d'un bain, dit-il, morose.

— Moi aussi, dit Powell en levant les yeux un instant. Inutile de faire des complexes. Car à moins que tu ne veuilles te tremper dans le lait et te passer de boire…

— Il faudra bien s'y résigner dans tous les cas, Greg. Où mène ce voyage interstellaire ?

— Je te le demande ! On poursuit notre course, et voilà. J'ignore où on va, mais on y arrivera sûrement… du moins sous la forme de squelettes pulvérulents… Mais notre mort n'est-elle pas la raison fondamentale de l'effondrement du Cerveau ? »

Donovan tournait le dos à son compagnon. « Greg, ça va mal. Il n'y a pas grand-chose à faire, sinon parcourir le navire et soliloquer. Tu connais ces histoires d'équipages perdus dans l'espace. Ils deviennent fous bien avant de mourir de faim. Je ne sais trop ce qui se passe, Greg, mais je me sens bizarre depuis que la lumière est revenue. »

Un silence suivit.

« Moi aussi, dit Powell d'une voix grêle et fluette. Qu'est-ce que tu éprouves ? »

Le rouquin se retourna. « Il se passe en moi des choses étranges. Je ressens une pulsation et mes nerfs sont tendus à se rompre. J'éprouve de la peine à respirer et je ne tiens plus en place.

— Hum… Tu sens des vibrations ?

— Comment ça ?

210

— Assieds-toi une minute et tends l'oreille. On ne l'entend pas, mais on la perçoit : c'est comme s'il y avait une vibration quelque part qui fait entrer le vaisseau en résonance en même temps que ton corps. Écoute…

— En effet… en effet. Tu penses qu'il s'agit de toi, Greg ? À ton avis, ce n'est pas une illusion de notre part ?

— Je ne dis pas non. » Powell lissa ses moustaches avec lenteur. « Mais si c'étaient les moteurs du vaisseau qui se préparaient ?

— À quoi ?

— Au bond interstellaire. Il est peut-être imminent, et va savoir à quoi il ressemble. »

Donovan réfléchit, puis, d'une voix furieuse : « Dans ce cas, laissons faire. Si seulement on pouvait lutter ! C'est humiliant d'attendre ainsi. »

Une heure plus tard, Powell considéra sa main sur le bras du fauteuil métallique et dit avec un calme glacial : « Tâte la cloison, Mike. »

Donovan obéit. « On la sent trembler, Greg. »

Les étoiles elles-mêmes paraissaient floues. D'un lieu indéterminé leur vint l'impression vague qu'une machine gigantesque rassemblait ses forces dans l'épaisseur des cloisons, emmagasinant de l'énergie pour un bond prodigieux, gravissant pas à pas les échelons d'une puissance colossale.

Le phénomène se produisit avec la soudaineté de l'éclair et une douleur fulgurante. Powell se raidit, sursauta et fut à demi éjecté de son fauteuil. Il aperçut Donovan et perdit conscience tandis que le faible gémissement de son compagnon mourait dans ses oreilles. Quelque chose se tordit en lui et lutta contre un carcan de glace qui s'épaississait.

Quelque chose se libéra, tourbillonna dans un éblouissement de lumière et de douleur, puis tomba…

… en vrille…

… tout droit…

… dans le silence !

C'était la mort !

C'était un monde de mouvements et de sensations abolis. Un monde où survivait une infime lueur de conscience atone ; la conscience des ténèbres et du silence, théâtre d'une lutte informe.

Par-dessus tout, la conscience de l'éternité.

Il ne lui restait qu'un minuscule et blanc filament d'ego... glacé, plein d'effroi.

Puis vinrent les mots, onctueux et sonores, tonitruant au-dessus de lui dans une écume de bruits. « Votre cercueil ne vous gêne-t-il pas quelque peu aux entournures ? Pourquoi ne pas essayer les parois extensibles de Cadavre Morbide ? Conçues scientifiquement pour s'adapter aux courbes naturelles du corps, elles sont enrichies en vitamine B1. Employez les parois Cadavre Morbide pour assurer votre confort. Souvenez-vous : vous... êtes... mort... pour... très... longtemps ! »

Ce n'était pas tout à fait un son, mais quoi qu'il en soit, il s'évanouit dans une sorte de grondement murmuré.

Le filament blanc qui aurait pu être Powell lutta en vain contre les abîmes temporels dépourvus de substance qui l'environnaient de toutes parts... et s'effondra sur lui-même en entendant le cri perçant de cent millions de voix fantômes dont les sopranos aigus atteignaient un crescendo mélodique :

*« Je serai content quand tu seras mort, vieille canaille.*
*» Je serai content quand tu seras mort, vieille canaille.*
*» Tu ne perds rien pour attendre... »*

Le chœur s'éleva en une spirale de sons stridents pour atteindre le niveau supersonique et disparaître...

Le filament blanc frémit sous l'effet d'une vibration, se tendit lentement...

Des voix ordinaires, multiples : une foule, qui parlait, une populace tourbillonnante, qui l'enveloppa, le traversa en suivant une trajectoire rapide qui laissa derrière elle un sillage de mots fragmentaires.

« Pourquoi est-ce qu'ils t'ont coincé, vieux ? Tu m'as l'air tout drôle…

— … un feu ardent, je crois, mais…

— J'ai gagné le paradis, mais le vieux saint Pierre…

— Non, j'ai du piston avec lui. On a fait affaire ensemble…

— Hé ! Sam, viens par ici…

— Tu connais la nouvelle ? Belzébuth a dit…

— … y va, vieux gnome ? Moi j'ai rendez-vous avec Sa… »

Et, dominant tout, le cri de stentor originel : « VITE ! VITE ! VITE !!! Magnez-vous, ne nous faites pas attendre. Il y en a plein d'autres sur les rangs. Préparez vos certificats, et assurez-vous qu'ils portent bien le tampon de saint Pierre. Vérifiez que vous vous trouvez bien devant la porte d'entrée prévue. Il y aura du feu en abondance pour tous. Hé, vous là-bas, PRENEZ VOTRE PLACE DANS LA FILE, SINON… »

Le filament blanc qui était Powell battit en retraite devant la voix percutante et perçut l'impact douloureux du doigt tendu. Puis tout explosa en un arc-en-ciel sonore dont les débris churent sur un cerveau douloureux.

Il se retrouvait dans son fauteuil. Il se sentait trembler.

Les yeux de Donovan s'arrondissaient en deux vastes globes de bleu vitreux.

« Greg, murmura-t-il sur un ton voisin du sanglot, tu étais mort ?

— J'en avais l'impression. » Il ne se reconnut pas dans ce croassement.

Donovan fit une lamentable tentative pour se mettre debout. « On est vivants, là ? Ou ce n'est pas fini ?

— Je… me sens vivant. » Toujours cette voix rauque.

« Tu as entendu quelque chose… quand… tu étais… mort ? » demanda Powell.

L'autre réfléchit, puis opina du chef, très lentement. « Et toi ?

— Oui. Tu as entendu des gens parler de cercueils… des femmes qui chantaient… et les rangs qui se formaient pour pénétrer en enfer ? »

Donovan secoua la tête. « Je n'ai entendu qu'une seule voix.

— Puissante ?

— Non, douce, mais rugueuse comme une lime sur le bout des doigts. Un sermon, qui parlait du feu de l'enfer. Il décrivait les tourments des… mais *tu le sais bien*. J'en ai entendu un semblable autrefois… enfin, presque. » Il ruisselait de sueur.

Ils aperçurent la lumière du soleil à travers le hublot. Elle était faible, mais d'une teinte d'un blanc bleuâtre – et le pois brillant qui en était la source lointaine n'était pas le bon vieux soleil.

Et Powell montra d'un doigt tremblant l'unique cadran. L'aiguille pointait, immobile et fière, sur la graduation portant le chiffre de 300 000 parsecs.

« Si c'est exact, Mike, on a quitté la galaxie, dit Powell.

— Mille planètes, Greg ! On sera les premiers hommes à sortir du Système solaire.

— Oui ! Tout juste. Nous voilà des évadés du Soleil. Des évadés de notre galaxie. C'est ce navire qui a permis ce prodige. Ça signifie la liberté pour toute l'humanité… la liberté de se répandre parmi les étoiles… des millions, des milliards et des milliards de milliards d'étoiles. » Il revint à la réalité et en éprouva un choc physique. « Mais comment va-t-on rentrer, Mike ? »

Donovan eut un sourire tremblant. « Oh ! Je ne me fais pas de souci. Le vaisseau nous a conduits ici. Il nous ramènera. Je n'ai pas fini de manger des haricots.

— Mais… Minute, s'il nous ramène de la même façon qu'il nous a conduits ici… »

L'autre, qui se levait, s'interrompit et se rassit lourdement dans son fauteuil.

« Il nous faudra... mourir une fois de plus, Mike, continua Powell.

— Ma foi, soupira Donovan, s'il le faut, on y passera. Au moins, cette mort-là n'est pas permanente. »


Susan Calvin parlait désormais avec lenteur. Depuis six heures elle sondait patiemment le Cerveau. Six heures dépensées en pure perte. Elle était lasse de répéter sans cesse les mêmes questions, lasse de chercher de nouvelles circonlocutions, lasse de tout.

« Encore une chose, Cerveau. Faites un effort pour répondre simplement. Vous avez été clair sur le bond interstellaire ? Plus précisément, il les a menés très loin ?

— Aussi loin qu'ils désirent aller, mademoiselle Susan. À travers l'espace courbe, ça ne pose aucun problème.

— Et de l'autre côté, que verront-ils ?

— Des étoiles et le reste. Qu'est-ce que vous croyez ? »

La question suivante lui échappa : « Ils seront donc vivants ?

— Je pense bien !

— Et le bond interstellaire ne leur causera aucun dommage ? »

Voyant que le Cerveau ne répondait pas, elle sentit son sang se glacer. C'était donc ça ! Elle avait touché le point sensible.

« Cerveau, supplia-t-elle d'une voix à peine perceptible, Cerveau, vous m'entendez ? »

La réponse parvint, ténue, frémissante. « Dois-je répondre, sur le bond interstellaire ?

— Non, sauf si vous le désirez. Mais ce serait intéressant... si vous en éprouvez l'envie, j'entends. » Susan Calvin affectait une insouciance qu'elle était loin d'éprouver.

« Oooh. Vous gâchez tout ! »

Et la psychologue bondit soudain, le visage illuminé d'une intuition fulgurante.

« Ça, par exemple ! dit-elle d'une voix étranglée. Ça, par exemple ! »

Et elle sentit se dissiper en une fraction de seconde la tension accumulée durant des heures et des jours. Elle n'avertit Lanning que plus tard. « Tout va bien, je vous l'assure. Non, laissez-moi seule, à présent. Le vaisseau reviendra à bon port avec les hommes sains et saufs, et je veux me reposer. Je vais me reposer. Maintenant, laissez-moi. »

Le vaisseau regagna la Terre dans le même silence et avec la même douceur qu'il l'avait quittée. Il se posa exactement sur son aire de départ et le sas principal s'ouvrit. Les deux hommes qui en sortirent marchaient avec précaution en grattant leurs mentons recouverts d'un chaume hirsute.

Puis, lentement, délibérément, le rouquin s'agenouilla et déposa sur la piste de ciment un baiser retentissant.

Ils écartèrent du geste la foule qui se rassemblait autour d'eux, et chassèrent d'un geste brusque les deux brancardiers qui débarquaient de l'ambulance en portant une civière.

« Où se trouvent les douches les plus proches ? » demanda Gregory Powell.

On les entraîna aussitôt.

Ils étaient regroupés au grand complet autour d'une table : une réunion plénière des cerveaux de l'U.S. Robots.

Progressivement, avec un sens dramatique très sûr, Powell et Donovan menèrent à sa conclusion un récit spectaculaire et circonstancié.

Susan Calvin interrompit le silence qui suivit. Au cours des jours précédents, elle avait recouvré son calme glacial et quelque peu acide. Néanmoins son attitude trahissait un léger soupçon d'embarras.

« À parler franc, dit-elle, ce qui s'est passé est ma faute. Lorsque nous avons présenté pour la première fois ce problème au Cerveau, j'ai pris un luxe de précautions pour le persuader de l'importance qu'il y avait pour lui à rejeter toute information susceptible de le confronter à un dilemme, et prononcé des phrases comme : "Ne vous alarmez pas pour ce qui regarde la mort des humains. Cela ne nous préoccupe pas le moins du monde. Il vous suffira de rejeter le document et de n'y plus penser."

— Hum, dit Lanning, et qu'en est-il résulté ?

— L'évidence même. Lorsqu'il a reçu l'information contenant l'équation déterminante pour le calcul de la longueur minimale du bond interstellaire, elle entraînait implicitement mort d'hommes. C'est là que la machine de la Consolidated a péri. Mais j'avais minimisé l'importance de la mort aux yeux du Cerveau – pas tout à fait, car la Première Loi ne peut en aucun cas être abrogée, mais assez pour qu'il soit capable de réexaminer l'équation. Assez pour lui donner le temps de se rendre compte qu'une fois le passage franchi, les hommes reviendraient à la vie – de même que la matière et l'énergie du vaisseau lui-même recouvreraient l'existence. Cette prétendue "mort", en d'autres termes, n'était qu'un phénomène temporaire. »

Elle jeta un regard à la ronde. Tous les participants étaient suspendus à ses lèvres. Elle reprit : « Il a donc accepté le document, mais non sans ressentir un certain traumatisme. Même une mort temporaire, à l'importance minimisée d'avance, a suffi à le déséquilibrer.

» Un certain sens de l'humour a surgi en lui… une évasion, une méthode lui permettant de se soustraire partiellement à la réalité. Il est devenu une sorte de mauvais plaisant. »

Powell et Donovan avaient bondi.

« Comment ? » s'écria Powell.

Donovan exprima son opinion d'une manière autrement colorée.

« C'est la vérité, dit Calvin. Il a pris soin de vous et de votre sécurité, mais vous n'aviez pas accès aux commandes, car elles ne vous étaient pas destinées : le Cerveau facétieux se les était réservées. On pouvait vous atteindre par radio, mais vous ne pouviez répondre. Si vous disposiez de vivres en abondance, vous étiez condamnés aux haricots et au lait. Puis vous avez succombé, si j'ose m'exprimer ainsi, mais il a fait de votre mort un épisode… comment dire… *intéressant*. Je voudrais bien savoir comment il a procédé. C'est le canular dont il est le plus fier, mais il n'avait pas de mauvaises intentions. »

Donovan sursauta. « Pas de mauvaises intentions ! Si ce petit plaisantin possédait un cou dans le prolongement de son ingénieux cerveau… »

Lanning leva une main apaisante. « Allons. Il a fait un beau gâchis, mais tout est fini. Et ensuite ?

— Ma foi, dit Bogert d'une voix égale, il nous appartient évidemment de perfectionner le moteur à courber l'espace. S'il y a bien un moyen de pallier à ce lapsus dans le bond interstellaire, on reste la seule organisation à posséder un super-robot de grande taille, et on a plus que tout autre le moyen de le découvrir. À ce moment-là, l'U.S. Robots aura la maîtrise des voyages interstellaires ; et l'humanité, l'occasion de créer l'empire galactique.

— Et la Consolidated ? intervint Lanning.

— Hé ! s'écria soudain Donovan. Je voudrais vous faire une suggestion. C'est elle qui a flanqué l'U.S. Robots dans ce guêpier. Il se trouve que notre compagnie s'est tirée d'affaire beaucoup mieux qu'on ne pouvait s'y attendre, mais leurs intentions étaient rien moins que pures. Or, c'est Greg et moi qui en avons supporté les conséquences… du moins les plus désagréables. Ils voulaient une réponse ? Ils l'auront. Envoyez-leur ce navire, avec garantie, et l'U.S. Robots touchera ses deux

218

cent mille dollars, plus les frais de construction. Si la Consolidated a envie de le tester... je propose qu'on laisse le Cerveau s'amuser encore un peu à leurs dépens avant d'être ramené à son état normal.

— Cette proposition me paraît équitable, dit Lanning gravement.

— Et d'ailleurs en tout point conforme au contrat », ajouta Bogert d'un air absent.

« *Mais ce n'était pas ça, néanmoins, dit le Dr Calvin d'un ton pensif. Bien entendu, par la suite, le vaisseau et d'autres du même modèle sont devenus la propriété du gouvernement ; on a perfectionné le bond dans l'hyperespace, et nous possédons désormais des colonies sur les planètes autour de quelques-unes des étoiles les plus proches, mais ce n'était pas ça. »*

*J'avais fini de manger et je l'observais à travers la fumée de ma cigarette.*

« *Ce qui compte, c'est ce qu'il est advenu des populations vivant sur Terre au cours des cinquante dernières années. À ma naissance, jeune homme, la toute dernière guerre mondiale venait de prendre fin. Elle a marqué un fléchissement dans la courbe de l'Histoire... mais sonné le glas du nationalisme. La Terre était trop exiguë pour permettre la coexistence de nations, et celles-ci ont entrepris de se grouper par régions. Ça a pris du temps. À ma naissance, les États-Unis d'Amérique formaient encore un pays, et pas seulement une partie de la Région Nord. En fait, le nom de la compagnie reste "United States Robots..." et le passage des nations aux régions, qui a stabilisé notre économie et réalisé ce qu'on pourrait tenir pour l'Âge d'or si on compare ce siècle au précédent, a également été l'œuvre de nos robots.*

— *Vous voulez parler des Machines, dis-je. Le Cerveau dont vous m'avez parlé était la première de ces Machines, n'est-ce pas ?*

— *En effet, sauf que je ne pensais pas aux Machines, mais à un homme. Il est mort l'an dernier. »* Sa voix prit soudain une expression de profond chagrin. « Ou du moins il s'est arrangé pour mourir, parce qu'on n'avait plus besoin de lui et qu'il en était profondément conscient... Je parle de Stephen Byerley.

— Oui, j'ai deviné que c'est à lui que vous faisiez allusion.

— Il a occupé sa première fonction officielle en 2032. Vous étiez enfant et l'étrangeté de sa situation ne vous aura laissé aucun souvenir. Sa campagne pour le poste de maire a dû être la plus bizarre de tous les temps. »

# 8

## La preuve

Francis Quinn était un politicien de la nouvelle école. C'est là bien sûr une expression dépourvue de sens, comme toutes les expressions de ce genre. La plupart des « nouvelles écoles » qu'on voit fleurir de nos jours possèdent leur réplique dans la Grèce antique, voire, si nous étions mieux informés à leur sujet, dans l'antique Sumer et les cités lacustres de la Suisse préhistorique.

Mais pour abréger un préambule qui promet d'être à la fois terne et compliqué, disons tout de suite que Quinn ne briguait aucune charge publique, n'essayait pas de séduire de futurs électeurs, ne prononçait aucun discours ni ne bourrait les urnes. Napoléon non plus ne pressa la détente d'aucune arme au cours de la bataille d'Austerlitz.

Et comme la politique réunit d'étranges confédérés, Alfred Lanning était assis de l'autre côté du bureau, ses redoutables sourcils neigeux abaissés sur des yeux où l'impatience chronique s'était muée en acuité. Il n'était pas content.

Si Quinn en avait eu connaissance, ce détail ne l'aurait pas troublé le moins du monde. Sa voix était amicale – peut-être professionnellement.

« Je présume que vous connaissez Stephen Byerley, docteur Lanning.

— J'ai entendu parler de lui. Comme beaucoup.

— Moi aussi. Peut-être avez-vous l'intention de voter pour lui à la prochaine élection ?

— Cela, je ne saurais le dire. » Il y avait une indéniable trace d'acidité dans le ton. « Je n'ai pas suivi les événements politiques et c'est pourquoi j'ignorais qu'il brigue une charge publique.

— Il se peut qu'il devienne notre prochain maire. Bien sûr, il n'est encore que juriste, mais les petits ruisseaux…

— Oui, je connais le proverbe. Mais si nous entrions dans le vif du sujet ?

— Nous y sommes, docteur Lanning. » Quinn parlait d'une voix très douce. « Il est de mon intérêt que M. Byerley reste procureur, et du vôtre de m'aider à obtenir ce résultat.

— De mon intérêt ? Voyons ! » Les sourcils de Lanning s'abaissèrent encore.

« Eh bien, disons de l'intérêt de l'U.S. Robots. Si je m'adresse à vous, c'est en votre qualité de directeur honoraire des recherches ; je sais en effet que vous êtes le doyen de la maison. On vous écoute avec respect, mais vos liens avec l'organisation ne sont plus si étroits qu'ils entravent votre liberté d'action, laquelle est considérable ; même si cette action est assez peu orthodoxe. »

Le Dr Lanning demeura un moment silencieux et songeur. « Je ne vous suis pas du tout, monsieur Quinn, dit-il avec moins d'âpreté.

— Voilà qui ne me surprend guère, docteur Lanning. C'est pourtant très simple. Vous permettez ? » Quinn alluma une cigarette avec un briquet d'une simplicité de bon goût et son visage fortement charpenté prit une expression de paisible amusement. « Nous avons parlé de M. Byerley, personnage étrange et coloré. Inconnu il y a trois ans. Aujourd'hui, son nom est sur toutes les lèvres. Voici un homme doté de force, de maintes capacités, qui est certainement le procureur le plus habile et le plus intelligent que j'aie jamais connu. Par malheur, il n'est pas de mes amis...

— Je vois », répondit Lanning mécaniquement. Il examina ses ongles.

« J'ai eu l'occasion, poursuivit Quinn d'un ton égal, de fouiller durant l'année passée les antécédents de M. Byerley – de façon très approfondie. Il est toujours utile, voyez-vous, de soumettre la vie des politiciens réformistes à un examen attentif. Si vous saviez avec quelle régularité on peut y trouver prise... » Il sourit sans gaieté en considérant le bout embrasé de sa cigarette. « Mais le passé de M. Byerley ne présente rien de remarquable. Une vie paisible dans une petite ville, un diplôme universitaire, une femme morte jeune, un accident d'automobile suivi d'un lent rétablissement, l'école de droit, l'arrivée dans la capitale, puis le poste d'avocat général. » Francis Quinn secoua la tête et ajouta : « Quant à sa vie présente... elle est tout à fait remarquable. Notre procureur ne mange jamais ! »

Lanning leva brusquement la tête, une lueur d'une acuité surprenante animant ses yeux vieillis : « Pardon ?

— Notre procureur ne mange jamais ! » En répétant, il avait martelé les syllabes. « J'amende cette proposition. On ne l'a jamais vu manger ou boire, jamais. Vous saisissez la signification de ce mot ? Non pas rarement, mais jamais !

— Je trouve cela incroyable. Pouvez-vous faire entière confiance à vos enquêteurs ?

— Je peux faire confiance à mes enquêteurs et je ne trouve rien d'incroyable dans ce que je viens de dire. Donc on ne l'a jamais vu boire – pas plus de l'eau que de l'alcool – ni dormir. Il existe d'autres facteurs, mais je crois avoir abordé l'essentiel. »

Lanning se renversa sur son siège et entre les deux interlocuteurs s'installa un silence lourd de défi. Le vieux roboticien finit par secouer la tête.

« Non. Je ne vois qu'une conclusion vers laquelle vous tentez de me guider, si j'associe vos déclarations au fait que c'est à moi que vous avez choisi de les présenter. Et cela, c'est impossible.

— Mais cet homme est totalement inhumain, docteur Lanning.

— Si vous m'aviez déclaré qu'il était Satan déguisé, peut-être aurais-je pu vous croire, à la plus extrême rigueur.

— Je vous dis que c'est un robot, docteur Lanning.

— Et moi je vous répète que c'est là la plus folle, la plus invraisemblable déclaration que j'aie jamais entendue de ma vie, monsieur Quinn. »

Nouveau silence hostile.

« Quoi qu'il en soit... » l'autre éteignit sa cigarette avec un luxe de soins «...vous devrez vérifier cette impossibilité en mobilisant les ressources de votre organisation.

— Je ne saurais entreprendre une telle opération, monsieur Quinn. Vous ne parlez pas sérieusement en suggérant que notre société s'immisce dans la politique locale.

— Vous n'avez pas le choix. Supposons que j'en fasse état publiquement sans apporter de preuves à mes dires. Les témoignages sont suffisamment circonstanciés.

— Eh bien, agissez à votre guise !

— Mais ce procédé ne me conviendrait pas : une preuve serait de loin préférable. Et il ne vous conviendrait pas non plus : l'affaire vaudrait une très mauvaise publicité à votre société. Vous connaissez parfaitement, je suppose, les règles strictes s'opposant à l'usage des robots dans les mondes habités.

— Certes, répondit l'autre avec brusquerie.

— Vous savez que l'U.S. Robots est la seule à fabriquer des robots positroniques dans le système solaire, et si Byerley est effectivement un robot, c'est un robot positronique. Vous savez aussi que tous les robots positroniques sont loués, jamais vendus ; que la compagnie reste propriétaire et gérante de chaque robot, et par conséquent responsable de leurs actes à tous.

— Il est facile, monsieur Quinn, de prouver que la compagnie n'a jamais fabriqué de robot aux caractéristiques humanoïdes.

— Vraiment ? Nous évoquons de simples possibilités.

— Oui, on peut le prouver.

— En secret, j'imagine. Et sans le mentionner dans vos livres.

— Pas quand il s'agit du cerveau positronique, monsieur. Trop d'éléments y participent et le gouvernement exerce sur nos activités la surveillance la plus attentive.

— Sans doute, mais les robots s'usent, se brisent, se détériorent… et finissent en pièces détachées.

— Et les cerveaux positroniques sont utilisés sur un autre robot ou détruits.

— Vraiment ? » Francis Quinn se fit quelque peu sarcastique. « Et si, par un concours de circonstances fortuites, accidentelles, l'un d'eux échappait à la destruction… et qu'une structure humanoïde se trouve prête à recevoir un cerveau ?

— Impossible !

— Vous devriez le démontrer devant le gouvernement et le public, alors pourquoi ne pas le démontrer tout de suite, devant moi ?

— Mais quel aurait pu être notre dessein ? demanda Lanning avec exaspération. Nos motivations ? Accordez-nous un minimum de bon sens.

— Je vous en prie, mon cher monsieur, la compagnie ne serait que trop heureuse de voir les Régions permettre l'usage des robots positroniques d'apparence humanoïde sur les mondes habités. Elle en retirerait des profits considérables. Mais le préjugé du public contre une telle pratique est trop grand. Supposons que vous commenciez par les habituer doucement à de tels robots… sous l'apparence d'un juriste habile, d'un bon maire, par exemple… Achetez-nous donc nos irremplaçables maîtres d'hôtel robots…

— C'est de la démence pure et simple.

— Je veux bien le croire. Pourquoi ne pas le prouver ? À moins que vous ne préfériez faire cette preuve devant le public ? »

La clarté du jour commençait à baisser dans le bureau, mais pas assez cependant pour dissimuler la rougeur de contrariété qui envahissait le visage de Lanning. Lentement, le roboticien pressa un bouton et les réflecteurs muraux s'illuminèrent.

« Eh bien, dit-il, voyons donc. »

Le visage de Stephen Byerley n'est pas de ceux qu'on décrit sans mal. Il avait quarante ans selon son acte de naissance et portait exactement cet âge... mais il s'agissait d'une quarantaine pleine de santé, bien nourrie, joviale, qui arrachait immédiatement aux raseurs des banalités sur les gens « qui paraissent leur âge ».

C'était très vrai lorsqu'il riait, et justement il était en train de rire, d'un rire sonore et soutenu qui ne s'apaisait un instant que pour reprendre de plus belle, inlassablement...

Devant lui, le visage d'Alfred Lanning se contractait en un rigide et amer monument de désapprobation. Il esquissa un geste à l'adresse de la femme assise près de lui, mais les lèvres minces et exsangues de cette dernière se plissèrent à peine.

Enfin Byerley, après une dernière convulsion, parut se calmer.

« Vraiment, docteur Lanning... moi... *moi*... un robot ?

— Ce n'est pas moi qui le prétends, monsieur. Je me trouverais fort satisfait de vous savoir membre de la communauté humaine, dit le Dr Lanning d'une voix acerbe. Puisque notre compagnie ne peut vous avoir construit, je suis certain que vous êtes un homme, au moins dans le sens légal du terme. Mais puisque l'hypothèse de votre nature robotique a été émise en notre présence le plus sérieusement du monde, par un homme d'une certaine position sociale...

— Ne citez pas son nom, car ce serait entamer le bloc de granit de votre éthique ; supposons par exemple qu'il s'agisse de Francis Quinn, pour les besoins de la cause, et poursuivons. »

Lanning laissa passer l'interruption avec un bref renâclement nasal, marqua une pause et reprit d'un ton plus glacial que jamais : «... par un homme d'une certaine position sociale... quant à son identité, je n'ai pas le temps de jouer aux devinettes... je me vois contraint de solliciter votre concours pour m'aider à démontrer le contraire. Le seul fait qu'une telle insinuation pourrait être formulée et rendue publique grâce aux moyens dont dispose cet homme porterait un tort considérable à la compagnie que je représente... même si cette accusation ne se trouvait jamais vérifiée. Est-ce que vous me comprenez ?

— Votre position m'apparaît fort clairement. Par elle-même, l'accusation est ridicule. Mais la situation où vous vous trouvez ne l'est pas. Vous voudrez bien m'excuser si mon rire vous a causé quelque offense. Mon hilarité a pour origine cette burlesque hypothèse, mais point l'embarras qu'elle vous cause. En quelle façon pourrais-je vous aider ?

— De la façon la plus simple. Il vous suffirait de prendre un repas au restaurant en présence de témoins, avec photographies à l'appui. » Lanning se renversa sur son dossier, conscient d'avoir accompli le plus dur du travail. La femme assise à ses côtés observait Byerley d'un air absorbé, mais s'abstint néanmoins d'intervenir.

Stephen croisa son regard, puis se retourna vers le roboticien. Durant un instant, ses doigts s'attardèrent sur le presse-papiers de bronze qui constituait le seul ornement de sa table de travail.

« Je ne crois pas pouvoir vous rendre ce service, dit-il d'une voix égale, avant de lever la main : Minute, docteur Lanning. Je comprends que toute cette histoire vous répugne, que vous vous en êtes chargé à votre corps défendant, que vous avez conscience d'y jouer un rôle incompatible avec votre dignité, voire un tantinet ridicule. Veuillez considérer que ma propre situation est encore plus délicate, aussi je vous demande de faire preuve de compréhension.

» Et tout d'abord qu'est-ce qui vous fait croire que Quinn – cet homme qui occupe une certaine position sociale – n'abusait pas de votre crédulité pour vous amener à entreprendre précisément cette action ?

— Il me semble difficilement concevable qu'un homme de sa réputation prenne le risque de se ridiculiser à ce point s'il n'était convaincu de ce qu'il avance. »

Une lueur de malice brilla dans les yeux de Byerley. « Vous ne connaissez pas Quinn. Il est capable de transformer en plate-forme un pic escarpé où un chamois ne tiendrait pas. Je suppose qu'il vous a soumis les détails de l'enquête qu'il prétend avoir menée sur moi ?

— Assez, en tout cas, pour me convaincre que ma compagnie n'aurait aucun intérêt à prendre des mesures en vue de les réfuter, alors que vous pourriez le faire avec beaucoup plus de facilité.

— C'est donc que vous le croyez lorsqu'il prétend que je ne mange jamais. Vous êtes un homme de science, docteur Lanning. Pensez à la logique de ce raisonnement. On ne m'a jamais vu manger, par conséquent je ne mange pas ! C.Q.F.D. !

— Vous employez des arguties de procureur pour embrouiller une situation très simple en réalité.

— Au contraire, j'essaie de clarifier un problème que Quinn et vous-même compliquez à plaisir. Voyez, je ne dors guère, c'est vrai… et surtout pas en public. Je n'ai jamais aimé prendre mes repas en compagnie – voilà un travers peu commun et qui relève sans doute de la névrose, mais ne cause de tort à personne. Permettez-moi de vous donner un exemple fictif, docteur Lanning. Imaginons un politicien qui ait tout intérêt à battre à

228

tout prix un candidat réformiste et qui découvre dans la vie privée de ce dernier des habitudes excentriques comme celles que je viens de mentionner.

» Supposez en outre qu'afin de mieux perdre ce candidat il s'adresse à votre compagnie comme à l'agent idéal pour l'accomplissement de son dessein. Pensez-vous qu'il viendra vous dire : "Un tel est un robot parce qu'on ne le voit jamais manger en public, et je ne l'ai jamais vu s'endormir en plein prétoire ; il m'est arrivé de regarder à travers sa fenêtre au milieu de la nuit et je l'ai aperçu, devant son bureau, un livre à la main ; j'ai risqué un œil dans son réfrigérateur et il ne contenait pas le moindre aliment" ?

» S'il vous tenait un pareil discours, vous penseriez immédiatement qu'il est mûr pour la camisole de force. Mais par contre, s'il vous déclare : "Il ne mange jamais ; il ne dort jamais", la surprise vous rend aveugle au fait que de telles accusations sont impossibles à prouver. Vous devenez son instrument en vous prêtant à sa manœuvre.

— Quelle que soit votre opinion sur le sérieux de la question, répondit Lanning avec une obstination menaçante, il suffira du repas dont je vous ai parlé pour clore le débat. »

Byerley se tourna de nouveau vers la femme qui l'observait toujours d'un regard inexpressif. « Excusez-moi. J'ai bien saisi votre nom, je pense : Dr Susan Calvin ?

— C'est cela, monsieur Byerley.

— Vous êtes la psychologue de l'U.S. Robots, si je ne m'abuse.

— La robopsychologue, si vous n'y voyez pas d'inconvénient.

— Oh ! les robots différeraient-ils donc à ce point des hommes sur le plan mental ?

— Un monde les sépare. » Un sourire glacial effleura ses lèvres. « Le caractère essentiel des robots est la droiture. »

Un sourire amusé étira les lèvres du juriste. « Touché ! Mais voici à quoi je voulais en venir. Puisque vous êtes une psycho… une robopsychologue, et une femme, je parie que vous avez eu une idée qui n'est pas venue au Dr Lanning.

— Et quelle serait cette idée ?

— Vous avez apporté de quoi manger dans votre sac. »

L'impassibilité professionnelle de Susan Calvin se trouva ébranlée. « Vous me surprenez, monsieur Byerley », dit-elle.

Elle ouvrit son sac, en tira une pomme, et la lui tendit d'un geste parfaitement calme. Après le sursaut initial, le Dr Lanning suivit avec des yeux aigus la lente trajectoire de la pomme d'une main à l'autre.

Stephen Byerley y mordit avec le plus grand calme, mastiqua pendant quelques instants et avala.

« Vous voyez, docteur Lanning ? »

Le Dr Lanning sourit avec un soulagement suffisamment tangible pour faire paraître ses sourcils bienveillants. Soulagement qui ne survécut que l'espace d'une fragile seconde.

« J'étais curieuse de savoir si vous mangeriez, dit Susan Calvin, mais bien sûr, dans le cas présent, ça ne prouve rien. »

Byerley sourit. « Vraiment ?

— Non. Il est évident, docteur Lanning, que si cet homme était un robot humanoïde, on aurait poussé la ressemblance à la perfection. Il est presque trop humain pour être vrai. Après tout, pendant toute notre vie, nous avons vu et observé des êtres humains. Il serait impossible de nous faire passer un à-peu-près pour l'article authentique. Il faudrait qu'il soit parfait. Observez la texture de la peau, la qualité des iris, la charpente osseuse des mains. S'il s'agit bien d'un robot, je voudrais qu'il soit sorti de nos ateliers, parce que c'est vraiment du beau travail. Imaginez-vous que des gens capables de pousser la perfection extérieure à ce point aient pu faire l'économie de quelques dispositifs supplémentaires, tels que ceux qui sont nécessaires pour assurer des fonctions aussi simples que l'alimentation, le sommeil, l'élimination ? Sans doute ne seraient-ils utilisés qu'en certains cas particuliers, dont celui qui nous amène aujourd'hui est l'exemple typique. Par conséquent, un repas ne peut vraiment rien prouver.

— Minute, grinça Lanning, je ne suis pas aussi sot que vous voudriez le faire croire l'un et l'autre. Peu me chaut que M. Byerley soit humain ou non. Ce qui m'intéresse, c'est de sortir la compagnie de ce guêpier. Un repas pris en public mettra fin au débat, quoi que le dénommé Quinn puisse faire. Quant aux détails plus raffinés, laissons-les aux hommes de loi et aux robopsychologues.

— Mais, docteur Lanning, dit Byerley, vous oubliez le contexte politique. Je suis aussi anxieux de me faire élire que Quinn l'est de m'éliminer. À propos, vous avez remarqué que vous avez cité son nom ? C'est un truc malhonnête qui m'est personnel ; je savais que vous tomberiez dans le panneau avant d'en avoir terminé. »

Lanning rougit. « Que vient faire l'élection dans cette histoire ?

— La publicité est une arme à double tranchant, monsieur. Si Quinn veut me traiter de robot et qu'il a le cran de mettre sa menace à exécution, moi, j'ai le cran nécessaire pour entrer dans son jeu.

— Vous voulez dire… » Lanning était franchement consterné.

« Tout juste. Je vais le laisser s'enferrer, choisir sa corde, en éprouver la résistance, en couper la longueur nécessaire, former le nœud, y passer la tête et faire la grimace. Pour ma part, je me contenterai d'effectuer le complément indispensable.

— Vous êtes drôlement optimiste. »

Susan Calvin se leva. « Venez, Alfred, on ne le fera pas changer d'avis.

« — Vous venez de démontrer que vous êtes aussi psychologue humaine », dit Byerley avec un sourire aimable.

Peut-être la confiance souveraine qui avait frappé Lanning n'était-elle pas entièrement présente le soir où Byerley rangea sa voiture sur la rampe automatique menant au garage souterrain et traversa l'allée qui menait à la porte d'entrée de sa maison.

La silhouette tassée dans le fauteuil roulant leva la tête à son entrée et sourit. Le visage de Byerley s'éclaira de tendresse. Il s'approcha.

La voix de l'infirme n'était qu'un murmure rauque et râpeux issu d'une bouche à jamais tordue ; la moitié de son visage n'était qu'une énorme cicatrice. « Vous rentrez tard, Steve.

— Je sais, John, je sais. Mais j'ai rencontré aujourd'hui des difficultés d'un caractère particulier et, ma foi, fort intéressantes.

— Vraiment ? » Ni le visage distordu ni la voix sans timbre ne pouvaient exprimer de sentiments, mais il y avait de l'anxiété dans les yeux clairs. « Rien dont vous ne puissiez venir à bout, j'espère ?

— Je l'ignore. Il se peut que j'aie besoin de votre concours. Vous êtes le sujet brillant de la famille. Voulez-vous que je vous conduise au jardin ? La soirée est fort belle. »

Deux bras robustes soulevèrent John du fauteuil roulant. Doucement, d'un geste qui était presque une caresse, Byerley entoura les épaules de l'infirme et soutint ses jambes emmaillotées. Lentement, avec précaution, il traversa les pièces, descendit la rampe en pente douce qui avait été construite en pensant au fauteuil roulant, et pénétra par la porte de derrière dans le jardin entouré de murs et de grillage, au dos de la maison.

« Pourquoi ne me laissez-vous pas sur le fauteuil roulant, Steve ? C'est stupide.

« — Parce que j'aime mieux vous porter. Y voyez-vous un inconvénient ? Quitter cette trottinette motorisée vous réjouit autant que moi de vous voir l'abandonner, ne serait-ce que pour quelques instants. Comment vous sentez-vous aujourd'hui ? » Avec un soin infini, il déposa John sur l'herbe fraîche.

« Comment voulez-vous que je me sente ? Mais parlez-moi plutôt de vos ennuis.

— La campagne de Quinn se fondera sur le fait que je suis, prétend-il, un robot. »

John ouvrit des yeux ronds. « Comment le savez-vous ? C'est impossible. Je me refuse à croire une chose pareille.

— C'est pourtant la vérité. Il a envoyé l'un des plus grands scientifiques de l'U.S. Robots à mon bureau pour en discuter avec moi. »

John arracha lentement quelques brins d'herbe. « Je vois, je vois.

— Mais nous n'allons pas lui permettre de choisir son terrain. Il m'est venu une idée. Je vais vous l'exposer et ensuite vous me direz si elle est réalisable… »

La scène ce soir-là dans le bureau de Lanning se résumait à un échange de regards. Francis Quinn regardait pensivement Alfred Lanning, qui regardait furieusement Susan Calvin, laquelle regardait impassiblement Quinn.

Francis Quinn rompit le silence en affectant mal la légèreté. « C'est du bluff.

— Vous misez là-dessus, monsieur Quinn ? s'enquit le Dr Calvin avec indifférence.

— Après tout, c'est vous qui avez parié.

— Écoutez-moi. » Lanning couvrit son pessimisme de fanfaronnade. « Nous avons fait ce que vous nous demandiez. Nous avons vu l'homme manger. Il est ridicule de prétendre que c'est un robot.

— Est-ce le fond de votre pensée ? » Quinn se tourna soudain vers Calvin. « Lanning prétend que vous êtes la sommité en la matière.

« — Susan… » dit Lanning d'un ton presque menaçant.

Quinn l'interrompit d'un ton suave : « Pourquoi ne pas la laisser parler, mon vieux ? Voilà une demi-heure qu'elle joue les poteaux télégraphiques. »

Lanning se sentait accablé. Il avait l'impression de côtoyer le délire paranoïaque. « Très bien, à votre aise, Susan. Nous ne vous interromprons pas. »

Le Dr Calvin le considéra sans aménité puis fixa des yeux froids sur Quinn. « Il n'y a que deux façons de prouver sans conteste que Byerley est un robot, monsieur. Jusqu'à présent, vous ne nous avez présenté que des indices circonstanciels, qui vous permettent d'accuser mais ne constituent en rien des preuves… et je crois M. Byerley assez intelligent pour contrer de telles allégations. Vous le croyez aussi, sans quoi vous ne seriez pas ici.

» Il y a deux méthodes pour établir une preuve, la méthode physique et la méthode psychologique. Physiquement, vous pouvez le disséquer ou user des rayons X. Comment y parvenir ? Cela vous regarde. Psychologiquement, on peut étudier son comportement, car si c'est un robot positronique, il doit obéir aux trois Lois de la robotique. On ne peut construire un cerveau positronique qui y déroge. Vous les connaissez, monsieur Quinn ? »

Elle les énonça distinctement, clairement, citant mot pour mot la triple règle figurant sur la première page du *Manuel de la robotique*.

« J'en ai entendu parler, dit l'autre d'un ton insouciant.

— Dans ce cas, vous n'aurez aucun mal à suivre ma logique, répondit sèchement la psychologue. Si M. Byerley enfreint l'une ou l'autre de ces lois, ce n'est pas un robot. Hélas, ce test ne vaut que dans un sens. S'il se conforme à ces règles, ça ne prouve rien. »

Quinn haussa poliment les sourcils. « Pourquoi, docteur ?

— Parce que, si vous prenez la peine d'y réfléchir cinq secondes, les trois Lois constituent les principes directeurs essentiels d'une grande partie des systèmes moraux. Évidemment, chaque être humain possède, en principe, l'instinct de conservation. C'est la Troisième Loi de la robotique. De même, chacun des *bons* êtres humains, possédant une conscience sociale et le sens de la responsabilité, doit obéir aux autorités établies, écouter son docteur, son patron, son gouvernement, son psychiatre, son semblable, même quand ceux-ci troublent son confort ou sa sécurité. C'est ce qui correspond à la Deuxième Loi de la robotique. Tout *bon* humain doit aussi aimer son prochain comme lui-même, risquer sa vie pour sauver celle d'un autre. Telle est la Première Loi de la robotique. En un mot, si Byerley se conforme à toutes les Lois de la robotique, il se peut que ce soit un robot, mais aussi que ce soit un très brave homme.

— Mais cela revient à dire que vous ne pourrez jamais prouver qu'il s'agit d'un robot.

— Par contre, il se peut que je puisse faire la preuve qu'il n'est *pas* un robot.

— Ce n'est pas ce que je vous demande.

— On vous fournira les preuves qu'on obtiendra. Pour le reste, vous êtes l'unique responsable de vos propres désirs. »

Alors l'esprit de Lanning bondit sous l'aiguillon d'une idée. « Ne vous est-il pas apparu, gronda-t-il, que la charge de procureur est une occupation plutôt étrange pour un robot ? La mise en accusation d'êtres humains... leur condamnation à mort... ce sont bien là des sévices graves... »

Quinn devint attentif. « Vous ne vous en sortirez pas de cette façon. Le fait d'être procureur ne le rend pas humain pour autant. Ne connaissez-vous pas ses antécédents ? Ignorez-vous qu'il se flatte de ne jamais avoir poursuivi un innocent et que des dizaines de gens n'ont pas comparu en justice parce que les charges réunies contre eux lui semblaient insuffisantes, alors qu'il aurait probablement pu obtenir leur condamnation du jury ? C'est pourtant la vérité. »

Les joues minces de Lanning frémirent. « Non, Quinn, non. Il n'existe rien dans les Lois de la robotique qui fasse allusion à la culpabilité humaine. Il n'appartient pas au robot de décider si un être humain mérite ou non la mort. *Il ne peut porter atteinte à un être humain ni lui causer de dommage*, que celui-ci appartienne à la catégorie ange ou démon. »

Susan Calvin semblait lasse. « Alfred, vous dites des sottises. Qu'arriverait-il si un robot surprenait un fou en train de mettre le feu à une maison pleine d'habitants ? Il le réduirait à l'impuissance, n'est-ce pas ?

— Naturellement.

— Et si la seule façon d'y parvenir était de le tuer ? »

De la gorge de Lanning sortit un faible bruit, rien de plus.

« Je pense, quant à moi, qu'il ferait de son mieux pour ne pas le tuer, reprit-elle. Si le fou succombait néanmoins, le robot devrait subir une psychothérapie parce que le conflit livré en lui l'aurait probablement rendu fou : en effet il aurait dû enfreindre la Première Loi pour obéir à cette même Première Loi, mais sur un plan plus élevé. Il n'en est pas moins vrai qu'un homme aurait succombé et qu'un robot l'aurait tué.

— Byerley serait-il fou ? » Quinn donna à sa question le ton le plus sarcastique dont il fût capable.

« Non, mais il n'a lui-même tué aucun homme. Il a exposé des faits pouvant présenter un être humain particulier comme un danger pour la grande masse d'autres êtres humains que nous appelons la société. Il protège le plus grand nombre, et se conforme ainsi à la Première Loi selon le potentiel maximum. Là se borne son rôle. C'est ensuite le juge qui condamne le criminel à mort ou à la réclusion, après que le jury a décidé de sa culpabilité ou de son innocence. C'est le geôlier qui l'emprisonne, le bourreau qui l'exécute. Et

M. Byerley n'aura rien fait d'autre que déterminer la vérité et protéger la société.

» En fait, monsieur Quinn, j'ai étudié la carrière de M. Byerley depuis que vous avez requis notre intervention. J'ai découvert qu'il n'avait jamais demandé la tête du coupable dans aucun de ses réquisitoires. De plus, je sais qu'il a pris position en faveur de l'abolition de la peine capitale et contribué généreusement aux établissements de recherche en neurophysiologie criminelle. Il croit plutôt à la prévention qu'au châtiment du crime. Je trouve ce fait significatif.

— Vraiment ? sourit Quinn. Significatif d'une certaine odeur de roboticité, peut-être ?

— Peut-être. Pourquoi le nier ? De telles actions ne peuvent être que le fait d'un robot, ou d'un être humain parfaitement droit et honorable. Mais voyez-vous, on ne peut établir de différence entre un robot et la crème des humains. »

L'autre s'adossa à sa chaise. Sa voix vibrait d'impatience. « Docteur Lanning, peut-on créer un robot humanoïde qui serait la réplique parfaite d'un homme, par l'apparence ? »

Lanning toussota et réfléchit. « L'expérience a été tentée par l'U.S. Robots, dit-il à regret, sans addition d'un cerveau positronique, bien sûr. En utilisant un ovule humain et un contrôle hormonal, on peut faire croître la chair humaine et la peau sur un squelette en plastique de silicone poreux dont l'aspect défierait tout examen. Les yeux, les cheveux et la peau seraient réellement humains et non humanoïdes. Si vous y introduisiez un cerveau positronique et les autres dispositifs désirables, vous obtiendriez un robot humanoïde.

— Combien de temps faudrait-il pour atteindre ce résultat ? » demanda Quinn.

Lanning réfléchit. « Si vous disposiez de tous les organes nécessaires… le cerveau, le squelette, l'ovule, les hormones convenables et les radiations… disons deux mois. »

Le politicien se leva. « Dans ce cas, nous verrons à quoi ressemble l'intérieur de M. Byerley. Cela fera de la publicité à l'U.S. Robots… mais je vous ai laissé votre chance. »

Lorsqu'ils se retrouvèrent seuls, Lanning se tourna avec impatience vers Susan Calvin. « Pourquoi insister ? »

Elle répondit avec sécheresse : « Que préférez-vous, la vérité ou ma démission ? Je ne m'abaisserai pas à mentir pour vous faire plaisir. L'U.S. Robots est parfaitement capable de se défendre. Ne soyez pas lâche.

— Que se passera-t-il, dit Lanning, s'il ouvre le ventre de Byerley et qu'il en tombe des engrenages et des leviers ?

— Il n'ouvrira rien, dit Calvin avec dédain. Byerley est au moins aussi futé que lui. »


La nouvelle se répandit sur la ville une semaine avant l'élection. Mais « se répandit » n'est pas le mot juste. On pourrait dire plutôt qu'elle tituba sur la ville, qu'elle rampa, qu'elle se traîna. Les rires commencèrent et l'esprit se donnait libre cours. Et à mesure que la main lointaine de Quinn resserrait son étreinte en une progression mesurée, le rire devint forcé, un élément d'incertitude se fit jour, et les gens commencèrent à s'étonner.

La convention offrait l'apparence d'un étalon rétif. On avait cru les primaires jouées d'avance. Une semaine plus tôt, seul Byerley pouvait remporter la nomination de son parti. Il n'y avait aucune solution de rechange, même en ce moment. Il fallait le désigner comme candidat officiel, mais la plus grande confusion régnait à ce propos.

La situation aurait été moins grave si le citoyen moyen ne s'était retrouvé déchiré entre l'énormité de l'accusation, à supposer qu'elle soit vérifiée, et sa sensationnelle folie, si elle se révélait fausse.

Le lendemain de la désignation de Byerley, par-dessus la jambe, pourrait-on dire... un journal publia enfin l'essentiel d'une longue interview du Dr Calvin, « l'expert mondial en robopsychologie et en positronique ».

On peut qualifier vulgairement et succinctement ce qui se déchaîna alors de « scandale à tout casser ».

C'est ce qu'attendaient les Fondamentalistes. Ils ne constituaient pas un parti politique, ni ne prétendaient représenter une religion formelle. En gros, c'étaient les inadaptés à ce qu'on appelait jadis l'ère atomique, du temps où l'atome représentait une nouveauté. À présent c'étaient des partisans d'une vie simple soupirant après une existence que les gens l'ayant effectivement vécue n'avaient sans doute pas trouvée simple et, de ce fait, avaient été eux-mêmes des partisans de cette simplicité.

Les Fondamentalistes n'avaient besoin d'aucune autre raison pour détester les robots et les fabricants de robots ; mais une raison nouvelle, telle que l'accusation portée par Quinn et l'analyse du Dr Calvin, suffisait à rendre possible l'expression audible de cette haine.

Les gigantesques usines de l'U.S. Robots étaient une ruche produisant des gardes armés en série. Elle se préparait pour la guerre.

En ville, la résidence de Stephen Byerley grouillait de policiers.

La campagne politique, bien sûr, perdit tous ses objectifs pour ne plus s'apparenter à une campagne qu'en ce qu'elle comblait le hiatus entre désignation et élection.

Byerley ne se laissa pas distraire par le petit homme remuant. Les uniformes s'agitant au fond du décor le laissaient superbement indifférent. À l'extérieur de la maison, au-delà de la rangée de gardes sévères, reporters et photographes attendaient selon les traditions de leur caste. Une entreprenante compagnie de télévision avait même braqué une caméra sur l'entrée de la demeure sans prétention du procureur, cependant qu'un présentateur synthétiquement excité remplissait l'atmosphère d'un commentaire ampoulé.

Le petit homme remuant s'avança. Il tenait un document fastueux et compliqué. « Ceci, monsieur Byerley, est un ordre de la Cour m'autorisant à fouiller les lieux soupçonnés de receler illégalement, euh… des hommes mécaniques ou robots, quelles qu'en soient les caractéristiques. »

Byerley se leva à demi et saisit le papier. Il le parcourut d'un regard indifférent, sourit et le rendit à son propriétaire. « Tout est en ordre. Je vous en prie, faites votre devoir. » Puis s'adressant à sa femme de ménage qui hésitait à quitter la pièce voisine : « Madame Hoppen, je vous en prie, accompagnez-les, et aidez-les dans la mesure du possible. »

Le petit homme, qui répondait au nom de Harroway, hésita, rougit jusqu'à la racine des cheveux, évita le regard de Byerley et murmura : « Venez ! » aux deux policiers.

Il était de retour au bout de dix minutes.

« Terminé ? » interrogea Byerley sur le ton exact de la personne qui ne s'intéresse pas outre mesure à la question ou à sa réponse.

Harroway s'éclaircit la gorge, fit un faux départ en voix de fausset et reprit avec colère : « Monsieur Byerley, nous avons reçu des instructions spécifiques pour fouiller la maison de fond en comble.

— N'est-ce pas précisément ce que vous venez d'accomplir ?

— On nous a indiqué exactement ce que nous devions chercher.

— Vraiment ?

— En bref, monsieur Byerley, et pour ne pas prolonger la discussion, on nous a donné l'ordre de vous inspecter, vous.

240

— Moi ? dit le procureur, avec un sourire de plus en plus large. Et comment avez-vous l'intention de procéder ?

— Nous disposons d'un groupe radiologique…

— Alors vous voulez mon portrait aux rayons X ? Avez-vous autorité pour procéder à cette opération ?

— Vous avez vu mon mandat.

— Puis-je le revoir ? »

Harroway, dont le front resplendissait d'un sentiment dépassant de loin l'enthousiasme, lui tendit une seconde fois le document.

« Je lis ici la description des objets qu'il vous appartient de fouiller, dit Byerley d'un ton de voix égal. Je cite : la maison d'habitation appartenant à Stephen Allen Byerley, sise au 355 Willow Grove, Evanstron, en même temps que tout garage, réserve ou autre bâtiment faisant partie de ladite propriété… et ainsi de suite. Tout à fait correct. Mais, mon brave, il n'est question nulle part de fouiller l'intérieur de mon organisme. Je ne fais pas partie des lieux. Fouillez mes vêtements si vous croyez que je cache un robot dans ma poche. »

Harroway ne nourrissait aucun doute sur l'identité de la personne à qui il devait son emploi. Il n'avait nulle intention de manifester de la réticence si on lui offrait la chance d'en obtenir un meilleur – c'est-à-dire mieux rétribué.

« Permettez, dit-il avec une ombre de pétulance, j'ai l'ordre d'inspecter les meubles qui se trouvent dans votre maison, de même que tout le reste. Vous êtes bien dans la maison ?

— Observation remarquable : j'y suis en effet. Mais je n'ai rien d'un meuble. En ma qualité de citoyen adulte et responsable – je peux vous montrer le certificat psychiatrique qui en atteste –, je jouis de certains droits conformément aux articles de la Région. En me fouillant, vous tomberiez sous le coup de la loi qui assure l'inviolabilité de la personne privée. Ce document ne suffit pas.

— Sans doute, mais si vous êtes un robot, vous ne bénéficiez pas de cette inviolabilité.

— Certes… Mais ce papier demeure néanmoins insuffisant. Il reconnaît implicitement en moi un être humain.

— Où ça ? »

Harroway s'empara du papier. « Cette précision : "la maison d'habitation appartenant à untel". Un robot ne peut rien posséder. Et vous pouvez dire à votre employeur, monsieur Harroway, que s'il lance un nouveau mandat qui ne me reconnaisse pas implicitement comme un être humain, il se verra aussitôt intenter des poursuites qui le contraindront à fournir la preuve que je suis un robot en vertu des informations en sa possession à l'heure actuelle, faute de quoi il me devra des dommages et intérêts considérables pour avoir voulu me priver indûment de mes droits, conformément aux prescriptions des articles de la Région. Vous lui répéterez mes paroles, n'est-ce pas ? »

Harroway marcha vers la porte. Il se retourna. « Vous êtes un homme de loi rusé… » Il avait glissé sa main dans sa poche. Il demeura ainsi quelques courts instants. Puis il s'en fut en adressant un sourire à la caméra de télévision – salua de la main les reporters et cria : « On aura quelque chose pour vous dès demain, les gars. Sans blague ! »

Une fois dans sa voiture, il se renversa sur les coussins, retira de sa poche le minuscule mécanisme et l'examina avec soin. C'était la première fois qu'il prenait une photographie aux rayons X. Il espérait bien avoir opéré correctement.

Quinn et Byerley ne s'étaient jamais rencontrés seuls en face à face. Mais le visiophone constituait un substitut fort proche, même si chacun n'était aux yeux de l'autre qu'un jeu d'ombre et de lumière sur un banc de cellules photoélectriques.

C'est Quinn qui avait pris l'initiative de l'appel. C'est Quinn qui s'exprima le premier et sans cérémonie. « Je pense que vous aimeriez savoir, Byerley, que j'ai l'intention de rendre public le fait que vous portez un écran protecteur contre les radiations pénétrantes.

— Vraiment ? Vous avez déjà dû vous en charger. J'ai la nette impression que nos entreprenants représentants de la presse ont branché des tables d'écoute sur mes divers moyens de communication depuis un bon bout de temps. Mes lignes au bureau sont aussi percées que des passoires ; c'est pourquoi je me suis cloîtré dans ma maison particulière au cours des dernières semaines. » Byerley se montrait amical, voire causant.

Quinn serra légèrement les lèvres. « Cet appel est protégé... avec grand soin. Je cours un certain risque en le passant.

— Je m'en doute. Nul ne sait que vous tirez les ficelles de cette campagne. Du moins, nul ne le sait officiellement ; ni d'ailleurs officieusement. À votre place, je ne me ferais pas de souci. Donc je porte un écran protecteur ? Sans doute avez-vous fait cette découverte lorsque la photo de votre homme de paille s'est trouvée voilée.

— Il deviendrait évident pour tous, vous vous en rendez bien compte, Byerley, que vous n'osez pas affronter une analyse aux rayons X.

— Il ne serait pas moins évident que vos hommes ont tenté de violer mes droits privés.

— Ils s'en moquent bien !

— Possible. C'est assez symbolique de nos deux campagnes, non ? Vous éprouvez fort peu de considération pour les droits individuels du citoyen. J'ai pour eux le plus grand respect, au contraire. Je refuse de me soumettre à l'analyse des rayons X parce que je veux maintenir le principe de mes droits, comme je défendrai les droits des autres une fois élu.

— Cela constituera sans doute un discours fort intéressant, mais nul ne vous croira. Un peu trop beau pour être vrai. Autre chose… » Nouveau changement d'attitude. « Le personnel de votre maison n'était pas au complet hier soir.

— Comment cela ?

— Si j'en crois les rapports… » Quinn fouilla parmi les papiers qui se trouvaient dans le champ «… il manquait une personne : un infirme.

— Comme vous dites, répliqua Byerley, un infirme. Mon vieux professeur qui habite avec moi et qui se trouve en ce moment à la campagne, où il est parti depuis deux mois. On parle en l'occurrence de mise au vert, je crois : un repos dont il a le plus grand besoin. Cela vous agrée-t-il ?

— Votre professeur ? Un scientifique, peut-être ?

— Un juriste… avant d'être infirme. Il détient une licence gouvernementale en qualité de biophysicien habilité à mener des recherches, possède un laboratoire personnel, et une description complète des travaux auxquels il se livre est entre les mains des autorités compétentes, auxquelles je peux vous référer. Il s'agit d'un travail mineur, mais c'est un violon d'Ingres inoffensif et distrayant pour un… pauvre infirme. Vous voyez que je fais de mon mieux pour vous aider.

— Je vois. Et que connaît ce… professeur… à la fabrication des robots ?

— Il m'est difficile de me prononcer sur l'étendue de son savoir dans un domaine qui n'est guère de mon ressort.

— Il n'aurait pas accès aux cerveaux positroniques, par hasard ?

— Posez la question à vos amis de l'U.S. Robots. Ils sont mieux placés que moi pour vous répondre.

— Cela ne saurait tarder, Byerley. Votre professeur infirme est le véritable Stephen Byerley. Vous n'êtes que son robot. Nous pouvons le prouver. C'est lui qui a été victime de l'accident d'automobile, pas vous. Il y a toujours moyen de vérifier les antécédents.

— Vraiment ? Ma foi, ne vous en privez pas ! Mes meilleurs vœux vous accompagnent.

— Et nous pouvons fouiller la maison de campagne de votre prétendu professeur et voir ce que nous pouvons y découvrir.

— Pas tout à fait. » Byerley eut un large sourire. « Hélas, mon prétendu professeur est malade. Sa maison de campagne est son lieu de repos. Ses droits privés de citoyen adulte responsable n'en sont que plus forts, vu les circonstances. Vous ne pourrez obtenir un mandat pour pénétrer chez lui sans fournir de justifications valables. Néanmoins je serais le dernier à m'opposer à votre tentative. »

Le silence s'établit durant quelques instants, et Quinn se pencha en avant, de telle sorte que son image grossit, laissant apercevoir les fines rides de son front. « Byerley, pourquoi vous obstiner ? Vous ne pouvez pas être élu.

— Vous croyez ?

— Vous pensez y parvenir ? Votre incapacité à réfuter l'accusation d'être un robot – ce que vous pourriez faire sans mal en violant l'une des Trois Lois – peut-elle manquer de convaincre les gens que vous êtes réellement un robot ?

— Tout ce que je vois jusqu'ici, c'est que, d'un obscur homme de loi métropolitain, vous avez fait une vedette mondiale. Vous êtes un excellent publiciste.

— Mais vous êtes un robot.

— On le prétend, mais cela reste à prouver.

— Cela l'est déjà suffisamment pour l'électorat.

— Dans ce cas, pourquoi vous faire du souci ? Vous avez gagné.

— Au revoir », dit Quinn en montrant pour la première fois un certain énervement, et l'image disparut.

« Au revoir », répondit l'autre, imperturbable, en s'adressant à l'écran blanc.

Byerley ramena son « professeur » la semaine précédant l'élection. L'aérocar se posa rapidement dans une partie obscure de la ville.

« Vous resterez ici jusqu'après l'élection, lui dit Byerley. Je préfère vous savoir en lieu sûr si les choses venaient à prendre une mauvaise tournure. »

La voix rauque qui sortait péniblement de la bouche tordue de John prit un accent d'inquiétude. « La violence risque-t-elle de se déchaîner ?

— Les Fondamentalistes menacent de recourir à la force, et le danger existe, du moins théoriquement. Mais je n'y crois pas beaucoup. Ils ne possèdent aucun pouvoir réel. Ils constituent juste un facteur constant d'irritation qui pourrait déchaîner éventuellement l'émeute. Cela ne vous fait rien de résider ici ? Je vous en prie. Je ne serais plus moi-même si je devais m'inquiéter à votre sujet.

— Oh ! je resterai là. Vous croyez toujours que tout se passera bien ?

— J'en suis certain. Nul n'est venu vous importuner à la campagne ?

— Personne, j'en suis sûr.

— Et de votre côté, tout a bien marché ?

— Assez bien. Nous n'aurons pas d'ennuis de ce côté.

— Alors prenez bien soin de vous et regardez la télévision demain, John. » Byerley serra la main déformée qui reposait sur la sienne.


Lenton arborait un front perpétuellement barré de plis profonds. Il avait le privilège peu enviable d'être le directeur de campagne de Byerley dans une campagne qui n'en était pas une et de représenter un candidat qui refusait de révéler sa stratégie et ne voulait à aucun prix de celle de son directeur.

« Ce n'est pas possible ! » Telle était sa phrase favorite, unique. « Je vous le répète, Steve, ce n'est pas possible ! »

Il se jeta devant le procureur qui passait son temps à feuilleter les pages dactylographiées de son discours.

« Laissez cela, Steve. Cette foule a été réunie par les Fondamentalistes. Jamais vous ne pourrez vous faire entendre. On va vous lapider. Pourquoi tenir à prononcer un discours en public ? Pourquoi ne pas utiliser un enregistrement visuel ?

— Vous voulez que je remporte l'élection, n'est-ce pas ? demanda doucement Byerley.

— Remporter l'élection ! Pas question, Steve. J'essaie juste de vous sauver la vie.

— Je ne cours aucun danger.

— Il ne court aucun danger, il ne court aucun danger ! » Lenton tira de sa gorge un étrange bruit de râpe. « Vous voulez vous présenter sur ce balcon devant cinq mille têtes fêlées et tenter de les raisonner… sur un balcon, comme un dictateur médiéval ? »

Byerley consulta sa montre. « Dans cinq minutes environ… sitôt les lignes de télévision libres. »

La réponse de Lenton ne peut pas être transcrite.

La foule remplissait une enceinte clôturée de cordes à l'extérieur de la ville. Arbres et habitations semblaient jaillir de la masse humaine qui leur servait de fondations. Et, par ondes ultracourtes, le reste du monde écoutait. Il ne s'agissait que d'une élection locale et pourtant la planète entière rivait les yeux sur elle. Cette pensée amena un sourire sur les lèvres de Byerley.

Toutefois, dans l'assistance même, rien ne prêtait à sourire. Pancartes et banderoles clamaient toutes les variations possibles sur sa roboticité supposée. Une hostilité pesante, tangible, planait au-dessus des spectateurs.

Dès le début, le discours ne connut aucun succès. Il se perdait dans la rumeur ambiante et dans les clameurs rythmées des claques fondamentalistes formant des îlots de populace au sein de la foule. Byerley continuait à parler, imperturbablement…

À l'intérieur, Lenton s'arrachait les cheveux en gémissant. Il s'attendait à voir couler le sang.

Un mouvement agita les premiers rangs. Un citoyen aux formes anguleuses, aux yeux proéminents, vêtu d'habits trop courts pour ses membres osseux, s'y frayait un passage. Un policier plongea dans son sillage, à grandes brasses lentes qui soulevaient des remous parmi les têtes. Byerley, d'un geste irrité, lui fit signe de s'écarter.

L'homme efflanqué arriva juste en contrebas de l'estrade. Ses paroles se perdirent dans les grondements de la foule.

Byerley se pencha sur la balustrade. « Que dites-vous ? Si vous avez une question valable à poser, j'y répondrai. » Il se tourna vers un garde. « Faites-le monter. »

Une tension se manifesta dans la foule. Des « Silence ! » se firent entendre en divers points, se déchaînèrent en tumulte pour s'apaiser par vagues décroissantes. L'homme efflanqué se retrouva, rouge, essoufflé, devant Byerley.

« Eh bien, parlez ! » dit ce dernier.

L'autre le dévisagea et lança d'une voix enrouée : « Frappez-moi ! » Avec énergie, il tendit le menton. « Frappez-moi ! Vous n'êtes pas un robot ? Prouvez-le. Vous ne pouvez pas frapper un homme, monstre que vous êtes ! »

Aussitôt se fit un silence étrange, plat, un silence de mort. La voix de Byerley le brisa : « Je n'ai aucune raison de vous frapper. »

L'autre éclata d'un rire dément. « Vous ne *pouvez pas* me frapper. Vous ne me frapperez pas. Vous n'êtes pas humain. Vous êtes un monstre, un ersatz d'homme. »

Et Stephen Byerley, les lèvres serrées, devant les milliers de spectateurs présents et les millions d'absents qui guettaient son image sur les écrans, ramena son bras en arrière et assena un direct retentissant à la pointe du menton du provocateur. Celui-ci tomba à la renverse comme une masse, avec une expression de surprise amorphe.

« Je suis désolé, dit Byerley. Emportez-le et installez-le confortablement. Sitôt que j'en aurai terminé, j'irai lui parler. »

Et lorsque le Dr Susan Calvin fit virer sa voiture en quittant la place qui lui avait été réservée, un seul reporter s'était suffisamment remis du choc pour s'élancer sur ses traces et lui crier une question qui se perdit dans le tumulte.

Susan Calvin lui jeta par-dessus son épaule : « Il est humain ! »

Il n'en fallut pas davantage. Le reporter reprit sa course dans la direction opposée.

On peut décrire le reste du discours par la formule : « Prononcé, mais pas entendu. »

Le Dr Calvin et Stephen Byerley se rencontrèrent une fois encore... une semaine avant qu'il prononce le serment d'usage le mettant en possession de sa charge de maire. Il était fort tard : minuit passé.

« Vous n'avez pas l'air fatigué », remarqua-t-elle.

Le nouveau maire sourit. « Je peux encore veiller un peu. N'en dites rien à Quinn !

— Comptez sur moi. Mais puisque vous en parlez, il m'a raconté une fort intéressante histoire. Dommage que vous ayez tout gâché. Vous connaissez sa théorie, je suppose ?

— En partie.

— Elle est extrêmement dramatique. Stephen Byerley était un jeune juriste, un orateur éloquent, un grand idéaliste... et il avait un certain flair pour la biophysique. Vous vous intéressez à la robotique, monsieur Byerley ?

— Seulement dans ses aspects légaux.

— Voilà ce qu'*était* Stephen Byerley. Mais un accident s'est produit. Sa femme est morte sur le coup ; pour lui, ç'a été bien pis. Il n'avait plus de jambes ; plus de visage ; plus de voix. Son esprit était atteint. Il a refusé de recourir à la chirurgie plastique. Il s'est retiré du monde... sa carrière juridique était brisée... il ne lui restait plus que son intelligence et ses mains. Il est parvenu, on ne sait trop comment, à se procurer un cerveau positronique du type le plus complexe, un organe doté des meilleures capacités pour former des jugements éthiques... soit la fonction la plus haute que la robotique ait pu réaliser à ce jour.

» Il a construit un corps autour de ce cerveau. Il l'a formé pour devenir tout ce qu'il avait été et n'était plus. Il l'a lancé dans la société sous le nom de Stephen Byerley, tandis qu'il demeurait lui-même dans l'ombre sous l'apparence du vieux professeur infirme que nul n'apercevait jamais...

— Malheureusement, j'ai ruiné cette belle théorie en frappant un homme. Si j'en crois les journaux, c'est à ce moment que vous avez donné officiellement votre verdict en me déclarant humain.

— Comment cela s'est-il passé ? Vous voyez un inconvénient à me le dire ? Je ne pense pas qu'il puisse s'agir d'un concours de circonstances fortuit.

— Pas totalement. Quinn s'est chargé de la plus grande partie du travail. Mes hommes ont commencé à répandre discrètement le bruit que je n'avais jamais frappé un homme ; que j'étais incapable de frapper un homme ; que si je me dérobais devant une provocation caractérisée, la preuve serait faite que je n'étais qu'un robot. Je me suis donc arrangé pour prononcer en public un discours plus ou moins saugrenu, en orchestrant toute une série de rumeurs par le canal de la publicité et, quasi immanquablement, un nigaud est tombé dans le panneau. C'était en gros ce que j'appellerai un coup monté, où l'atmosphère artificielle créée de toutes pièces accomplit la besogne. Bien sûr, la réaction émotionnelle attendue garantissait mon élection, ainsi que je le souhaitais. »

La robopsychologue hocha la tête. « Vous empiétez sur mes plates-bandes... comme doit le faire tout politicien, je suppose. Mais je regrette infiniment que les choses aient tourné de cette façon. J'aime les robots, je les aime bien plus que les êtres humains. Si on pouvait créer un robot capable d'occuper des fonctions officielles, il s'en acquitterait à la perfection, je crois. Selon les Lois de la robotique, il serait incapable de causer du préjudice aux humains, incorruptible, inaccessible à la sottise, aux préjugés. Et lorsqu'il aurait fait son temps, il se retirerait, bien qu'immortel, car il ne pourrait blesser des humains en leur laissant savoir qu'ils avaient été dirigés par un robot. Ce serait l'idéal.

— Sauf qu'un robot pourrait échouer dans sa tâche en raison de certaines inaptitudes inhérentes. Le cerveau positronique n'a jamais égalé la complexité du cerveau humain.

— On lui adjoindrait des conseillers. Un cerveau humain lui-même est incapable de gouverner sans assistance. »

Byerley la considéra avec un intérêt empreint de gravité. « Pourquoi souriez-vous, docteur Calvin ?

— Je souris parce que M. Quinn n'avait pas pensé à tout.

— Sans doute entendez-vous par là qu'il y a encore autre chose dans cette histoire ?

— Un simple détail seulement. Trois mois durant, avant l'élection, ce Stephen Byerley dont parlait M. Quinn, cet homme brisé, est resté éloigné pour une raison mystérieuse. Il est rentré à temps pour être présent lors de votre fameux discours. Et après tout, ce que le vieil infirme avait réalisé une fois, il pouvait l'accomplir de nouveau, surtout lorsque le second ouvrage est très simple en comparaison du premier.

— Je ne comprends pas très bien. »

Le Dr Calvin se leva, puis lissa sa robe. Elle se préparait de toute évidence à partir. « Je veux dire qu'il y a une occasion où un robot peut frapper un être humain sans enfreindre la Première Loi. Une seule.

— Laquelle ? »

Déjà devant la porte, elle répondit d'une voix paisible : « Quand l'homme à frapper est lui-même un robot. »

Elle eut un large sourire qui illumina son visage mince. « Au revoir, monsieur Byerley. J'espère voter pour vous dans cinq ans... pour le poste de coordinateur. »

Il gloussa. « Voilà une idée quelque peu tirée par les cheveux... »

La porte se referma derrière elle.

*Je la considérai avec une sorte d'horreur. « C'est vrai ?*

*— D'un bout à l'autre, dit-elle.*

*— Et le grand Byerley n'était qu'un simple robot.*

*— On ne le saura jamais. Pour ma part, j'en suis convaincue. Mais lorsqu'il a décidé de mourir, il s'est fait atomiser, si bien qu'on ne possédera jamais de preuve légale. En outre, quelle serait la différence ?*

*— Ma foi...*

*— Vous partagez un préjugé contre les robots qui manque absolument de logique. Il a fait un excellent maire ; cinq ans plus tard, on l'élisait Coordinateur régional. Et lorsque les Régions de la Terre ont formé la Fédération en 2044, il est devenu le premier Coordinateur mondial. Les Machines gouvernaient déjà le monde à cette date, de toute manière.*

*— Sans doute, mais...*

*— Il n'y a pas de mais. Les Machines sont des robots, et elles dirigent le monde. J'ai découvert toute la vérité il y a cinq ans, en 2052 ; Byerley terminait son deuxième mandat de Coordinateur mondial... »*

# 9

## Conflit évitable

Dans son cabinet de travail particulier, le Coordinateur disposait de cette curiosité médiévale : un âtre. À coup sûr, l'homme du Moyen Âge aurait pu ne pas le reconnaître pour tel, car il ne remplissait aucune fonction. La flamme tranquille et claire apparaissait dans une enceinte isolée, derrière du quartz transparent.

Une infime dérivation du faisceau énergétique qui alimentait les édifices publics de la ville enflammait les bûches à grande distance. Le bouton d'allumage faisait tout d'abord évacuer les cendres du feu précédent et permettait l'introduction d'une nouvelle provision de bois – une cheminée domestiquée, comme vous le voyez.

Mais le feu lui-même était réel. Il était sonorisé, de telle sorte qu'on pouvait entendre les crépitements et, bien sûr, voir la flamme danser dans le courant d'air qui l'alimentait.

Le verre rouge que tenait le Coordinateur reflétait en miniature les gambades discrètes de la flamme qui, en format encore plus réduit, venait jouer sur ses pupilles songeuses.

Et sur les prunelles glacées de son hôte, le Dr Susan Calvin, de l'U.S. Robots.

« Je ne vous ai pas seulement invitée pour une visite de courtoisie, Susan.

— Je n'en ai jamais douté, Stephen, répliqua-t-elle.

— Pourtant j'ignore de quelle façon vous exposer le problème qui me préoccupe. D'un côté, on pourrait lui attribuer une totale insignifiance et de l'autre il pourrait amener la fin de l'humanité.

— J'ai affronté au cours de mon existence maints et maints problèmes qui me plaçaient face au même dilemme. À croire qu'ils sont tous logés à la même enseigne.

— Vraiment ? Alors jugez-en : les Aciérées mondiales signalent une surproduction de vingt mille tonnes. Le canal du Mexique a un retard de deux mois sur son programme. Les mines de mercure d'Almaden subissent une baisse de production depuis le printemps dernier tandis que l'usine hydroponique de Tianjin licencie. Ce sont là des indications qui me viennent à l'esprit en ce moment. Mais il y a d'autres exemples du même genre.

— Ces faits présentent-ils de la gravité ? Je ne suis pas suffisamment versée en sciences économiques pour discerner les redoutables conséquences d'un tel état de choses.

— Aucune en eux-mêmes. Si la situation s'aggrave, on pourra envoyer des experts aux mines d'Almaden. Les ingénieurs en hydroponique iront renforcer Java ou Ceylan s'ils se révèlent en surnombre à Tianjin. La demande mondiale absorbera vingt mille tonnes d'excédent d'acier en quelques jours et l'ouverture du canal du Mexique deux mois après la date prévue n'a qu'une importance relative. Ce sont les Machines qui m'inquiètent... J'en ai déjà parlé à votre directeur de recherches.

— Vincent Silver ? Il ne m'a rien dit à ce propos.

— Je lui ai demandé de rester bouche cousue. Apparemment il a suivi mes instructions.

— Et que vous a-t-il dit ?

« — Permettez-moi d'aborder ce sujet au moment opportun. Je voudrais vous parler des Machines en premier lieu. Et si je tiens à vous entretenir de ce sujet, c'est que vous êtes la seule personne au monde à connaître suffisamment les robots pour pouvoir me venir en aide... Vous me permettez de philosopher un peu ?

— Ce soir, Stephen, vous pouvez me parler de ce que vous voulez et comme vous le voulez, à condition que vous me disiez tout d'abord ce que vous entendez prouver.

— Que des déséquilibres minimes tels que ceux qui viennent troubler la perfection de notre système de production et de consommation peuvent constituer un premier pas vers la guerre finale.

— Hum ! Poursuivez. »

Susan Calvin interdit à son corps de se détendre malgré le confort raffiné du fauteuil. Son visage froid, ses lèvres minces et sa voix incolore et égale la caractérisaient – autant de traits qui s'accentuaient avec l'âge. Et même si Stephen Byerley pouvait lui inspirer de l'affection et de la confiance, elle approchait de ses soixante-dix ans et les habitudes d'une vie entière ne se modifient pas facilement.

« Chaque période du développement humain, déclara le Coordinateur, suscite son type de conflit, son problème spécifique que seule la force brute paraît capable de résoudre. Et, paradoxe, à chaque fois, la force s'en révèle incapable. Non, il perdure à travers une série de guerres pour s'évanouir enfin de lui-même avec... comment dire... non pas un coup de tonnerre, mais un gémissement, tandis que le contexte économique et social s'altère. Puis surgissent de nouveaux problèmes, et une nouvelle série de guerres... selon un cycle indéfiniment renouvelé.

» Considérons les temps plus ou moins modernes. Nous avons vu les séries de guerres dynastiques du XVIe au XVIIIe siècle, où la question cruciale en Europe était de savoir qui, des Habsbourg et des Bourbons-Valois, dominerait le continent. C'était l'un de ces "conflits iné-vitables", puisque de toute évidence l'Europe ne pou-vait exister moitié sous la domination de l'un, moitié sous celle de l'autre.

» C'est pourtant ce qui s'est produit, et aucune guerre n'a réussi à balayer l'un au profit de l'autre, jusqu'au jour où la venue d'une nouvelle atmosphère sociale en France en 1789 a fait basculer d'abord les Bourbons, et peu après les Habsbourg, dans le vide-ordures qui devait les précipiter dans l'incinérateur de l'Histoire.

» D'autre part, au cours des mêmes siècles, ont eu lieu les guerres de religion les plus barbares, dont l'enjeu primordial consistait à déterminer si l'Europe finirait catholique ou protestante. Pas question de par-tager leurs zones d'influence par moitiés. Il était iné-vitable que l'épée en décide. Hélas, elle n'a rien décidé du tout. Un nouvel industrialisme naissait en Angleterre, et sur le continent un nouveau nationalisme. L'Europe est restée scindée en deux jusqu'à ce jour, et nul ne s'en est guère inquiété.

» Les XIXᵉ et XXᵉ siècles ont connu un cycle de guerres nationalistes et impérialistes. Cette fois, la question la plus importante consistait à trancher quelles par-ties de l'Europe contrôleraient les ressources écono-miques et les capacités de consommation des pays extra-européens. Tous les pays extra-européens ne pou-vaient certes pas exister pour partie anglais, pour partie français, pour partie allemands et ainsi de suite… Jusqu'au moment où les forces du nationalisme se sont assez étendues, si bien que les pays extra-européens ont mis fin à ce que les guerres se trouvaient impuis-santes à terminer, en décidant de vivre, dans un véri-table confort, d'ailleurs, sous un statut entièrement extra-européen.

» De telle sorte que nous avons une manière de schéma…

— Oui, Stephen, vous le démontrez clairement, dit Susan Calvin. Ce ne sont pas là des observations très profondes.

— Sans doute… mais presque toujours l'arbre cache la forêt. C'est aussi évident que le nez au milieu de la figure, dit-on. Mais dans quelle mesure pouvez-vous apercevoir votre nez à moins qu'on ne vous tende un miroir? Au XXe siècle, Susan, on a déclenché un nouveau cycle de guerres… comment pourrait-on les appeler? Des guerres idéologiques? Les passions suscitées par les religions s'appliquant aux systèmes économiques plutôt qu'à des concepts surnaturels? De nouveau les guerres étaient "inévitables" et cette fois il y avait les armes atomiques, de sorte que l'humanité ne pouvait plus désormais subir les mêmes tourments sans déboucher sur l'holocauste définitif… Puis sont venus les robots positroniques.

» Et ce juste à temps, amenant dans leur sillage les voyages interplanétaires. Désormais il a paru plus anodin que le monde se plie aux préceptes d'Adam Smith ou de Karl Marx. En ces circonstances nouvelles, ni l'un ni l'autre n'avait guère de sens. Les deux systèmes ont dû s'adapter, pour aboutir presque au même point.

— Un *deus ex machina*, en quelque sorte, et dans les deux sens du terme », dit sèchement le Dr Calvin.

Le Coordinateur eut un sourire indulgent.

« C'est la première fois que je vous entends faire un jeu de mots, Susan, mais il tombe juste. Il y avait pourtant un danger supplémentaire. La résolution de chaque problème ne faisait qu'en susciter un autre. Notre nouvelle économie mondiale fondée sur les robots peut engendrer ses propres problèmes ; voilà pourquoi nous possédons des Machines. L'économie terrestre est stable et elle le restera, car elle s'appuie sur les décisions de machines à calculer qui se préoccupent essentiellement du bien de l'humanité grâce à la puissance irrésistible de la Première Loi de la robotique.

» Et bien qu'elles ne soient rien d'autre que le plus vaste conglomérat de circuits jamais inventé, elles demeurent néanmoins des robots soumis aux impératifs de la Première Loi, si bien que l'économie générale de la planète est en accord avec les intérêts bien compris de l'Homme. Les populations de la Terre savent que n'interviendront jamais le chômage, la surproduction, ou la raréfaction des produits. Le gaspillage et la famine ne sont plus que des mots dans les manuels d'histoire. Si bien que le problème de la propriété des moyens de production devient un terme vide de sens. Quel qu'en soit le propriétaire (si une telle expression possède encore un sens), qu'il s'agisse d'un homme, d'un groupe, d'une nation ou de l'humanité entière, ils ne peuvent être utilisés qu'en vertu des décisions prises par les Machines... non parce que les hommes y sont contraints, mais parce qu'il s'agit de la solution la plus sage et qu'ils ne l'ignorent pas.

» C'est donc la fin des guerres – de leur dernier cycle, mais aussi du suivant. De toutes les guerres. À moins que... » Un long silence s'ensuivit.

Le Dr Calvin encouragea Byerley à reprendre le fil de son propos. « À moins que... ? »

La flamme baissa dans le foyer, lécha les contours d'une bûche puis jaillit de nouveau.

« À moins que, poursuivit le Coordinateur, les Machines ne cessent d'accomplir leurs fonctions.

— Je vois. Et c'est là qu'interviennent ces déséquilibres minimes dont vous parliez il y a peu... l'acier, l'hydroponique et le reste.

— Exact. Ils sont inconcevables. Tout à fait impossibles, selon le Dr Silver.

— Il nie les faits ? Ce serait bien surprenant !

— Non, il les admet, bien entendu. Je suis injuste envers lui. Ce qu'il nie, c'est que ces prétendus (je le cite) soucis proviennent d'une erreur de calcul dont la machine serait responsable. Il prétend que les Machines se corrigent automatiquement et qu'il faudrait violer les lois fondamentales de la nature pour qu'une erreur se produise dans les circuits de relais. C'est pourquoi j'ai dit...

— "Faites-les tester par les techniciens pour vérifier que tout marche bien."

— Vous lisez dans mes pensées, Susan. Ce sont mes propres mots. Et il m'a répondu qu'il ne pouvait pas.

— Trop occupé ?

— Non, il a affirmé qu'aucun homme n'en était capable. Il parlait en toute franchise. Selon lui, les Machines sont une gigantesque extrapolation. Prenons un exemple : une équipe de mathématiciens travaille pendant plusieurs années aux calculs d'un cerveau positronique conçu pour effectuer des calculs similaires. En usant du cerveau, ils se livrent à de nouveaux calculs pour créer un cerveau encore plus complexe, lequel sert à son tour pour en échafauder un troisième et ainsi de suite. Si j'en crois Silver, ce que nous appelons les Machines serait le résultat de dix opérations similaires.

— Oui, je l'ai entendu dire. Par bonheur, je ne suis pas mathématicienne... Pauvre Vincent ! Il est jeune, ses prédécesseurs, Alfred Lanning et Peter Bogert, sont morts, et ils n'ont jamais dû affronter de pareils problèmes. Ni moi, d'ailleurs. Ce doit être le moment pour les roboticiens de mourir s'ils ne comprennent plus leurs propres créations.

— Apparemment non. Les Machines ne sont pas des super-cerveaux au sens que leur donnent les bandes dessinées. Simplement, dans leur spécialité, la collecte et l'analyse d'un nombre quasi infini d'informations et de relations en un temps infinitésimal, elles ont progressé au-delà de toute possibilité de contrôle humain détaillé.

» Ensuite j'ai essayé autre chose : j'ai posé la question à la Machine elle-même. Sous le sceau du secret le plus rigoureux, on lui a fourni les données originales dans la décision concernant l'acier, sa propre réponse, et le résultat, c'est-à-dire la surproduction, puis on lui a demandé une explication sur cette divergence.

— Bien. Et donc ?

— Je peux vous la citer de mémoire : *La question n'exige aucune explication.*

— Comment Vincent l'interprète-t-il ?

— De deux manières. Soit on n'a pas fourni à la Machine les données suffisantes pour obtenir une réponse claire, ce qui était improbable et le Dr Silver l'a volontiers admis ; soit il était impossible à la Machine d'admettre qu'elle pouvait fournir une réponse à des informations impliquant des dommages éventuels pour un être humain. Ce qui ressort naturellement de la Première Loi. Puis le Dr Silver m'a recommandé de vous consulter. »

Susan Calvin semblait très lasse. « Je suis vieille, Stephen. À la mort de Peter Bogert, on a voulu me nommer directeur des recherches et j'ai refusé. Je n'étais plus jeune à l'époque et je ne désirais pas assumer une telle responsabilité. On a donc confié ce poste au jeune Silver et cette décision m'a pleinement satisfaite ; mais à quoi sert-elle si on m'attire dans de tels traquenards ?

» Stephen, permettez-moi de préciser ma position. Mes recherches comportent en effet l'interprétation de la conduite des robots, en me fondant sur les Trois Lois. On a affaire à ces incroyables machines à calculer. Ce sont des robots positroniques ; par conséquent, elles obéissent aux Lois de la robotique. Mais elles n'ont pas de personnalité, c'est-à-dire que leurs fonctions sont extrêmement limitées. Il le faut bien : elles sont si spécialisées ! Il leur reste donc fort peu de place pour l'interaction des Lois, et la seule méthode d'attaque dont je dispose se retrouve pratiquement inopérante. En un mot, je ne vois pas en quoi je peux vous aider, Stephen. »

Le Coordinateur eut un rire bref. « Permettez-moi néanmoins de poursuivre. Je vous expose mes théories ;

vous pourrez peut-être me dire si elles s'appliquent, à la lumière de la robopsychologie.

— Je vous en prie.

— Puisque les Machines donnent des réponses erronées, et qu'on nous assure qu'elles ne peuvent se tromper, une seule possibilité subsiste : *on leur fournit de fausses informations !* En d'autres termes, le défaut est d'origine humaine et non robotique. J'ai donc effectué ma récente inspection planétaire.

— À l'issue de laquelle vous venez de regagner New York.

— En effet. C'était nécessaire, puisque les Machines sont au nombre de quatre et que chacune s'occupe d'une Région planétaire. *Et toutes donnent des résultats imparfaits !*

— Ça coule de source, Stephen. Si l'une des Machines est imparfaite, cela apparaîtra forcément dans les résultats fournis par les trois autres, car chacune des autres s'appuie pour former ses propres décisions sur la perfection de l'imparfaite quatrième. Une seule assertion suffira pour qu'elles donnent des réponses erronées.

— C'est bien ce qu'il me semblait. J'ai ici l'enregistrement de mes conversations avec chacun des Coordinateurs régionaux. Voulez-vous les parcourir avec moi ?... Oh ! Tout d'abord, avez-vous entendu parler de la Société pour l'Humanité ?

— En effet. C'est une ramification des Fondamentalistes qui a empêché l'U.S. Robots d'employer une main-d'œuvre de robots positroniques sous prétexte de concurrence déloyale. La Société pour l'humanité est elle-même anti-Machines, n'est-ce pas ?

— Oui, oui, mais vous verrez. Prête ? On va débuter par la Région Est.

— Comme vous voudrez... »

*RÉGION EST.*
*a – Superficie : 19 200 000 kilomètres carrés.*

*b – Population : 1 700 000 000 d'habitants.*
*c – Capitale : Shanghai.*

L'arrière-grand-père de Ching Hso-lin avait été tué au cours de l'invasion japonaise de la vieille République chinoise, et nul, à part ses enfants, n'avait pleuré sa perte ni n'en avait même été averti. Le grand-père de Ching Hso-lin avait survécu à la guerre civile des années 1940, mais nul, à part ses enfants, n'en avait rien su et ne s'en était préoccupé.

Pourtant Ching Hso-lin, en sa qualité de Vice-coordinateur régional, s'occupait du bien-être économique de la moitié de la population qui lui incombait.

Peut-être était-ce de ce fait que Ching possédait deux cartes géographiques pour tout ornement dans son bureau. L'une, un vieux document tracé à la main, représentait un arpent de terre ou deux et portant les pictogrammes, tombés en désuétude, de la Chine antique. Une petite crique était dessinée de biais sur des lignes passées et on distinguait les délicats coups de pinceau indiquant des huttes basses, dans l'une desquelles était né son grand-père.

La seconde carte, immense, d'un graphisme précis, arborait tous les intitulés inscrits en caractères cyrilliques soignés. La frontière rouge qui délimitait la Région Est englobait tout ce qui avait été autrefois la Chine, les Indes, la Birmanie, l'Indochine et l'Indonésie. Sur cette carte, dans la vieille province du Sichuan, se trouvait une petite marque si ténue que nul ne la voyait ; elle indiquait l'emplacement de la ferme ancestrale de Ching.

Ching, debout devant ces cartes, s'adressait à Stephen Byerley dans un anglais précis. « Vous le savez mieux que quiconque, monsieur le Coordinateur : ma fonction est plutôt une sinécure. Elle comporte un certain lustre social et je sers de point focal fort commode pour l'administration, mais par ailleurs c'est la Machine qui accomplit tout le travail. Que pensez-vous par exemple des établissements hydroponiques de Tianjin ?

— Extraordinaires ! dit Byerley.

— Il ne s'agit pourtant que d'une unité parmi des douzaines, et pas de la plus grande. Shanghai, Calcutta, Jakarta, Bangkok : elles sont très développées et permettent de nourrir une population d'un milliard sept cents millions d'habitants.

— Cependant, dit Byerley, il y a du chômage à Tianjin. Se peut-il que vous produisiez trop ? L'hypothèse que l'Asie souffre d'un excédent de vivres paraît incroyable. »

Les yeux noirs de Ching se plissèrent. « Non, nous n'en sommes pas encore là. Il est vrai qu'au cours des derniers mois plusieurs réservoirs ont été fermés à Tianjin, mais ce n'est pas très grave. Les hommes ont été mis à pied temporairement et ceux qui acceptent de travailler loin de chez eux ont embarqué pour Colombo, où un nouvel établissement vient de s'ouvrir.

— Pourquoi a-t-il fallu fermer les réservoirs ? »

Ching sourit aimablement. « Vous ne connaissez pas grand-chose à l'hydroponique, il me semble. Cela n'a rien de surprenant. Vous êtes un homme du Nord, où la culture du sol reste rentable. Il est de bon ton, dans le Nord, de penser à l'hydroponique – lorsqu'on y pense – comme à un procédé pour faire pousser des navets dans une solution chimique, ce qui est exact… d'une manière extrêmement compliquée.

» Les cultures les plus abondantes, et de loin, concernent la levure, dont le pourcentage est d'ailleurs en augmentation. Nous produisons plus de deux mille variétés de levure et de nouvelles s'y ajoutent chaque mois. Les aliments de base chimique des différentes levures sont les nitrates et les phosphates parmi les produits inorganiques, ainsi que les quantités voulues de traces métalliques nécessaires et les doses infinitésimales par million de volume de bore et de molybdène indispensables. Les matières organiques sont surtout représen-

tées par des mixtures sucrées dérivées de l'hydrolyse
de la cellulose, mais il faut y adjoindre diverses vitamines.

» Pour obtenir une industrie hydroponique florissante
– capable de nourrir un milliard sept cents millions
d'habitants –, il nous faudra un immense programme
de reboisement à travers l'Est ; nous devrons construire
d'immenses usines de conversion du bois pour exploiter convenablement nos jungles du Sud ; nous devrons
posséder des ressources énergétiques, de l'acier et, par-
dessus tout, des produits chimiques de synthèse.

— Pourquoi ces derniers ?

— Parce que ces variétés de levure possèdent chacune leurs propriétés particulières. Nous en avons mis
deux mille en place, comme je vous l'ai dit. Le bifteck
que vous avez cru manger aujourd'hui était de la levure.
Les fruits gelés que vous avez consommés au dessert
étaient de la levure. Nous avons filtré du jus de levure
qui avait le goût, l'aspect et toute la valeur nutritive du
lait.

» C'est la saveur plus que tout le reste, voyez-vous,
qui rend l'alimentation à la levure populaire et c'est
pour l'obtenir que nous avons développé des variétés
artificielles qui ne peuvent plus se contenter d'un
régime à base de sel et de sucre. L'une exige de la bio-
tine ; l'autre, de l'acide folique ; d'autres encore récla-
ment dix-sept acides aminés, plus toutes les vitamines
B sauf une. Pourtant elle connaît une grande popularité
et nous ne pouvons l'abandonner. »

Byerley s'agita sur son siège. « Pourquoi me dire tout
cela ?

— Vous m'avez demandé, monsieur, pourquoi il y a
du chômage à Tianjin. Je vous dois d'autres explications. Non seulement nous avons besoin de ces divers
éléments nutritifs pour nos levures, mais il nous faut
encore compter avec l'engouement passager pour certaines variétés et la possibilité d'en créer de nouvelles
qui finiront elles aussi par correspondre au goût du jour.

Tout cela doit être prévu et c'est la Machine qui s'en charge…

— Mais mal.

— Pas tellement, si on songe aux complications que je viens de mentionner. Certes, quelques milliers de travailleurs se trouvent temporairement sans emploi à Tianjin. Mais si on veut bien réfléchir, le coefficient total d'erreur, aussi bien en excédent qu'en déficit, entre la demande et la production, au cours de l'année dernière, n'atteint pas un pour mille. J'estime…

— Il n'en reste pas moins qu'au cours des premières années ce chiffre avoisinait plutôt un pour cent mille.

— Pardon, mais au cours des dix années qui se sont écoulées depuis que la Machine a commencé sérieusement ses opérations, nous nous en sommes servis pour décupler notre ancienne industrie de production de levure. Il est normal que les imperfections suivent l'augmentation de la complexité, même si…

— Même si… ?

— Même s'il y a eu le curieux exemple de Rama Vrasayana.

— Que lui est-il arrivé ?

— Vrasayana dirigeait une usine d'évaporation de saumure pour la production d'iode, dont la levure peut se passer mais pas les humains. Son usine a dû se mettre en faillite.

— Vraiment ? Et qu'est-ce qui l'y a contrainte ?

— La concurrence. En règle générale, l'une des principales fonctions de la Machine est d'indiquer la répartition la plus efficace de nos unités de production. Il est évidemment désavantageux que certains secteurs soient insuffisamment approvisionnés, car dans ce cas les frais de transport interviennent pour une proportion trop grande dans la balance. De même, il est désavantageux qu'un secteur soit trop abondamment approvisionné, car les usines doivent fonctionner au-dessous de leur capacité, à moins qu'elles n'entrent dans une compétition préjudiciable les unes avec les autres. Dans le cas de Vrasayana, une nouvelle usine s'est installée dans la même ville, avec un système doté d'un meilleur rendement d'extraction.

— La Machine l'a permis ?

— Certainement. Cela n'a rien de surprenant. Le nouveau système se répand. Le plus surprenant de l'affaire, c'est que la Machine n'ait pas conseillé à Vrasayana de rénover ses installations, mais peu importe. Vrasayana a accepté un poste d'ingénieur dans la nouvelle usine et, si ses responsabilités et ses émoluments ont décru, on ne peut pas dire qu'il ait véritablement pâti. Les travailleurs ont facilement retrouvé un emploi ; l'ancienne usine, reconvertie d'une façon ou d'une autre, conserve son utilité. Nous avons laissé à la Machine le soin de tout régler.

— Et par ailleurs, vous ne recevez pas de doléances ?

— Pas la moindre ! »

*LA RÉGION TROPICALE.*
*a – Superficie : 56 000 000 de kilomètres carrés.*
*b – Population : 500 000 000 d'habitants.*
*c – Capitale : Capital City.*

La carte dans le bureau de Lincoln Ngoma était loin d'égaler la précision et la netteté de celle de Ching dans son domaine de Shanghai. Les frontières de la Région Tropicale de Ngoma, tracées au crayon bistre, entouraient une magnifique zone intérieure étiquetée « Jungle », « Désert » et « Icy sont des éléphants et toutes sortes de bêtes étranges ».

Cette frontière avait une vaste étendue car, en superficie, la Région Tropicale englobait la majeure partie de deux continents ; toute l'Amérique du Sud au nord de l'Argentine et toute l'Afrique au sud de l'Atlas. Elle comprenait également l'Amérique du Nord au sud du Rio Grande et même l'Arabie et l'Iran, en Asie. Elle représentait l'opposé de la Région Est : tandis que les fourmilières de l'Orient renfermaient la moitié de l'humanité dans 15 % des terres émergées, les Tropiques dispersaient leurs 15 % d'humanité sur près de la moitié de la surface totale.

Mais elle connaissait la croissance, étant la seule Région dont la population augmentait davantage par l'immigration que par les naissances... Et elle avait de quoi employer tous ceux qui se présentaient.

Aux yeux de Ngoma, Stephen Byerley ressemblait à l'un de ces immigrants au visage pâle en quête d'un travail créateur qui leur permettrait de transformer une nature hostile en lui donnant la douceur nécessaire à l'homme, et il ressentait instinctivement le dédain de l'homme fort né sous les impitoyables Tropiques pour les infortunés à face d'endive qui avaient vu le jour sous un soleil plus froid.

Les Tropiques possédaient la capitale la plus récente de toute la Terre, qu'on appelait simplement « Capital City » avec la sublime confiance de la jeunesse. Elle s'étendait avec luxuriance sur les fertiles plateaux du Nigeria, où la vie, la couleur, le soleil et les averses diluviennes se conjuguaient. Le caquetage des oiseaux arc-en-ciel lui-même débordait de vivacité et les étoiles piquaient de fines pointes d'épingle dans la nuit sombre.

Ngoma riait. Il était grand, il était beau, avec un visage sombre, plein de force.

« Certes, dit-il, et son anglais familier lui remplissait la bouche, le canal du Mexique a du retard sur son programme. Et après ? N'empêche qu'on le terminera un jour ou l'autre, mon vieux.

— Il y a six mois, les travaux progressaient encore normalement. »

Ngoma regarda Byerley, coupa l'extrémité d'un cigare avec ses dents, le recracha et alluma l'autre bout.

« C'est quoi, Byerley ? Une enquête officielle ? Que se passe-t-il ?

— Rien, rien du tout. Mais il entre dans mon rôle de Coordinateur d'être curieux.

— À vrai dire, vous tombez au mauvais moment. D'ailleurs on est toujours à court de main-d'œuvre. Ce ne sont pas les grands travaux qui manquent dans les Tropiques. Le canal n'en est qu'un…

— Votre Machine ne vous donne-t-elle pas les prévisions en main-d'œuvre disponible pour le canal… en tenant compte des autres ouvrages en cours ? »

Ngoma posa une main derrière son cou et souffla des ronds de fumée vers le plafond. « Elle s'est légèrement trompée.

— Cela lui arrive souvent ?

— Pas vraiment… On n'en attend pas trop de sa part, Byerley. On lui file les données, on recueille les résultats, on se conforme à ses décisions. Mais elle ne constitue pour nous qu'une commodité ; un dispositif destiné à nous économiser la besogne, ni plus ni moins ; on pourrait s'en passer, au besoin. Ce serait plus difficile, plus lent, sans doute. Le boulot se ferait quand même.

» On a confiance, Byerley, c'est ça notre secret. Confiance ! On a des terres nouvelles qui nous attendaient depuis des milliers d'années, tandis que les querelles sordides de l'ère préatomique déchiraient le reste du monde. On n'en est pas réduits à bouffer de la levure, comme ceux de l'Est, et on n'a pas à se préoccuper, comme vous, ceux du Nord, des séquelles rancies du siècle précédent.

» On a exterminé la mouche tsé-tsé et le moustique anophèle, et les gens découvrent qu'ils peuvent vivre au soleil et s'y plaire. On a défriché les jungles et trouvé de l'humus ; on a irrigué les déserts et exhumé des jardins. On a du charbon et du pétrole en réserve, et des minéraux innombrables.

» Qu'on nous fiche la paix, c'est tout ce qu'on demande au reste du monde… Qu'on nous fiche la paix et qu'on nous laisse travailler.

— Mais le canal, dit Byerley prosaïquement, n'avait pas de retard il y a six mois. Que s'est-il passé ? »

Ngoma écarta les mains. « Des difficultés de main-d'œuvre. » Il fouilla dans une pile de papiers sur sa table de travail et y renonça. « Il y a là-dedans un document sur la question, murmura-t-il, mais peu importe. Il s'est produit une crise de main-d'œuvre au Mexique, à un certain moment, rapport aux femmes. Il n'y en avait pas assez dans le voisinage. Apparemment, nul n'avait pensé à fournir des informations sexuelles à la Machine. »

Il s'interrompit pour rire avec ravissement puis reprit son sérieux.

« Attendez une minute. J'ai son nom sur le bout des lèvres… Villafranca !

— Villafranca ?

— Francisco Villafranca… c'était l'ingénieur qui dirigeait les travaux. Attendez que je mette de l'ordre dans mes idées. Voyons… Un problème… un éboulement… oui, voilà. Sans mort d'homme, si je me souviens bien… mais quel scandale !

— Tiens ?

— Une erreur s'était glissée dans ses calculs… C'est du moins ce que dit la Machine. On lui avait fourni les documents de Villafranca, ses prévisions et ainsi de suite. La nature du terrain sur lequel il avait entamé les travaux. Et la Machine a donné des réponses différentes. Il semble que les données utilisées par Villafranca ne tenaient pas compte de l'effet des importantes chutes de pluie sur les parois de la taille… ou quelque chose de ce goût-là. Je ne suis pas ingénieur, vous voyez.

» Quoi qu'il en soit, Villafranca a protesté avec la dernière énergie. Il a prétendu que la Machine ne lui avait pas fourni les mêmes réponses la première fois. Qu'il avait suivi ses indications à la lettre. Et là-dessus, il remet sa démission ! On lui a offert de le garder… son travail nous donnait satisfaction jusque-là… Dans un emploi subalterne, bien sûr… impossible de faire autrement…

Des erreurs aussi criantes, ça menace la discipline...
Où j'en étais ?

— Vous lui avez offert de le garder.

— Ah oui ! Il a refusé... Bref, on n'a que deux mois de retard. Presque rien. »

Byerley tendit la main et ses doigts vinrent tambouriner légèrement sur la table.

« Villafranca accusait la Machine, n'est-ce pas ?

— Il n'allait tout de même pas s'accuser lui-même ! Voyons les choses en face : la nature humaine est une vieille amie. En outre, il me revient autre chose à la mémoire... Fichtre, pourquoi je ne retrouve jamais les documents quand j'en ai besoin ? Mon système de classement ne vaut pas un pet de lapin... Ce Villafranca était membre de l'une de vos organisations nordiques. Le Mexique est trop proche du Nord. C'est en partie de là que vient le mal.

— Quelle organisation ?

— La Société pour l'Humanité, comme on l'appelle. Villafranca assistait régulièrement aux conférences annuelles à New York. Une bande de cerveaux fêlés mais inoffensifs... Ils n'aiment pas les Machines ; d'après eux, elles détruisent l'initiative humaine. C'est pourquoi Villafranca ne pouvait que faire retomber le blâme sur la Machine. Moi, je ne comprends rien à ce groupe. À voir Capital City, vous diriez que la race humaine perd son esprit d'initiative ? »

Et Capital City s'étendait dans sa gloire dorée sous un soleil d'or – la création la plus récente de l'*Homo metropolis*.

*LA RÉGION EUROPÉENNE.*
*a – Superficie : 10 000 000 de kilomètres carrés.*
*b – Population : 300 000 000 d'habitants.*
*c – Capitale : Genève.*

La Région Européenne constituait une anomalie sous plusieurs aspects. Elle était de beaucoup la plus petite, puisque sa superficie n'atteignait pas le cinquième de celle de la Région Tropicale, ni sa population le cinquième de celle de la Région Est. Sur le plan de la géographie, elle ne correspondait que dans une certaine mesure à l'Europe préatomique, car elle excluait les anciennes Russie d'Europe et îles Britanniques, mais incluait les côtes méditerranéennes de l'Afrique et de l'Asie ainsi que, par un étrange bond transatlantique, l'Argentine, le Chili et l'Uruguay.

Cette configuration n'était guère de nature à améliorer son statut vis-à-vis des autres Régions, sauf en ce que les provinces sud-américaines lui conféraient de vigueur. De toutes, elle était la seule à subir une baisse ethnographique par rapport au demi-siècle écoulé, la seule à ne pas avoir développé ses moyens de production et la seule à n'avoir offert rien de radicalement nouveau à la culture humaine.

« L'Europe, dit Mme Szegeczowska dans son doux français, représente pour l'essentiel une dépendance économique de la Région Nord. Nous le savons et n'en avons cure. »

En manière d'acquiescement résigné à ce défaut d'individualité, il n'y avait aucune carte d'Europe sur les murs du bureau de madame la Coordinatrice.

« Pourtant, releva Byerley, vous disposez de votre propre Machine et n'êtes certes pas soumis à la moindre pression économique de la part des territoires outre-Atlantique.

— La Machine ? Bah ! » Haussant ses délicates épaules, elle laissa un petit sourire errer sur son visage tandis qu'elle prenait une cigarette de ses longs doigts fuselés. « L'Europe somnole. Et ceux des nôtres qui n'émigrent pas aux Tropiques somnolent aussi. N'est-ce pas à une faible femme qu'incombe la charge de Vice-coordinateur ? Fort heureusement, le travail n'est pas difficile et l'on n'attend pas trop de moi.

» Pour ce qui est de la Machine… que peut-elle dire, sinon : *Faites ceci, c'est ce qui vous convient le mieux.*

Mais qu'est-ce qui nous convient le mieux ? D'être sous la dépendance économique de la Région Nord.

» Est-ce si terrible après tout ? Pas de guerres ! Nous vivons en paix… et c'est agréable après sept mille ans de guerre. Nous sommes vieux, monsieur. Dans nos frontières se trouve le berceau de la civilisation occidentale. Nous avons l'Égypte et la Mésopotamie, la Crète et la Syrie, l'Asie Mineure et la Grèce… Mais la vieillesse n'est pas nécessairement une période malheureuse. Il peut s'agir d'un épanouissement…

— Vous avez peut-être raison, dit Byerley avec amabilité. Du moins le rythme de la vie est moins intense que dans les autres Régions. On respire une atmosphère agréable.

— N'est-ce pas ? Voici le thé, monsieur. Si vous voulez bien indiquer vos préférences en matière de crème et de sucre… merci. » Elle but une gorgée et reprit : « Agréable, en effet. Que le reste du monde se livre à cet incessant combat ! Je découvre ici un parallèle, et des plus intéressant. Il fut un temps où Rome était la maîtresse du monde. Elle avait adopté la culture et la civilisation de la Grèce, une Grèce toujours restée désunie qui s'était ruinée dans la guerre et finissait dans une décadence crasseuse. Rome lui a apporté l'unité, la paix et permis de mener une vie sans gloire, consacrée à ses philosophies et ses arts, loin du fracas des armes et des troubles de croissance : une sorte de mort, mais reposante, qui a duré quatre cents ans, avec quelques interruptions mineures.

— Pourtant, dit Byerley, Rome a fini par tomber, ce qui a mis un terme au sommeil enchanté.

— Il n'existe plus de Barbares pour renverser la civilisation.

— Nous pouvons être nos propres Barbares, madame Szegeczowska… Oh ! à propos, je voulais vous poser une question. Les mines de mercure d'Almaden ont subi une terrible chute de production. Les réserves de minerai ne s'épuisent tout de même pas plus vite que prévu ? »

Les yeux gris de la petite femme se posèrent avec perspicacité sur Byerley. « Les Barbares... la chute de la civilisation... une défaillance possible de la Machine. Le cheminement de votre pensée est fort transparent en vérité, cher monsieur.

— Vraiment ? » Il sourit. « Voilà ce que c'est que de n'avoir eu affaire qu'à des hommes jusqu'à présent ! Vous estimez donc que l'affaire d'Almaden est la faute de la Machine ?

— Pas du tout, mais vous le pensez, je crois. Vous êtes originaire de la Région Nord. Le bureau central de Coordination se trouve à New York... et les gens du Nord ne font pas tellement confiance à la Machine, je l'ai remarqué depuis un certain temps.

— Tiens, tiens !

— Votre Société pour l'Humanité est forte dans le Nord, mais, bien sûr, elle ne trouve guère de recrues dans notre vieille Europe fatiguée. Or, celle-ci est toute disposée à laisser la faible humanité s'occuper de ses oignons quelque temps encore. Sans nul doute, vous appartenez au Nord confiant et non point au vieux continent cynique.

— Ce propos a-t-il quelque rapport avec Almaden ?

— J'en suis persuadée. Les mines appartiennent à la Cinnabar Consolidated, qui est, de fait, une compagnie nordique dont le siège social se trouve à Mykolaïv. Pour ma part, je doute que son conseil d'administration ait consulté la Machine. Au cours de la conférence du mois dernier, ses membres ont prétendu le contraire. Si nous n'avons aucune preuve qu'ils mentent, jamais je ne croirai un Nordique sur parole à ce sujet – soit dit sans vous offenser – en n'importe quelle circonstance... Néanmoins, je pense que tout se terminera pour le mieux.

— Comment cela, chère madame ?

— Sachez que les irrégularités économiques des derniers mois, bien que minimes au regard des grandes tempêtes du passé, sont de nature à troubler profondément nos esprits saturés de paix et ont causé une agitation considérable dans la province espagnole. Si j'ai bien saisi, la Cinnabar Consolidated est en passe d'être vendue à un groupe d'Espagnols autochtones. Voilà de quoi se réjouir. Si nous sommes les vassaux économiques du Nord, il est humiliant que ce soit annoncé à tous les échos. Et on peut faire davantage confiance à nos citoyens pour suivre les prescriptions de la Machine.

— Par conséquent, vous estimez que ces défaillances ne se reproduiront pas ?

— J'en suis certaine… du moins à Almaden. »

*RÉGION NORD.*
*a – Superficie : 46 000 000 de kilomètres carrés.*
*b – Population : 800 000 000 d'habitants.*
*c – Capitale : Ottawa.*

La Région Nord, sous plus d'un aspect, occupait le sommet de l'échelle, fait démontré par la carte affichée dans le bureau du Vice-coordinateur Hiram Mackenzie, dont le pôle Nord occupait le centre. Hormis l'enclave européenne avec la Scandinavie et l'Islande, tout le périmètre arctique appartenait à la Région Nord.

*Grosso modo*, on pouvait la diviser en deux aires principales. Sur la gauche de la carte se trouvait toute l'Amérique du Nord, au-dessus du Rio Grande ; à droite, tous les territoires constituant jadis l'Union soviétique. Réunies, ces zones constituaient la véritable puissance de la planète durant les premières années de l'ère atomique. Entre les deux se trouvait la Grande-Bretagne, langue de la Région léchant l'Europe. En haut de la carte se trouvaient l'Australie et la Nouvelle-Zélande, distordues en formes étranges et gigantesques – deux provinces dépendant aussi de la Région.

Tous les changements intervenus au cours des dernières décennies n'avaient eu rien modifié la domination économique du Nord sur la planète.

On pouvait trouver une symbolique ostentatoire dans une particularité : de toutes les cartes régionales officielles que Byerley avait vues, seule celle de Mackenzie représentait la Terre entière, comme si le Nord ne craignait aucune concurrence, n'avait besoin d'aucun favoritisme pour établir sa prééminence.

« Impossible, dit Mackenzie d'un air buté. Monsieur Byerley, vous n'avez reçu aucune formation en robotique, si je ne m'abuse ?

— En effet.

— Hum ! Je trouve regrettable que Ching, Ngoma et Mme Szegeczowska n'en sachent pas plus que vous. L'opinion prévaut malheureusement chez les peuples de la Terre qu'un Coordinateur n'a besoin d'être qu'un organisateur rompu aux généralisations, efficace et aimable. Aujourd'hui il devrait aussi connaître sa robotique sur le bout du doigt – soit dit sans vouloir vous vexer.

— Vous ne m'avez pas vexé. Je suis d'accord avec vous.

— Je déduis ainsi de vos propos précédents que vous vous inquiétez des perturbations infimes survenues dans l'économie mondiale. J'ignore ce que vous soupçonnez, mais il est arrivé par le passé que des gens, qui auraient dû être mieux informés, se demandent ce qui se passerait si on fournissait des informations inexactes à la Machine.

— Et que se passerait-il, monsieur Mackenzie ?

— Eh bien… » L'Écossais changea de position dans son fauteuil et soupira. « Toutes les données recueillies sont filtrées par un système compliqué qui inclut un contrôle à la fois humain et mécanique, de sorte que le problème a peu de chances de se présenter… Mais ignorons cela. Les humains sont faillibles, sujets à la corruption, et les mécaniques, susceptibles de défaillance.

» Ce qu'il importe de préciser, c'est qu'une "information fausse" est par définition incompatible avec toute autre information connue. C'est le seul critère qui nous permette de distinguer le vrai du faux. C'est aussi celui de la Machine. Ordonnez-lui par exemple de diriger l'activité agricole sur la base d'une température moyenne de 14 °C au mois de juillet dans l'État d'Iowa, et elle ne l'acceptera pas. Elle ne donnera aucune réponse… Non point qu'elle nourrisse un préjugé contre cette température particulière, ou qu'une réponse soit impossible ; mais compte tenu des données qui lui ont été fournies durant une période de plusieurs années, elle sait que la probabilité d'une température moyenne de 14° au mois de juillet est pratiquement nulle. Et par conséquent elle rejette cette information.

» La seule façon de lui faire ingurgiter de force une "information fausse" consiste à la lui présenter dans un ensemble logique, où l'erreur subsiste d'une manière trop subtile pour que la Machine puisse la déceler, à moins encore qu'elle ne se situe en dehors de sa compétence. La première hypothèse n'est pas réalisable par l'homme, et la seconde ne l'est guère davantage et devient de plus en plus improbable vu que l'expérience de la Machine s'accroît d'instant en instant. »

Stephen Byerley plaça deux doigts sur son nez. « Donc on ne peut pas "trafiquer" la Machine… Dans ce cas, comment expliquez-vous les erreurs récentes ?

— Mon cher Byerley, je vois que, d'instinct, vous vous laissez abuser par ce concept erroné… selon lequel la Machine posséderait une science universelle. Permettez-moi de vous citer un cas puisé dans mon expérience personnelle. L'industrie du coton emploie des acheteurs expérimentés pour acquérir le coton. Ils procèdent en prélevant une touffe de coton sur une balle prise au hasard. Ils examineront cette touffe, éprouveront sa résistance, écouteront peut-être les crépitements produits, la lécheront, bref, ils détermineront ainsi la catégorie de coton, parmi une douzaine, à laquelle les balles appartiennent. À la suite de leur décision, les achats sont effectués à des prix donnés, des mélanges réalisés selon des proportions déterminées… Ces acheteurs ne peuvent être remplacés par la Machine.

— Pourquoi ? Je n'imagine pas que les informations nécessaires à cet examen soient trop compliquées pour elle ?

— Sans doute. Mais à quelles informations au juste faites-vous allusion ? Nul chimiste textile ne sait exactement ce que l'acheteur teste lorsqu'il examine une touffe de coton. Il s'agit probablement de la longueur moyenne des fibres, de leur texture, de l'étendue et de la nature de leur souplesse, de la manière dont elles adhèrent les unes aux autres et ainsi de suite. Plusieurs douzaines de conditions différentes, appréciées inconsciemment, après de nombreuses années d'expérience. Mais l'aspect *quantitatif* de ces tests reste inconnu et la nature même de certains d'entre eux, peut-être impossible à déterminer. Voilà pourquoi nous n'avons rien à fournir à la Machine. Les acheteurs ne peuvent pas plus expliquer leur propre jugement. La seule chose qu'ils puissent dire, c'est : Regardez cet échantillon, il appartient *de toute évidence* à telle et telle catégorie.

— Je vois.

— Il existe d'innombrables cas de ce genre. La Machine n'est après tout qu'un outil, qui permet à l'humanité de progresser plus rapidement en la déchargeant d'une partie des besognes de calcul et d'interprétation. Le rôle du cerveau humain demeure ce qu'il a toujours été : découvrir les informations qu'il convient d'analyser et imaginer de nouveaux concepts pour procéder aux tests. Il est regrettable que la Société pour l'Humanité ne le comprenne pas.

— Elle est contre la Machine ?

— Elle aurait été contre les mathématiques ou l'écriture si elle avait existé à l'époque appropriée. Ces réactionnaires prétendent que la Machine dépouille l'homme de son âme. Je constate que les hommes de valeur occupent toujours les premières places dans notre société ; on a toujours besoin de l'homme assez intelligent pour découvrir les questions qu'il convient de poser. Si on trouvait en nombre suffisant, ces perturbations qui vous inquiètent, monsieur le Coordinateur, ne se produiraient peut-être pas. »

*TERRE (y compris le continent inhabité, appelé Antarctique).*
*a – Superficie : 138 000 000 de kilomètres carrés (terres émergées).*
*b – Population : 3 300 000 000 d'habitants.*
*c – Capitale : New York.*

Le feu commençait à baisser derrière le quartz et vacillait en se préparant à mourir, quoique avec regret.

Byerley avait la mine sombre, l'humeur en harmonie avec celle du feu agonisant.

« Ils minimisent unanimement la gravité des incidents. » Il parlait bas. « J'imaginerais sans mal qu'ils se rient de moi. Et pourtant… Vincent Silver m'a affirmé que les Machines ne sauraient être en panne et je dois le croire. Mais elles déraillent d'une façon quelconque et je dois le croire également… si bien que je me retrouve confronté au même dilemme. »

Il jeta un regard de côté à Susan Calvin qui, les yeux fermés, paraissait dormir.

« Et alors ? demanda-t-elle néanmoins.

— Il faut croire qu'on fournit des informations correctes à la Machine, qu'elle donne des réponses correctes, mais qu'on n'en tient aucun compte. Elle ne peut pas contraindre les gens à se conformer à ses décisions.

— Mme Szegeczowska fait la même réflexion en se référant aux Nordiques en général, il me semble.

— Tout juste.

— Et quels desseins poursuivrait-on en désobéissant à la Machine ? Examinons les mobiles possibles.

— Ils me paraissent évidents et devraient l'être pour vous. Il s'agit de faire tanguer la barque, délibérément. Il ne peut survenir aucun conflit sérieux sur la Terre, provoqué par un groupe ou un autre, désireux d'augmenter son pouvoir pour ce qu'il croit être son plus grand bien sans se soucier du tort qu'il peut causer à l'Humanité en général, tant que la Machine dirige. Si la foi populaire dans les Machines peut être détruite au point qu'on vienne à les abandonner, ce sera de nouveau la loi de la jungle… Et aucune des quatre Régions ne peut être blanchie du soupçon de méditer une telle manœuvre.

» L'Est abrite sur son territoire la moitié de l'humanité, et les Tropiques détiennent plus de la moitié des ressources terrestres. Chacune de ces Régions peut se croire la maîtresse naturelle de la Terre, et chacune garde le souvenir d'une humiliation infligée par le Nord, dont elle méditerait de tirer une vengeance insensée, ce qui est en somme assez humain. D'autre part, l'Europe possède une tradition de grandeur. Autrefois, elle dominait bel et bien la Terre, et il n'est rien qui ne colle davantage à la peau que le souvenir du pouvoir.

» Pourtant, d'un autre côté, c'est difficile à croire. L'Est et les Tropiques sont le théâtre d'une expansion colossale. Tous deux progressent à une vitesse incroyable. Ils n'ont pas d'énergie à revendre pour la gaspiller en aventures militaires. Et l'Europe ne peut rien obtenir que ses rêves. C'est une énigme, militairement parlant.

— Donc, Stephen, dit Susan, vous laissez le Nord de côté.

— Oui ! dit Byerley énergiquement. Le Nord est le plus fort, et depuis près d'un siècle. Mais il perd un peu de terrain aujourd'hui. La Région Tropicale se refait une place au premier rang de la civilisation pour la première fois depuis l'époque des pharaons, et certains Nordiques redoutent cette éventualité.

» La Société pour l'Humanité est une organisation nordique, comme vous le savez, et ses membres ne font pas mystère de leur hostilité à l'égard des Machines... Ils sont en petit nombre, Susan, mais c'est une association de gens puissants. Des directeurs d'usines, d'industries et de combinats agricoles, qui détestent jouer le rôle de ce qu'ils appellent *les garçons de courses de la Machine*, en font partie. Des hommes ambitieux en font partie. Des gens qui se sentent assez forts pour décider eux-mêmes de ce qui leur convient le mieux, et non pas simplement de ce qui est le mieux pour les autres.

» En un mot, des hommes qui, en refusant avec ensemble d'appliquer les décisions de la Machine, peuvent d'un jour à l'autre jeter le monde dans le chaos... Ce sont ceux-là mêmes qui appartiennent à la Société pour l'Humanité.

» Tout se tient, Susan. Cinq des directeurs des Aciéries mondiales en font partie, et les Aciéries mondiales souffrent de surproduction. La Cinnabar Consolidated, qui extrayait le mercure aux mines d'Almaden, était une firme nordique. On vérifie ses livres, mais l'un au moins des hommes concernés faisait partie de l'association : Francisco Villafranca, qui à lui seul a retardé de deux mois la construction du canal du Mexique, est membre de l'organisation, comme nous le savons déjà... il en va de même de Rama Vrasayana, et je n'ai pas été le moins du monde surpris de l'apprendre.

— Ces hommes ont tous mal agi, dit Susan d'une voix calme.

— Naturellement, répondit Byerley, désobéir à la Machine revient à suivre une voie qui s'écarte de l'idéal. Les résultats sont moins bons que prévu. C'est le prix qu'ils doivent payer. On leur fera la vie dure à présent, mais dans la confusion qui va suivre...

— Que comptez-vous faire exactement, Stephen ?

— Il n'y a pas de temps à perdre, bien sûr. Je vais obtenir l'interdiction de la Société pour l'Humanité, dont tous les membres seront déchus de leurs postes.

Désormais tout cadre et technicien candidat à une fonction de responsabilité devra jurer sur l'honneur qu'il n'appartient pas à la Société pour l'Humanité. Bon, cela entraînera un amoindrissement des libertés civiques fondamentales, mais je gage que le Congrès...

— Cela ne donnera rien !

— Comment ?... Pourquoi ?

— Voici ma prédiction : si vous vous lancez dans une pareille tentative, vous vous trouverez paralysé à chaque instant. Vous vous apercevrez qu'il est impossible d'appliquer vos mesures ; chaque fois que vous tenterez un pas dans cette direction, de nouvelles difficultés naîtront sur votre route. »

Byerley était atterré. « Pourquoi dites-vous cela ? Je vous avoue que je comptais plutôt sur votre approbation.

— Je ne puis vous la donner tant que vos actions se fondent sur des prémisses fausses. Vous admettez que la Machine ne peut se tromper et ne peut absorber des informations erronées. Je vais vous démontrer qu'on ne peut davantage lui désobéir ainsi que le fait, selon vous, la Société pour l'Humanité.

— Je ne vois pas du tout comment vous le pourriez.

— Alors écoutez-moi. Toute action effectuée par un cadre qui ne suit pas exactement les directives de la Machine avec laquelle il travaille devient une partie de l'information servant à la résolution du problème suivant. Par conséquent, la Machine sait que le cadre en question a une certaine tendance à désobéir. Elle peut incorporer cette tendance dans cette information... et ce, même quantitativement, c'est-à-dire en jugeant avec précision dans quelle proportion et dans quel contexte la désobéissance se produira. Ses réponses suivantes seraient juste assez faussées pour que, sitôt après avoir désobéi, le cadre en question se trouve contraint de corriger ces réponses dans une direction optimale. La Machine *sait*, Stephen !

— Vous ne pouvez pas être sûre de ce que vous avancez. Ce sont là des suppositions.

— Des suppositions fondées sur une vie entière consacrée aux robots. Il serait prudent de votre part de vous y fier, Stephen.

— Mais que me reste-t-il ? Les Machines fonctionnent correctement, les documents sur lesquels elles travaillent sont aussi corrects. Nous en sommes convenus. Et soudain vous prétendez qu'il est impossible de leur désobéir. Alors qu'y a-t-il d'anormal ?

— *Rien !* Pensez aux Machines, Stephen. Ce sont des robots, et elles se conforment aux préceptes de la Première Loi. Or les Machines œuvrent, non pas pour un particulier, mais pour l'humanité tout entière, de sorte que la Première Loi devient : "Nulle Machine ne peut porter atteinte à l'humanité ni, restant passive, laisser l'humanité exposée au danger."

» Bien, Stephen : qu'est-ce qui peut exposer au danger l'humanité ? Les perturbations économiques par-dessus tout, quelle qu'en soit la cause. Vous n'êtes pas de cet avis ?

— Si.

— Et qu'est-ce qui peut le plus vraisemblablement causer à l'avenir des perturbations économiques ? Répondez à cette question, Stephen.

— La destruction des Machines, je suppose, convint-il à regret.

— C'est ce que je dirais et c'est également ce que diraient les Machines. Leur premier souci est par conséquent de se préserver elles-mêmes. C'est pourquoi elles s'occupent tranquillement de régler leur compte aux seuls éléments qui les menacent encore. Ce n'est pas la Société pour l'Humanité qui fait tanguer le bateau afin de détruire les Machines. Vous regardez le tableau à l'envers. Dites plutôt que ce sont les Machines qui secouent le bateau… Oh ! très légèrement – juste assez pour faire lâcher prise à ceux qui s'accrochent à ses flancs en nourrissant des desseins qu'elles jugent pernicieux pour l'humanité.

» C'est ainsi que Vrasayana perd son usine et obtient un autre emploi où il ne peut plus nuire... il n'est pas trop désavantagé, ni placé dans l'incapacité de gagner sa vie, car la Machine ne peut causer qu'un préjudice minime à un humain, et seulement pour le salut du plus grand nombre. La Cinnabar Consolidated se voit dépossédée. Villafranca n'est plus désormais un ingénieur civil dirigeant d'importants travaux. Les directeurs des Aciéries mondiales sont en train de perdre leur mainmise sur cette industrie...

— Mais tout cela reste du domaine de l'hypothèse, rétorqua Byerley. Comment pouvons-nous courir de pareils risques en partant du principe que vous avez raison ?

— Il le faut. Vous souvenez-vous de la déclaration de la Machine lorsque vous lui avez soumis le problème ? "Le sujet n'exige aucune explication." Elle n'a pas dit qu'il n'existait pas d'explication, ou qu'elle n'en pouvait trouver aucune. Non, implicitement, elle laissait entendre qu'il serait préjudiciable à l'humanité *de la connaître*. Voilà pourquoi on ne peut qu'émettre des suppositions et continuer dans la même voie.

— Mais comment l'explication pourrait-elle nous causer un préjudice, en supposant que vous ayez raison, Susan ?

— Si j'ai raison, Stephen, cela signifie que la Machine dirige notre avenir, non seulement par des réponses directes à nos questions directes, mais en fonction de la situation mondiale et de la psychologie humaine dans leur ensemble. Elle sait ce qui peut nous rendre malheureux et blesser notre orgueil. Elle ne peut pas, elle ne doit pas nous rendre malheureux.

» Stephen, comment pouvons-nous savoir ce que signifiera pour nous le bien suprême de l'humanité ? On ne dispose pas des facteurs en quantité infinie que la Machine possède dans ses mémoires ! Pour vous donner un exemple familier, notre civilisation technique tout entière a créé plus d'infortunes et de misères qu'elle n'en a abolies. Peut-être qu'une civilisation agraire ou pastorale, avec moins de cultures et de population, se révélerait préférable. Dans ce cas, les Machines devront progresser dans cette direction, sans nous en avertir, de préférence, puisque dans notre ignorance nous ne connaissons que ce à quoi nous sommes accoutumés... que nous estimons bon... et alors nous lutterions contre le changement. La solution se trouve peut-être dans une urbanisation complète, une société de castes ou encore une anarchie intégrale. Nous n'en savons rien. Seules les Machines le savent et c'est là qu'elles nous conduisent.

— Si je comprends bien, Susan, vous me dites que la Société pour l'Humanité a raison et que l'humanité a perdu le droit de dire son mot dans la détermination de son avenir.

— Ce droit, elle ne l'a jamais possédé, en réalité. Elle s'est trouvée à la merci des forces économiques et sociales auxquelles elle ne comprenait rien... des caprices des climats, des hasards de la guerre. Maintenant les Machines les comprennent ; et nul ne pourra les arrêter puisqu'elles agiront envers ces ennemis comme envers la Société pour l'Humanité, avec à leur disposition la plus puissante de toutes les armes... le contrôle absolu de l'économie.

— Quelle horreur !

— Quelle merveille, plutôt ! Songez que désormais, et pour toujours, les conflits sont devenus évitables. Dorénavant, il n'y a plus que les Machines d'inévitables ! »

Le feu s'éteignit dans la cheminée et seul un filet de fumée s'éleva pour indiquer sa place.

*« Et c'est tout, dit le Dr Calvin en se levant. Je l'avais compris dès le début, à l'époque où les pauvres robots ne pouvaient pas parler, jusqu'à ce jour où ils se dressent*

entre l'humanité et la destruction. Je n'en verrai pas davantage. Ma vie est terminée. Vous constaterez bien ce qui arrivera ensuite. »

Je n'ai jamais revu Susan Calvin. Elle est morte le mois dernier à l'âge de quatre-vingt-deux ans.

453

Composition NORD COMPO
Achevé d'imprimer en Slovaquie
par NOVOPRINT SLK
le 25 octobre 2016.
1er dépôt légal dans la collection : mai 2012
EAN 9782290055953
L21EPGN000436B006

Éditions J'ai lu
87, quai Panhard-et-Levassor, 75013 Paris
*Diffusion France et étranger : Flammarion*